# 耳语的天空

朱涛 著

上海文艺出版社

图书在版编目（CIP）数据

耳语的天空/朱涛著． — 上海：上海文艺出版社，2022
 ISBN 978-7-5321-8461-3

Ⅰ．①耳… Ⅱ．①朱… Ⅲ．①随笔—作品集—中国—当代 Ⅳ．① I267.1

中国版本图书馆 CIP 数据核字（2022）第 154874 号

责任编辑　刘敏红
特约编辑　长　岛
装帧设计　长　岛

**耳语的天空**

朱涛　著

上海世纪出版集团　上海文艺出版社
上海市闵行区号景路 159 弄 A 座 2 楼　201101
上海文艺出版社发行中心发行
上海市闵行区号景路 159 弄 A 座 2 楼 206 室　201101　www.ewen.co
苏州市越洋印刷有限公司印刷
开本 880×1230　1/32　印张 12.75　插页 2　字数 268,000
2022 年 9 月第 1 版　2022 年 9 月第 1 次印刷
ISBN 978-7-5321-8461-3/ I・6678　定价：68.00 元

**告读者　如发现本书有质量问题请与印刷厂质量科联系**
T: 0512-68180638

朱涛，当代诗人，浙江舟山群岛人。已出版诗集《站在舌头上》《半轮黄日》《越荒诞越奔跑》《落花纪念碑》《明天，明天，明天》。2016年获太平洋国际诗歌节年度诗人奖；2018年获首届博鳌国际诗歌节年度诗人奖。2019年获华语传媒文学奖诗歌奖提名。2020年获第三届建安文学诗歌奖。香港诗歌节基金会理事。现居深圳。

## 目  录
contents

"无疑这是个美梦"（代序）………………………… *001*

上卷　知音的屠刀 ………………………………… *001*

下卷　耳语的天空 ………………………………… *333*

# "无疑这是个美梦"（代序）

"像一个伤口瞪视着我"，愈合后，他们很快将结盟，互为宿主，寄生在对方体内，在时间漫漫长路中开出繁花。

无疑，这是本意义特殊的书。其虽在浩如烟海的文字中极可能喑哑湮灭，但于我却会终生溅射并鸣响在天空上方。

2019年10月，当我赴菲律宾作短暂的旅行后，雀跃的心突然萌生了撰写一本思想随笔集的念头，将自己每日的思考与情绪积聚起来，为灰烬的未来点亮不倦的灯盏。那是太平洋寻常的虫眼，一个壮丽黄昏。伴随着火烧云的绚烂我随机写下了："你喂我毒药，我反哺你春药。比的是对时间的忍耐力。那刺，血红，看起来极尽妖娆。"

这是个美梦。

回国后书写异常顺利，丰沛的激情一挥而就，七八个月就交出了近十万字的样稿。然而出版的过程却十分艰辛，两年多辗转于欣喜、惊奇、审批的眼睛和程序。最后因为众所周知的原因下落不明。正当我坚韧的叩问心灰意冷之时，某日却突然迎来了上帝派出所抛出的橄榄枝。光明的使者似乎回来了，良愿的钟声重返宽广的轨道。

这本书分上下两卷。上卷侧重思想飞絮的擒获，下卷则是自身诗歌写作经验的不经意梳理。诗歌随笔也算是困境中的沂生品。2020年3月一整月，我幽闭于深圳梅林的一个住处，无所事事但心有戚戚，忧虑中居然首先与毫无用处的诗歌发生了通灵、纠葛与缠绕。不但留存下来十几首诗，而且记录了近三万字的诗歌臆想。超常经历锦织的文字，仿佛双生花，又像是防火墙，筑成了生命体察的别样意趣。

感谢命运荆棘燃烧的不羁生命力。

感谢一切对此书厚爱的美好与良缘。

朱 涛

2021年11月11日草就于深圳寓所

## 上卷 知音的屠刀

1

每个人都想一睹自己的风采。然而世界不允许。

2

对宇宙的一厢情愿和对表象世界的极度迷恋,构成了动物王国难以理解的秩序。

3

我叶公好龙般地爱着人世,让时间的情人误以为吸取了无尽的好处,竟要我呕心沥血地吐出丝来。

4

你喂我毒药,我反哺你春药。比的是对时间的忍耐力,那刺,血红,看起来极尽妖绕。

5

活着有三种境界。一种是"超世俗活着,超世俗思考";一种是"世俗地活着,超世俗思考";再一种是"世俗地活着,世俗地思考"。绝大多数人是最后一种。但谁说得上哪一种更好呢?因为一种的人生对另一种都是酷刑。

6

是否存在一个灵魂的国度,用出色的女高音俘获披头散发的魔鬼?

7

人人都知道不能永生，但人人仍然抑制不住对个体生存、长生不老的欲求，哪怕仅仅是影子或理念意义的生存。与现世割断是人类最沉痛的悲哀，因此几乎没有人不愿意开枝散叶或在艺术创造中留下爪痕残迹。

8

伟大，意味着必须无心，必须虚无，否则无法接受投奔他的、广大弱小的心灵。伟大之所以伟大，是因为深知未来会与其深刻对话并发展出不可自拔的纠缠，因而无比地坚贞和刚毅。这正是伟大之所以成为伟大的原因。很难学习。

9

如果伟大仅指涉地理的辽阔和博大，那么无疑沙漠为最。

10

人与世界的关系，归根究底是人与内心冲突的关系。处置恰当，被安抚的心灵，就会将自我的风暴，扔向外在世界。其向世界释放打开的同时，也必将得到世界的接纳。这时原先经受的痛楚苦难瞬间转化为欢乐生产力，成为骄傲的承担。反之，内心抑郁，以人类为敌，与世界为敌，由此产生出无人识见的金子埋没的怨妇般隔离。如此孤寂幻灭就势不可挡了。故还是要放眼寰宇，破除一切执念。

## 11

爱自己的最好方式是持续不断撰写自己的心灵史。

## 12

要么与生活缠斗到底,要么在锁链的空隙凿出一条风光奇丽的滨海大道。还有第三条路吗?

## 13

我没有上帝英俊和坚定,我比他少了一根肋骨。天然的缺陷,使我无比脆弱和软弱。但我仍然要赞美自己,因为我小小脑袋的想象力,接近浩瀚宇宙的无限边界,让我无时无刻不沉浸在不可抹杀的喜悦之中,辜负它就是巨大的罪孽和作恶。

## 14

我的无所畏惧建立在对人性的深刻理解上。剥除外在的一切服饰、符号、勋章及面具,我们都是赤裸相见的平凡平等的身体和尸体,没有什么值得炫耀的骄傲和资本,因而也不需要卑微地低下高贵的头颅。

## 15

他们挑我做实验,测试东方的心能否被清晨的巨岩砸醒,肢解一个血色素为零的黑夜牢笼。

## 16

然而，还有大海、辽阔的道路供我们立足，而无须勾引、贿赂它。

## 17

我们都是洪流伟大的匿名者，推动了潮水细小的脚步。

## 18

神来之笔。小溪对大海说，请不要悲观。

## 19

辩证法是自带矛盾的器械。它用零和结局强行获得了自己的权利。

## 20

按照柏拉图"一切美都会刺激生殖"的理论，大自然这个最大的色情场所，定会璀璨出无与伦比的艺术杰作。但我不明白的是，为什么大自然最美且要让它最美。因为一个无竞争的世界注定是衰败的世界，也必然是一个丑盛大的世界。

## 21

至善是洞悉自己并非无辜。今日之果，源于昨日之因。

## 22

用满盛创伤的手心甘情愿去搭救，那几乎就是母亲或爱人了。

### 23

理想主义很像东方的独裁者,鲜衣怒马,盛大宏伟,却经不住时间的盘问和击打。

### 24

知音的屠刀砍向哪里,奔腾的心就在哪里扎根。

### 25

何为同路人?不用嗅觉和眼睛就能找到对方身上深藏的暗门和凶器。

### 26

思想没有祖国。人类只有一个年轻的书写者——人性。

### 27

永恒的童年故乡被指控抄袭虚无的喜剧。

### 28

"真实"是什么?遇见在赤裸的光芒里,而不是互相在黑箱里用手势猜谜语。

### 29

我赖以生存的勇气来自对世界的断章取义。

## 30

如果没有立场、是非,只是依据亲疏远近关系处置问题,只能说明我们仍未突破原始社会樊篱,胶着在宗法制度中。

## 31

如果仅仅为活着而活着,屈服于惊恐和危险,不作正确的判断和抵抗,那么我们所有习得的知识和经验都等于零,如果那样还不如不学习。

## 32

上帝的最高礼物——善,一旦像违禁品只能偷运到思想的角落方可寄存,世界的荒芜就只剩下一条出路:毁灭而后生。

## 33

人与上帝的鸿沟是无垠的。人是上帝的异类,上帝是人绝对的他者。永远不可能交合,结为伴侣。

## 34

悲剧的深刻在于,即便知道苦难深重仍不得不活下去而以自决逃避。如此开启了救赎之帆。救赎什么?违反现世道德律法之罪,还是人之本能与神脱钩的宗教原罪?欠然意义的罪罚让人走上了永无归途的漂泊之路。这也是悲剧的残酷。

## 35

正是混淆希腊精神的核心——启蒙，即对知与学、问和思的热爱，把人类灵魂的摇篮当作了童年游戏过时的玩具。

## 36

西方经典的宝藏还是要从希腊戏剧、莎士比亚、黑格尔、但丁、斯宾诺莎、胡塞尔、海德格尔、尼采、陀思妥耶夫斯基、托尔斯泰、卡夫卡、策兰、艾略特等身体的沉船中去打捞去汲取去丰沛。

## 37

道德困境在道德戒律法官的审判中无一不是罪犯或囚犯。殊不知正是由于道德法庭的存在，才让伦理困境不断成为例外，使真实的道德生活本身，每一个活生生的人被抽象的生活秩序所捕捉。

## 38

道德的基本品性是什么？诚实。包含对自己和他者。然而这异常艰难。因为诚实很可能丧失有无限可能的选择，也必然意味着某种放弃。

## 39

如果恶对你撒了谎，伤害了你，还能谅解吗？神说，记得你是与生俱来的大海。谅解是比同情、责任、宽容更高的一种品质，不是可以随便习得的。

## 40

众多的善的骗子和恶的打手组成的军队,庇护了变节者、叛徒、叛变者的青铜世界。倘若真是如此,信仰的捍卫者必然会揭竿而起,奋不顾身。

## 41

我是相信制度的力量的。道德不值得信任。因为在资源相对充足的前提下,道德才有可能形成,但资源匮乏时则会倾向自私。因为不自私就难以生存,这是人性使然,也是自然法则。面对权力,人的欲望会无限扩大,最终出现"绝对权力导致绝对腐败"的独裁局面。这已经是被人类历史反复证明的。因此只鼓吹道德,而不主张制度建设的,都是大恶。

## 42

只要人伦秩序的感觉化还未主宰社会道德的自我立法,我们依然是活在想象的自由中而已。但会不会有另一种沮丧,一旦遵循欲望感觉去生活,是否沦落为自己身体感觉的奴隶?归根结底,人的囚徒状态并不会因边界消除而消失。

## 43

良善社会的特征是保有相当程序的秩序、正义和自由。这三者间,秩序为首:只有在合理的公民社会秩序中,正义才能实现;而且除非秩序能赋予我们法律,否则自由无非就等同于暴力。猎杀人像猎杀鸽子一样轻易。

## 44

秩序在自由眼中意味着某种约束、限制、禁忌及牺牲。但事实上它是一种系统的和谐机制，不但履行特定的义务，也享受特定的权利。因此当利益共同体的一方只想享受而不愿付出时，失序就形成了。长期失序无不带来灾难性的崩溃，无论是公元前五世纪的希腊，还是公元前一世纪的古罗马。21世纪的当今世界要想避免重蹈覆辙，必痛定思痛后重塑强大的秩序和信心。

## 45

我们称颂的真理说到底不过是时代的真理，而非永恒的真理。那么一个有局限性的真理与谬误顶多也是一百步与五十步的区别。由此我们不难理解历史上伟大的人物，为什么他们与自己的过去或偶像或思想诀别时能够义无反顾，如此决绝勇敢。

## 46

没有恒定不变的价值观。价值永远只是相对的。在一个星球能够存在的，不一定在另一个星球适合。同样一个族域人群喜欢的，在另一个可能是完全厌恶。即使在同一故园家乡，此时认可的彼时却失效。古代赞美的，现代沦为弃儿。因此抱定唯一永远正确的价值观，其实一定是个笑话。

## 47

人道主义本质是人本主义，是脱离了神统治轨道的浪漫主义。相信人能凭借自身理性力量，建设美丽新世界。现在看来这种空想社会主义培育的希望胚胎没有一例成功过。

48

我们似乎只是悲剧的认领者。当生锈的肺企图从地下室探出头呼吸一口新鲜空气，刚苏醒的阳光的靴子就无情地把我们碾碎了。仿佛什么都没有发生过。一切都与我们无关。我们只是一个看客，充当了寻找一次喜剧的志愿者。

49

个人生命最黑暗的时刻，一根稻草都能把其压垮。绝望后，逃生的唯一可能是与曾经紧紧握住的信仰决斗。此时的信仰仅仅是一个道具，而与原始的信仰完全无关。

50

"如果个人的痛苦不算痛苦，他人的痛苦与己无关"，那么可以说革命内在的"美与崇高"的欺骗性昭然若揭。

51

一方面是绝望中可以抓住的救命稻草，一方面是发现真理无情凋零后的空中楼阁。"反常"与"日常"的搏斗和交替，创造了人类历史无数辉煌而虚无的白昼。

52

如果人人追逐"真理许可"，而不把真理及时转化为零，归位到宇宙的居所，那么无疑这种真理是仅为死者准备的，完全不值得聆听和追随。

## 53

如果容许残酷的呼声伸出舌头，故意恶作剧般地惊扰我们的日常，让我们去颠覆平庸的无奈，这样的人生是不值得过的。无论如何，仁慈高于残酷，好过残酷。

## 54

即便是生产理性镇静剂的德国，在输掉战争后，人们的第一反应也是，迅速扑向咖啡与海洛因支撑的人造天堂中。一个不再疼痛的世界毕竟是脆弱的肉体所最向往的。

## 55

父亲的缺席，把少年的监管沉入漫无边际的失重之中。要么夜以继日地放纵，要么过于严肃地接受自我纪律。总之不像他的同代人，不停地为使命壮行或辩护。他是自己的祭司、法官、父亲和仆人，甚至是舵手。

## 56

人类的蔑视者，被迫把自己放进去作为人质。这种危险的诚实，倒是避免其陷入人类的敌人的困境中。

## 57

假如罗素所言"伦理学与科学的不同在于,它的基本材料不是知觉,而是情感和激情"是对的,那么从理性良知到感觉良知的转变正是自由欲望实现自适的唯一途径。

## 58

对于扩张的美,我的面容包裹不了。为什么不能做得再大一点呢?我问我的上帝情人。他说:人类的攻击性完全超出我的想象力。

## 59

陈词滥调之所以能成为陈词滥调,至少包含了某些真理,即未被时间清洗掉的遗产。像罪行的珊瑚礁。

## 60

新生儿热烈的啼哭,警示一个不可预知的明天来临。那个时候他是神是灵是荣耀的天光。当他踏入人间,皆沦为奄奄一息被浊世肢解的躯体。

## 61

"凿"是平面空间的手段,由表及里,由外向内,是洞穴类型。而"破"是多维世界的作为,没有边际纠缠的空无,属宇宙境界。没有科技的进步和支持,自由只是一种修改过的有限度的屈从的游戏。

## 62

宇宙学告诉我们,明天只是一团由气体和尘埃构成的软组织,不值得留恋。况且它的软弱连最小的枝叶都能戳破。

## 63

既然原子组成了各种物体——分子、生命细胞、有机体,岩石、山脉、海洋、行星、恒星和星系,那么渺小如尘埃的我们,还有什么必要再去纠缠你的还是我的。都是宇宙的。

## 64

她是大地、河流、乳汁、印模、灯塔一切万物的母亲,然而却不完美。因为她只慷慨赐予,从不把崩塌的灾难当作教训吸取。

## 65

我们以为看见了自己,其实只是看见自己的影子。虚幻这个宠儿比任何世代都配得上她的玩偶。

## 66

太宰治有"生而为人,我很抱歉"之语。他抱歉什么呢?太颓废,不够刚毅?还是太不专情,滥用"上天眷顾,受宠若惊"的才华。没见过芦苇因软弱飘摇而致歉的。

## 67

我因被她检验出无穷的活力而猖狂。客体的自信值随不同主体的估价而浮动。这点接近自由市场的核心。

## 68
既然"偶在是生活中各种可能性的相逢",那么在可能性中勇于抉择承担责任的人,才可能是自由自洽自在的人。但这又是可能的吗?

## 69
失眠人,不要忧愁。还有一个寝食难安的爱的独裁者陪伴你始终。

## 70
既然不可多得的才华已向世人证明,剩下的唯有探索身体的可逆性。当他纵身一跃,喝下从未见识过的巨大空虚,请不要恸哭。应鼓盆而歌为他祝福。

## 71
要向少女学习,在每月习惯性的经血政变中,完成假想献身的涅槃。

## 72
繁花看尽,剩下骨架。有时,这位天才静等救主荆冠的再次来临,更多时候心灰意冷,沉入内心的枯井。

## 73

在现代主义的清单中，个人的困境是搜索引擎的首选项，其次才是他人的、民族的、国家的或其他花边新闻。这是与古典主义删除了自由个人的标准答案不相符合的。

## 74

我们的困境：谁也无法说服谁，谁也不愿倾听、辩解、告白可能和解的未来。包括在场的黄昏，和从远方赶来的瘸腿的希望。

## 75

蝗虫般的时间吞噬了天空一角。穹顶塌不下来。但对于压垮的云朵，就是生命的全部崩溃。有什么理由、什么资格说：那不算什么。

## 76

哲学家刘小枫认为，"个体生命的在体性欠缺"，常常会击碎人类伦理理想和政治制度保护人自由的最低限度的正当性条件。这不仅是自由伦理的悲哀，也是政治理想的悖论。

## 77

无论是道德寂静主义的放弃生命热情和愿望的规劝，还是道德理想主义的把热情和愿望转移到集体的克服，都仅仅是对人性的暂时压抑，并不能找到一条契合人性的出路。反倒是道德自由主义给人性脆弱的碎片提供了一个弥足珍贵的庇护所。

## 78

即使在自由主义社会,个体生命的偶在依然不能摆脱命运无情漠视噙着孤单泪水的眼睛。

## 79

我孵化了一个又一个声音,在噪音巨大的混乱中,清晰自己的耳朵。免得爆炸的天空牧场中,找不到自己那匹骨瘦如柴的野马。

## 80

混乱的口音试图让一个兔唇的神翻译出清晰明亮的三元音。无法完成的任务,只能挑战曾经安慰的逃亡之路。

## 81

谁给了我对赌世界的勇气,用血泊中的独眼押上。无论多晚,无论多久,都要把十字架从天空的坟墓挖出来,抢救。

## 82

我钟爱的三种水果,樱桃、杨梅、枇杷,都是季节的、易逝的、象征的。

## 83

也许表演得过于悲伤,葬礼总给人化装舞会的感觉。可有什么办法呢?不管是用锯子、锤子还是凿子,总得要找一个地方下手。

## 84

文明的每一次蜕皮,都是把自己架在火刑上炙烤才得以实现。并无其他选择,在荆棘之上,对孤身一人保持荣耀。

## 85

在千百万的凶手当中,你是最温良的一个,以爱人的名义劝慰我喝下你残阳的希望,以高位截肢的黄昏抵押一个迟到的夜的正义。

## 86

福柯告诫:人的灵魂现实是被束缚与被监视的。尽管作为一种公共景观的酷刑暂时消逝了。

## 87

记忆的面目变幻多端,口是心非,以致我们常常成为它的人质。

## 88

超凡脱俗的崇高和壮美,恰恰是为了掩饰世俗生活的庸常。戏剧性的眩晕的分裂,皆源于此。

## 89

到处是墙,回到钟表飞散的时代。听风声雨声马车声,捕捉日头鸡鸣的脚步和呵欠。好在狗的嗅觉仍在,很快让我们找到同伴。

## 90

"我是自己的父亲。"人总是通过喧闹获得赞叹的自信。

## 91

多么需要先知般的思想家和实践者。我每日的支撑,都来自魔鬼守门神对我孤立的眷恋。

## 92

自由旗帜的迎风飘扬,必然加入了道德的约定和法律的限制,否则一定是无锚的漂泊。但倘若以道德和法律为由对自由捆绑,那么自由至多是一块千疮百孔垂下头颅的破布。

## 93

自由的前提是平等,否则必沦为一些人对另一些人的奴役和践踏。

## 94

即便是怀有自由主义思想的人,如果不具备允许质疑允许批判的胸怀,也不过是刺猬的翻版。

## 95

自由主义的沃土寸草不生,得益于为其施肥的砒霜般的沉默。没有自由的生命意志,人不过是座移动的坟墓。

## 96

是什么信念让春天对新生的丑陋永葆免疫力？陀思妥耶夫斯基说，刑满释放，我还想继续生活。

## 97

知道自己身陷其中才配称先知。

## 98

人类总是千方百计促成自己幻想的预见，以证明命运的必然性。这无疑促进了占卜、巫术、祭坛市场的繁荣。

## 99

每个灵魂都有一个守护神的良愿，经受住时间的检阅。"命运引领顺从者，但拖曳不情愿的人。"

## 100

道德家是最令人作呕的职业。在古代，奴隶用虚构的道德之矛侵犯主子的现实之盾。当今却被统治者充当整肃异己、抵御外患的宝剑。

## 101

以片段的人生经验为永恒的时间病人问诊，无异于饮鸩止渴的谋财害命。

102

在宣传战中,率先和最后使用的皆为人身攻击武器,支持其弹药的是侮辱性的论证和情境性论证。虽然无耻但极有效果。"瞧,这头丰腴下流的母牛",谁还敢抱住她呢?

103

人类至上的视角与上帝的视角怎会是一致的?一个是生物解剖的诊断性的视角,热爱卑微而痛苦的命运;一个是蘸足了生命情感的、冒犯冲撞适者生存领地的乌托邦复眼。

104

理论上,并不存在所谓的人类自我,仅是一帧帧照片显示的小丑般亲昵的瞬间性片断。

105

或多或少带有申辩和表演的个人心灵史,将人生搁浅在美丽沙滩,使得险恶的人性无处彰显。

106

瞬间珍贵,并非由于记忆会被未来完整地记录,而是每一瞬间第一次也是最后一次被点燃和激活,审美地洞穿了死亡的唯一特权。

107

越接近无限的越破碎,越难以模仿,因此才越独特不可复制。

## 108

π的后面有无数不可丢弃的小舢板,但是引领你的却是那艘3.14船舰。这就是人生。

## 109

美是替身始终做不到的且品格独特的自己,丑是丧失自我气质的缺陷品。

## 110

为什么一出场就感觉是一个出色的演员?因为他的面具实际是他的本相,通过扮演的角色释放了压抑隐藏的个性。

## 111

共鸣并非指角色代入,而是生命的双重或多重人格触碰了埋在心底的雷区,血肉模糊了单调封闭的生活景观。

## 112

水珠奢望不参与制造悲剧的火焰来净化自己,壮丽的理性河道却是知晓欲望泛滥且惊心动魄。

## 113

无须负责的负疚感酿造了以崇高理想之名牺牲现实安稳的美味佳肴。

## 114

网眼看守了很多的"不存在"。这样的好处是,波澜不惊的海底不会被羞耻击伤。

## 115

人与动物的最大区别是对时间的眷恋和挽留。知道自己终归有一死,减轻了对本能的依赖,让创建一个乌托邦的终极梦想成为慢性毒药。

## 116

既然蓝天像过生日一样难得一现,雾霾的俗世生活也就不会让我们有太多的缺憾。

## 117

禁锢的头脑与"公社""群众"之类的身份很匹配。守护了早已易主的动物们的一点小情小调。只要有饭吃,有觉睡,还有什么不满足的呢?

## 118

少女在刹那开放的灵魂里无端地哭。她不是哭自己,是替空气、草木和人类强加的身份而哭。

## 119

有哪一部分是属于我们的领地?一出生就滑入死者居住的土地,

开始扮演嫩叶、树枝、根之角色，然后承受风暴、酷热和寒冷的驱逐和击打，然后枯萎成为小小尘埃，埋进大地和深渊变成幽灵，重复上一代虚无的历史。

## 120

探听新偶像的工作，落到了一只猫耳朵上。它不明白怀春的始作俑者，与强暴最终发生的结局有什么因果关系。

## 121

幸福的吝啬，是因为他躺着，只看见天花板。每个人心上都住着一位独裁者。

## 122

医院的良知和秩序，与病人希望结束苟延残喘、骄傲地死去，是同一种美好绵延的道德。前者关心生命的正义和平等，后者则满足对生命尊严的审美要求。

## 123

鼻子的存在，妨碍了理性在天蒙蒙亮的第一声鸡叫。

## 124

所有古老的教诲第一条都是：消灭激情。这有点像牙痛，却拔掉了牙齿。

125

心理学炮击的是人类的弱点。火力猛当然好,后遗症是一旦炮弹耗光,极易旧病复发。用欲望的针灸,多快好省。

126

过惊世骇俗的人生还是随遇而安的人生,并不取决于我们的生命意志和自由选择。它关乎基因、家庭背景、性格、情绪、巨象般的偶然性。是它们的联姻构成了命运的全部景观。逼迫我们心安理得全盘接受且不允许反扑。

127

"童年被透支的孩子,很难形成健全的人格。"因为被捏造而不是被唤醒的教育,注定是畸形扭曲,诅咒和狙击人性的。

128

未经启示过的爱仅是本能,是蚁群粗犷的协作,回答不了星空迷途的盼望。

129

尼采所说的,喜悦的力量是真理的一种标准,可否理解为:它是被仔细挑选出来的偏爱,是不可根除的禀性,犹如银行家马上想到"生意",基督徒马上想到"罪恶",少女马上想到她的爱情一样自然。

## 130

物质财富像偏头痛,当你需要闭门安静时,却不断撞击你。这种无用的近乎疯狂的欲念,充斥着人类世界。

## 131

还是那个旧太阳,经过激光的整容,展现孔雀开屏的无限魅力。只是不知道那激光添加了多少种雄激素。

## 132

有一个本能的党,这样的专制让每个物种成为独一无二的幸运儿。

## 133

英雄多子多福的美德,在庸常生命的房间是泛着绿光的苔藓。不允许进场。必须诛杀。

## 134

事实是,我们常常彬彬有礼地滥用经验,把一个生动活泼的世界肢解得支离破碎。且引以为豪,以身相许。

## 135

"罪责"和"惩罚"设计图的确权及泛滥,把道德世界的自愿秩序引向了刽子手的祖先愿景,它让恢复清白的请求变得更加遥遥无期。

## 136

抗议什么？别无他物的牢笼联合体。敌手的价值，才让我们青春永驻。阉割的，都是沉默的羔羊的夕阳。

## 137

在病态的野兽身上，我们只看到病而看不见野兽。这种类似宗教佑护所产生的怪胎，危害之深，超过了设计者的预期。然后改变已经不可能。

## 138

重回诚实而孤独的过去。真理毕竟就是真理。会溯源反思。为什么不能清清白白做人呢？屠刀又没有立在身旁。

## 139

在生存的意义床榻失眠。是绝技。指向矛盾的纯粹。

## 140

一方面我们对纯粹血统的孜孜追求有深恶痛绝的声讨，而另一方面又对特殊肤色、种族、人种有不自觉的侮辱。脚踏两只船的爱的宗教必然会在不公平起义时，束手就擒。

## 141

清晰的世界一定比混乱的世界好吗？专制、军队、医院、监狱无一不指向一个共同确认的刀锋。除非像赫拉利所洞见的那样："在一个信息爆炸且多半无用的世界，清晰的见解成了一种力量。"

## 142

反抗"无足轻重"，比反抗"剥削"困难得多。这个在以往任何一个世代都被认为笑话的论断，在 21 世纪中叶将闪亮登场，把过去所谓的真理悉数推翻。人类也将轻蔑如蚁蝼。被非人类的机器智能所统治。这正是历史的吊诡和可爱之处。一切都不再确定。

## 143

连心灵这种神圣的创造物都能被人工智能拆解为情绪和欲望的生物算法，还有什么是不可撤销的？

## 144

此刻，像个淑女。后宫十万，独爱汝一人。原来幻象如此美丽。

## 145

嗜睡症把我拖入永不磨损的无涯的时间深渊。这种返老还童式的丧失了人类警钟束缚的恩赐，是我最不喜欢的一种生命形态，它让我对人世的腐败、堕落、麻木、苦痛、非正常死亡不以为然，置若罔闻，以为一切最终都会被挽救，重新回来。这种被误导的轮回大荒唐何时能被斩首且脱胎换骨呢？

## 146

对于聋哑的天空，繁花的爆竹只加深寂寞。

## 147

天才总是试图证明自己有把疯狂毁灭的能力。但终无成功。因为上帝不允许这种稀有品质消亡。

## 148

就当作是伪造的夜,紧急状态法让那列本该停留的车像子弹呼啸而过,驰向虚空。

## 149

没有规定一滴水必然会必须要奔向大海。更多时侯它被荒漠、石头、火焰、正午的太阳消耗,死亡在奔跑的路途上。因此被命运青睐的,才称得上造化,是偶然对其的搂抱和告慰。

## 150

生命的干预让无痕的时间获得了痉挛的快感,并留下与未来通话的地址。

## 151

以心灵伴装的空白,换取绳索谈判权,让天空高悬永不凋谢的旗帜,是庸常之辈惯用的伎俩。

## 152

由于发明了各种消除体臭的化学药物,人人表面已无分别。因而一经被人认出"有体臭的人味",反而不是羞辱而是倍加尊敬和刮目相看。

### 153
黑暗使者比我提前抵达白内障的太阳,意味着地下抵抗组织已赢得一切。

### 154
大海故乡对我的意义几乎是精神性的,她的博大、辽阔、深邃、不羁、无处不在的咆哮和危险,很早让我认识到人的卑微和渺小,让我即使在最磅礴时,也不敢自傲和自恋。因此故乡物质的匮乏和地域的封闭根本就忽略不计了。

### 155
儒家的入世与道家的逍遥是很难结合的,非即时转换频道的天赋和境界难以做到。我惊奇自己正在达成的欢乐之路上。

### 156
知道自己知道与不知道自己不知道,都是很幸福的。

### 157
只能成为知道分子,而不是知识分子,是我们的悲哀。

### 158
何谓邪恶?靠观看别人的色情,达到高潮。然后他怒吼,以伤风罪，把那些人拉出去毙了。

### 159

我与孤独情投意合，并不是说我天生喜欢离群索居，而是因为与自己独处时更自在，不需要克服与生俱来的羞涩。

### 160

抵达自我真相的困难在于，我们已钟情自身扭曲和谎言制造的幸福港湾。

### 161

性革命最早是对权力的挑战，后来演变为对自己的惩罚。

### 162

内心激荡的大海，必定是风暴的击打和自身漩涡的合谋，是对时间在最恰当时候降临的致敬。

### 163

谁最先摸到历史起翘的臀部，谁就能淘洗惊心动魄潜流中隐藏的幽灵。

### 164

周有光先生说："我们要有世界眼光看中国，而非中国眼光看世界。"朴素的常识，闪闪发光，反倒成为真理的路标。

## 165

对于异见的声音，基因会自动识别并阻止，保证独一无二的我之存续。这种排他性带给人类共和联盟的惊喜迄今几乎没有出现过。恐怕连上帝都已不抱希望了。

## 166

现在不同了，计算机可以根据双方的武器算出对毁率，出示胜负证据，通告天下。因此作为象征的恐吓反而成就了寡头政治的长生不老。

## 167

朝圣的路愈发遥远。几乎成为绝望。在是与不是之间，是我站立的夹缝。

## 168

在乌托邦的光芒里自由泳。我总是惊叹人类无限分割的能力和不断扩张的自我欺骗手段。

## 169

医生这种食谱，吃多了反胃。它的基本宗旨：一切皆不允许。

## 170

忏悔总感到苍白，像正午，阴影最短的时刻。

## 171

很快我们将看到,人头马不再锁在神话里,它会自己下地奔跑,组织人与动物和谐完美的稳定伙伴关系,改写所有旧制度、规章及守则。

## 172

即使所有的协议全部作废,仍将会有一个节日依然生效:用盛大仪式庆祝的对人性征服的胜利。

## 173

未来一定会有生物传感器植入你的大脑,探测你每时每刻的感觉。倘若你的愤怒超过阀值,监狱将随时召唤你。不要为生物智能的过度开发兴高采烈。它织成的密不透风的钢铁蜘蛛网早已张开虎口。

## 174

民族主义者,无不沦陷于民粹之泥淖中,充满与世界的对抗。唯有成为世界公民,人类公民,方能拥抱无比丰富的民族个性,携手各民族共建人类玫瑰园。

## 175

最高的权力和自信都是通过炫耀和污辱得以建立。他的观众是星散的沉默者和懦弱的乞丐。幕后导演则是令歌手瑟瑟发抖的恐怖。

## 176

要区分烈士精神与烈士情结。前者是撕开伤口，挤出脓，剪除病灶和坏器官，以修复弥合身体为要旨，不被名利要挟成就自己。而后者则是为了切除而切除，不问目的，务求轰轰烈烈，一鸣惊人。

## 177

为什么不给才智过人、坚韧不拔的民族多一些领土，而是鼓励他们去侵略、掠夺、剥削、占用、分裂？难道又是上帝的一种谋略，是故意撒下的鲶鱼种子，达到平衡的安慰。

## 178

杂交的犹太民族发展出的有限的且常常缺席的世俗王权政治，恰恰是自由主义的源泉和催生婆。因为在与神订立的盟约里，清晰载明了他们作为代理或管家的地位，而不允许挑战上帝至高无上的绝对权威。

## 179

正因为从来不存在所谓的正义与慈爱的理想国度，才激发人去不断创造、寻找属于自己的家园。

## 180

器官的病变或移植会改变大脑神经的意识，从而影响大脑预设的条件反射限制器官的自由活动。从这个意义上说，一个只剩下原生脑电波，加持他者器官生存的人，不能算作是正常的人。因而也毁灭了人类。

## 181

那一刻,怨恨消弭了。因为有了新的共同的敌人及可以看守的事业。不要轻信信誓旦旦的诺言和盟约。在宏大叙事的利益面前不堪一击。

## 182

第一次对自己的群众身份感到满意。为自己的先知先觉骄傲。一个脱离了先进组织的爱护、关怀、看守的人,本质上已沦为游民、流氓、流寇,因而成了哲学意义的绝对自由人。

## 183

什么力量及信念,会让一个人活得很像他喜欢的那个人?

## 184

很难想象年轻时极其激进、年老时极度保守的会是同一个人。促进灵魂基因突变和分裂的关键因素是什么?是器官衰老的病理性退化触发了大脑叛变?还是本来的价值体系很脆弱不堪一击?抑或根本没有创造出一个发育良好的身体。当然也只有极少数的心灵可以不惧失败,坚持着把痛变成伟大的喜乐。

## 185

我的理解是,"自知之明"不仅仅是一种认知,更应该是行为的约束。知道能干什么，不可以干什么，从而不盲目不盲从，扬长避短。

## 186

没有可以被证实的才华是可疑的。一个人隐藏再深伪装再严，总躲不过时间的催促和追问。因此要考察一个人能否前途远大前程锦绣，只消去追索他往昔的荣光和失败即可知悉。倘若过去一片白茫茫，不是白痴也必是阴谋家，不应得以重用和信任。

## 187

战争是人类的玩偶情人。经济的脸色焦黄时会时常想起她。

## 188

一条道走到黑，并非是无其他道可走，歧路也是路。可悲的不是身不由己，而是根本不愿再走新路。摸索是要付出代价的，有时甚至生命。问题是，一条道走到黑，未尝一定是条活路。既然都要死，何必死守并纠结何时死呢？但披荆斩棘有可能新生。

## 189

自恋也是一种能量，可以激活细胞、激发斗志，满足身体喜新厌旧的暴力循环。

## 190

相互妥协的办法就是不妥协，继尔成为一种互相制衡。这样的状态比起随时变更的体制更持久。

191

某人死了，只是生命的事故，但上帝死了，却演绎为人类悲哀转身的故事。生命的重量与质量和容器大小有关。

192

月亮说，今晚我像假的一样，赤裸如灯盏照亮你，其实这才是我本来的样子。有时候真的未必比虚幻的假好。

193

早熟的刀锋帮助我们撕去肉体封条，爱则无所作为，大抵她永远在化妆，来不及上路。

194

如果存在光明基因，何必恐惧黑暗的围剿？眼中只看见黑白，永远认识不了世界。

195

在动物界，人很弱小，也很无能。但他统治地球。何因？小小脑袋隐藏着宇宙般无涯的思考。不尽的思想、幻想、梦想，它们的价值无一不来源于自由。

196

与其说波浪拯救了船帆，不如说是船帆缝合了大海的空虚。这么辽阔的道路谁愿独享？

197

放逐的大门永启,我才能见证自己的脚步,有否无故停下来。隐士和逃遁者,我的鞋子从未计划过把它们装入篮中。

198

每次体检总给我打击,但这次却让我重拾信心。年青医生说,只要活上五年,现在的一切重疾均能救治。应该相信科学的昌明,但更重要是讨得命运的欢心和宠幸。

199

难道真有一个不锈钢的夜供我们穿戴?为什么不能把它想象成石榴裙的夜,珍珠项链的夜,钻石镶嵌星空的夜?训练我们的美好击穿它。

200

接受对内心的入侵,就是同意对外部存在的讨伐。这种非黑即白的对抗零和思维,剥夺了我们预验世界的先知的乐趣。尽管躲在子宫的铁笼确实安心。

201

大刽子手的才能是让风停在叶子上而不觉得丝毫的疼痛。

202

要借刀杀人,让喷薄的血为你慢舞。如明天迎接旭日般的元首。

### 203
大凡集权制国家,几乎会汇集所有想出人头地的艺术家。他们与其大独裁者的唯一区别是,仅是管辖领地的缩小版而已。本质上他们属于同类。一个坐在君临天下的包厢蔑视,一个坐在池座上小声地咒骂。

### 204
暴君祝福的夜遥遥无期,我只能做他的一件睡袍,勒紧他的假期。然后我宣布,为暴君造一个暴君的白昼已经结束,现在,你们要全部服从我。

### 205
屹立在他体内的恐惧,像暴风骤雨中的小鸟。早不寄托天空豁免他们,只求慷慨的死亡立即给予他们解脱。

### 206
屠夫讲述新婚的夫妇如何在缺席的婚床上,冶炼死亡永恒的戒指。

### 207
既然着魔了,不妨彻底。半人半魔仍是沉浸在现实中。

### 208
胜利者会自以为一直是胜利者,直至功亏一篑,遭受完全的覆灭。

## 209

活下去，让饥饿抚慰的橄榄枝再痛哭一场。

## 210

马儿疑问：拓开的路，凭什么要让鸟儿裁判正道还是歧路，须前行还是终止。牛头不对马嘴，正是现代主义的精髓。

## 211

用香水遮臭是现实主义，用香气吸引异性是浪漫主义，用香精迷乱灵魂是魔幻主义。

## 212

人类的形式总是大于内容。因此，我们无不热衷于图腾、禁忌、礼仪、神、建筑、艺术。

## 213

她会说，阳光真好啊。不用说一句话，就直抵了人心。
知识可以学习累积。境界却不易模仿，它基本是天生的。

## 214

真还有那样的人生赢家。青春时凭容颜吃饭，壮年靠才华出尽风头，古稀用教诲一统天下。

## 215

成本包含了金钱、时间、情感,不可控之偶然命运。一般人只看见看得见的。

## 216

宗法社会,长老行使最高权力,成本低效率高,打情感牌。法制国家,法官、律师、陪审团三角鼎立,耗时耗力耗人情。短期看,似乎前者更经济,但实际是长远潜在风险不可测,一旦首长利令智昏,将是不归路。

## 217

谱系人格化和世界额头的皱纹,似乎要把昏昏欲睡的人心推向一个随时可以献给未来的处女地。

## 218

时间的瘟疫从未为我们负责过境遇,却毁灭所创造的一切。

## 219

喜剧转折为悲剧的一个重要元素是,发现定情信物遭到了奸污并试图再次献祭。

## 220

如果承受的苦难不能转化为宽恕和涤罪的契机,那么我们仍然未摆脱悲剧的垂帘听政。

## 221

不要指望偶然的兴奋剂，能干涉悲剧无限的诞生。

## 222

爱是一种气息、一种气味、一种类型、一种习惯。爱的偶遇高估了生物欲望选择主体的主动性。所谓相爱的人必然到来的误会，只是证明时间在此时此刻的偶然触碰。你来了，故"带来了爱，"而非一定必须是你。本质上人爱的只有"一个人"。

## 223

一旦沾上爱的味道，则极有可能想立即沾上爱的眼睛、嘴唇和舌头，以及独占爱的身体和阴影，从而导致爱的反抗、逃离和溃败。因此只有选择其中最想要的部分才能长久。然而很少有人洞见即使挚爱的人也要给其心灵自由的真理，珍惜珍藏来之不易的爱的珍宝。

## 224

男女之间的情欲，在醉态中最能恰到好处地完成彼此的分泌。这是收缴阳光火药桶的阴影日思夜想仍未得到的礼物。

## 225

"爱人"，一个被政治用滥了的词。现在到了矫正它的时候了。爱不是狭隘的侵犯霸占，而是馈赠、赐予更壮阔的自由和解放。

## 226

飞鸟和天空的关系，同样适合男人与女人肉身栖居的原则。

## 227

柏拉图与伊壁鸠鲁相背的爱情观，分裂了她和他未来可能融合的道路。矛盾的根源依然是各自表述路径的动力源无法统一。一个是希望做灵魂伴侣，而另一个心须要肉体伴随。

## 228

幸福是伦理学的主角，告诉人们什么叫幸福或应该如何生活才能幸福才算幸福。但它却不能解释为什么不幸福。因为首先要有舞台，才能有所表演。其次每个人对幸福的体验是不同的，一个人快乐的天堂，对另外一个人可能是痛苦的深渊。

## 229

尘世最美的事物都与性现象或性冲动有连带或因果关系。舞蹈、绘画等艺术则直接通向人性和自然性。

## 230

常态思维在爱恋中是举步维艰的。尤其是对痛苦的理解。希望所爱的人快乐幸福是大多数人的愿望和要求，但实际是未让恋人受过一点罪或让其有挣扎的痛苦反而得不到爱。痛苦加入爱的元素，是性屈服获得快感的补偿机制。"一切恋爱是一种奴隶现象"，即表明"一个人的残忍即是一个人的威权"。一帆风顺的恋爱得不到正果。

## 231

除却死亡，人世山盟海誓的爱无不被时间与空间的双重斧子砍得血肉横飞。因此即便可能恒久的爱情，也尽可能多地紧紧搂抱在一起，享受此时此刻的美好。

## 232

激情是靠不住的。当它的燃料耗尽，引擎必然会停下来叹息。养成良好的习惯，让生命、生活、艺术创造保持匀速运动，比任何一时兴起的热情更有意义及持久。终生只干一件事并干成极致的人是最值得敬仰的。

## 233

男性靠炫耀征服女人克服自卑，数量越众自信越充盈。女性恰恰相反，依赖所爱的人获得安全感和幸福感。因此我们常常可以发现，几乎所有的男人都那么自然而然地兴高采烈地与同类分享着性经历性经验，而女人即使是闺蜜知己也对性讳莫如深保持神秘。

## 234

想和你睡觉与想和你同枕共眠是不一样的，前者仅仅要求肉体交欢，而后者还包含了灵魂交融，是弥足珍贵的丰沛泪水夺眶而出的深情厚意。

## 235

如果共享一个身体，那么她的痛苦也是我的痛苦，我的罪责也是她的罪责。如此自由丧失了。

## 236

男女爱欲的风险在于，一旦启动了刺破镜子的融合计划，有可能等待你的是一个意想不到的身体崩塌现场。那时你将不得不收拾深陷其中的自我幻灭，把罪责推给完全不相干的上帝，从而在新的欲望客体前止步。

## 237

"劳伦斯从未忘记一株植物或一只动物拥有属于自己的、不同于人类，或人类无从理解的存在。"他对一只乌龟说：在你还是一个蛋的时候，你母亲产下你。她的回答居然漫不经心："男人，我必须如何处置你。"对峙的结果是：他百无聊赖地看着一条道路，而她更加百无聊赖地看着另一条道路。

## 238

大多数女人对永生的事物不感兴趣，她们太早放弃自我，为的只是圈套一个没有她自己位置的美好大家庭，制造灵魂飞地的火焰发射器。

## 239

剩下白发苍苍孤独无援的女性支撑世界。男人们的提前离去，再次印证了我的一个论断：苦难的熔炉适合有骨气的铁无畏生长。

## 240

女人看女人才能触及本质。男人眼中的女人，要么女神，要么荡妇。这是他们的动物官能症决定的。

## 241

女性比男性更易喜新厌旧。不同的是，男人爱的是不同的身体，女人爱的是自己百变的心情。

## 242

谁比我更幸运，长期独饮颂歌庇护仪态万端的远方。

## 243

发现了一个新词："文爱"，意思是比肉体之爱更持久的精神之恋。通过语言的彼此生动和催化互情，达至共生。

## 244

她说，她是典型的女性。我说，我就怕你是非典型的。随性的、率性的、不羁的，不可救药的那种。

## 245

有无不可试开的、不能退回的跑车？她说，有。她就是。

## 246

她说，我这么美，骚不起来。令人哭泣的美，是大悲哀。

## 247

惊奇一张阅尽沧桑的脸,还能怒放桃花的天真和不屈。并且相信冬天不会卷土重来,带着他又聋又哑的盲雪。

## 248

我不敢相信冰封了一个季节的魂,会燃烧着雀跃我重返热情的夏天。何等的造化啊,获得了战胜荒草的配额。

## 249

必须忍受秋天的双唇蹂躏落叶枯寂的爱。如同我深爱的皮披在另一根瘦弱的骨头上。

## 250

这张脸我只在梦中见过,她简洁的残忍的美,让一切人间尤物黯然失色。但我也仅仅是希望她只是闪现在梦中圆满。

## 251

我以为窃取你丰盛的爱的,不是容颜,恰恰来自自我探寻的休克。

## 252

放下容貌的美吧,那不是你自己的,是你父母的赐予。你的价值在于觉醒你内在的犯罪般的创造力。

### 253

因为腰痛,他又浪费了一天口舌,去说服云雀般的女伴回来。

### 254

她不恋父,也不喜欢比她年轻的。那么只有爱自己。

### 255

爱是最好的护身符。这个上苍赋予的唯一权力几乎无人动用。

### 256

推动爱情炉火炽热的能量一旦骤减,炉膛就会因热烈不足弥补而窒息。年轻时依靠欲望的身体作燃料,尚可持续。那么到老年了呢?势必要改用思想的太阳能。

### 257

爱情中的克制,如果没有加入智慧的调节,确会不可避免情感世界的紊乱。既要保持彼此的尊重和独立,又不失时机地迎合取悦对方。对欲望的滥用或抵抗,都是对"度"的艺术分寸感缺乏真正自信的洞察。

### 258

在所有形式的美中,只有神性的美才可能成为一种被爱的对象,美本身的对象。因此期冀在神性美的晨光里寻找凹陷处,无疑是荒唐的圈套。

## 259
山高水长,肉体被安抚得千疮百孔。

## 260
只有当毁灭的冲动与求生的欲望合为一体时,爱才会灿烂若昙花。

## 261
爱情如果不能在镜中映出自己的全部容貌,至少要找到黄褐斑的位置,以便日后改换门庭时让石头有确凿无疑的证据。

## 262
诗人的高妙,不仅在床笫上烙印肉体跳动的火焰,更能在记忆的纸张上让逃脱的灰烬死而复生。

## 263
爱情都有飞鸟的特性,其神秘的、梦幻的、模糊的随心所欲的姿态,使其通向未来,成为击败衰老垂死现实面孔的唯一武器。

## 264
我喜欢窒息的丧命的无休止的惊涛拍岸。既然上帝造就了一种超越发情期兽类限制的生灵,那么就要匹配出招展雷鸣电闪的热烈风帆。

265

张爱玲说"到女人心里的路通过阴道",说得极是。但更应该申明,在肉体的药引发作后,必须继续精神的救赎。仅依靠肉欲的十里春风一路狂欢,至死不渝,是幻想。

266

一边是产能过剩的欲望,一边是燃料耗尽的爱情。

267

女性力量和男性力量,都是从原始的性能量开始获得的。因而性不是欲望,而是创造。

268

石榴裙蔑视测量其深海的偷窥镜,却不厌恶明目张胆冒犯侵略其身体的天真。乐于成全被预见的黎明之美,这样的美德成就了她火热艳丽的生命。

269

午夜。穿紧身裤的卵巢,与我的精子签署誓约。梦想重归铁与火没有损耗的世界。

270

她不止一次发出求救信,均石沉大海。但她仍不明就里,仍以为时间会重返她深深钟爱的波浪居所。以为拥有过的必也会再次重逢。这实在是太不了解时间风暴见异思迁的品性了。否则何来"时过境迁、此一时彼一时"那样无奈的喟叹。

## 271
她汽笛一样一直鸣叫，真把我当作客人了。我早改行做了水手，只负责解缆放风观察天象。

## 272
这张脸曾如此让我激动，让我承诺不顾一切病痛苦难危险都要保卫她。现在火焰退回到了镜中，连衰竭枯竭的源泉都找不到。我是要谴责人性易变，还是为自己的乱情辩护？似乎都不得要领。

## 273
正是因为巨大的差异，才是足够吸引双方成交的动力。无须隐藏缺陷或弱点。

## 274
当肉体和灵魂确定过眼神后，来世留下一个裂口供我们航行，使旧世界有了活泼的动力。

## 275
用星光的吻干杯，不说是荒诞的，至少也是歇斯底里的。然而我们做到了并且一路注入了大地欢笑的爱液。

## 276

既然深爱女人欢乐的鞭子，还在乎多一个证据确凿的相同罪行？

## 277

谁喜欢怨妇呢？要学做天鹅。

## 278

灵魂卖淫比肉体卖淫更无耻。鲜有天生喜好肉体卖淫的，但钟情精神卖淫的比比皆是。

## 279

背叛，一定是精神早于肉体的。但在世俗的戒严中，肉体出轨才是被正式认定的叛变，不可饶恕。依我见，一旦精神背叛的号角吹响，肉体出轨不过是水到渠成的音符的飘萍，不足为道。把肉体背叛当作行刑的分水岭，证明我们依然是男权社会。从没听说过毫无忠诚度的男性遭遇过因肉体出轨带来的困扰、谴责和惩罚。

## 280

肉体沦陷的纲领异常直白和醒目：以最惊世骇俗的姿态迎接禁闭的赤裸，解放蹂躏的鞭子，完成性本能的至善至美。

## 281

性能力是一种特殊的能力，和与生俱来的身体天赋相关，更与后天在生活中创造出的自信密不可分。但凡事业有成的，性能力必然强大无畏，反之无不萎靡不振。

### 282
离她的人心只有一寸远。她却足足走了一生。以围绕边缘的方式抵达。

### 283
在人身资本和财富已全面伏击爱欲的时代，纯粹的两情相悦被认为是刻舟求剑的迂腐。

### 284
即使高度吻合的灵魂，在蜜糖的诱惑下，身体都可能会出轨，被吸走。

### 285
铁石心肠皆因火热的柔情蜜意被过多地滥用。

### 286
据说男人一生有二次针对女人的暴力。第一次是对处女的救赎，最后一次是死在爱人的前面。

### 287
男人们靠下半身升华女人对他们的爱。这条天然康庄的光明大道，大多数人不愿承认或不屑承认。

## 288

无常的爱情其实模仿的只是自己的初恋。永无休止复制着它的气味、眼神、声音、容貌和仪态。因此说,爱关心的仅是另一个不动声色的自我。

## 289

爱的宣誓一经认出,即使不是灾难性的,也被认为是轻佻和浅薄的。作为造物主缔结的首要责任,爱是与欲相抵触的。因而必须是自在之物,不能被他者控制。

## 290

隐秘的火焰,纵使万般柔情,当它从暗夜里抬头吐出舌头,也会烧灼人心。

## 291

那朵玫瑰,怎知沧桑的闪电会把她冶炼成妖娆妩媚的长笛?然而终究还是错过了。

## 292

缪斯的床笫挤满了不屈的疲倦。

## 293

肉体当家作主时,也是精神两眼发光时。

## 294

肉身上飞出来的快乐眼睛,终于让性爱恢复了天使般的单纯。

## 295

年轻时我表弟让我换一辆好车玩玩,我问他为什么?他答:泡妞。后来我换了不少车,但并未泡上什么妞儿。再后来终于明白,作案工具与作案技术无必然关系。

## 296

替代速朽肉体的渴望如此之多,以致仅始于情欲的爱,无不在男欢女爱的床笫沦陷后崩塌。

## 297

她安顿了,他的心才放下。鸟与牢笼永远伴随。

## 298

男女"性关系"中存在的自身"客体化"的主动施动者,让"性契约"和"性自由"变成了彼此矛盾的剥夺者和受虐者。

## 299

相爱的人总会由学生腔变成警察的语调,质疑生活的是是非非。

## 300

期待是因为有节制,克服了情欲的泛滥。要感谢爱情典狱长适时的训诫，拯救了惊鸿一瞥的爱的碎片。

### 301

"错过"几乎是人生的基本形态。因为我们大多抓不住稍纵即逝的机缘和机遇。因而当发现活在"此一时彼一时"时，无尽的回眸、哀叹和伤逝早已在循环中循环。

### 302

让我们彼此成就自己的钻石，不仅分享钻石每一面的光芒四射，而且享受打磨钻石的全部曲折历程。

### 303

一物降一物是自然界的定律。但我们不是天敌，而是相互滋养。

### 304

应该是我的爱人，必须是我的爱人，也能够成为我的爱人。野兽般蛮横的爱的宣誓无不使被爱者举白旗投降。这是直接的力量。

### 305

女神打烊了。最终丰乳战胜了一切。

### 306

归根结底，世界是"一把茶壶与若干茶杯相互依存和斗争的关系"。

### 307

我依然对自己不负责任。女王,今晚你卖不卖?

### 308

我把自己丢了,不能再把你丢了。虚拟的神在,至少还有希望,安慰后来的脚步声。

### 309

在客厅里赤裸相见算什么?狂飙突进的想象力应向阿拉伯贵妇看齐,穿着貂皮大衣在开足冷气的空调房心满意足展览绝版的珠宝首饰,如同收获她们此生唯一的情欲。

### 310

新欢最不能让人容忍的是志得意满。仿佛它是世界的终结者。新欢之所以一路高歌,捷报频传,恰恰是因为不断变异的新。如果躺在功勋簿上,靠怀念往昔的荣光苟且偷生,那与旧爱有什么分别?因此新欢保持魅力的长生不老药应该是变化再变化,在不断分裂的他者中成就全方位的品质。

### 311

两个人深夜讨论动力输出是否需要双向。一方认为单向的境界更高,也更经济,只给予不诉求于回报;另一方则表示,仅仅只让一方获胜的输送,是不可持续的,是逆流、是空中楼阁,是乌托邦,不符合人性。

### 312

她承诺做里尔克的莎乐美,输送给他源源不断的灵感,而他则保证提供她蓬勃光彩照人的容颜的不竭燃料。似乎开创了一个双赢的新世界。

### 313

爱情中的相互邀请,就是为了心灵信鸽的翻飞相互看见并且激发承诺的实现。反之,即是失效的爱情。

### 314

简直是赤裸裸的求欢信:"在您之后,还有什么事可以做呢?可以超越一个大师,比如歌德。但若要超越您,这意味着要超越诗。"孤独的天才如茨维塔耶娃,在幻想的爱情里也不过是如此的白痴。

### 315

青春作伴好还乡。年青,爱情杀手。纵使歌德、鲁迅这样伟大的灵魂,都会在它的意气风发面前败下阵来。

### 316

依恋如果不是锚在依恋者自身,那么依恋不配充当引航员或船长。所有的依恋之岸,无不是为了克服当下的漩涡。

### 317

这一夜与那一夜有何质的分野?星宿间缠绵不尽的爱化解了情

欲对峙的火并。

## 318

婚姻的核心是合约关系并履行承诺。我提供足够的金钱支持及安全保障，你负责情感照顾和看护，充当贤妻良母。彼此维护和谐的性关系。现代社会颠覆了原有的秩序和结构，作为被供养者、逐渐失去家庭地位及社会价值的女性，再不甘心再不愿意成为家庭附庸。冲破束缚经济独立的女性无疑对情感品质、生活品味趣味有更高更多的要求，因此一旦作为原始纽带的性关系失衡或丧失，婚姻就变得异常脆弱，随时都面临解体的危险。这也使得现实婚姻中性扮演的角色成为唯一压舱石。

## 319

婚姻这个有限责任公司，现在都擅自把它扩展为无限履约的掠夺性合同了。因而总有一方股东忍受不了长长的废墟般发霉的喘息，从窒息的煎熬中挣脱，逃亡到没有资本管制和重税的伊甸园。

## 320

并不存在一劳永逸解决男女之道的方案。如果有，上帝也不接受。男女关系的不和谐或冲突或怨恨的根本原因是：相互不了解不理解，也不屑去了解理解对方。男女关系的区别，早在狩猎期已经鲜明。作为沉默寡言的环境需要，男人仅在求偶时特别活跃，为博取欢心卖力表演，极尽甜言蜜语使出浑身解数。一旦成功获取女人芳心，很快回归最初的沉闷乏味的本能。无疑，这对敏感、浪漫、动荡、骚乱的女性心灵的挑战是巨大的,甚至说是不堪容忍的。作为同样是狩猎期带来的胎记,在漫长岁月中与其说谨小慎微地等待一个终成正果的安全感,不如说无法被窃取的时刻不忘的爱情更令她们期待和向往。当然不能说男女关系是逆向行驶,没有交通余地。至少存在一个缓冲的相互张望的红绿灯,让彼此思考修正。

### 321

尽管知道爱的珍珠是由一连串偶然聚合在一起的、残缺的挣扎着的幸福碎片组成的,我们仍然要无比珍惜它们的存在。这也是一种伟大的爱的能力。

### 322

少女对沧桑最没有抵抗力。一是恋父情结的原动力,二是她们稚嫩的翅膀需要推升。人类婚姻中,从无一个补偿机制完成精神高地的攀援。我们只给了少男少女绳索。

### 323

成人世界的声色犬马,对少女是眼睛的深渊。但像躲避货柜车一样终究不可行,成长是挡不住的,要逐步适应鸟鸣的阴影、羊的嗷嗷叫、马蹄的突突声。

### 324

爱有了自己的暗语、手势和表情:"安可,小精灵。"自此,爱将沾满人间的意味深长。

### 325

剑在语言一次次的淬火礼赞后,终于站了起来。他要以他沧海壮阔的人生作为酬谢,完成让一个少女成长为女人的伟大转折。他要去接受上苍的恩赐和使命:"认识我是你的幸运,而我遇见你则是我莫大的幸福。"

### 326

连这份哭得死去活来的爱都得不到夜的庇护,我还有什么力量再去制服自己的铁钉往内心的墙上盛开?

### 327

看起来完美的人生大多隐藏着无处可诉衷肠的无奈、苦痛和荒谬。从反面探测人世反而深刻。

### 328

现代伦理的困境是,个体有爱的意志、向善的欲望,却没有爱的、向善的能力和体力。我经常在夜半被哭声惊醒,为自己也为上帝的困境无奈。现在我只剩下把祷告当作祷告了,将最后一点力气留着托住深渊不让它再下坠。

### 329

一次昂贵的有预谋的交通事故,亚当和夏娃被劈成两半,作为司机的蛇却安然无恙。痛心的是我们仅仅悲叹自己撕裂的命运,而不去收集肇事者的罪责。

## 330

把死去的至爱从回忆中抢救出来,构成了大多数不负责任的在世灵魂一年一度敷衍的新年贺词。

## 331

一切结束了,心上人。用你的酷刑再次让我心碎。

## 332

在至爱的人类天平上,没有暴力的位置。因为再多的暴力砝码最终无不屈从于死亡之手的轻轻一跃。

## 333

当排山倒海的至爱消逝,接下来的都是替身。

## 334

我不喜欢同性恋。但对他们(她们)纯粹的爱,不计较利害得失、不在乎声誉、名节甚至冒着坐监危险的勇气保持足够尊敬。

## 335

太多光明的孩子,信口开河,扬言杀死大海漆黑的谎言。不用多久,我们很快会汇合,丢掉年轮,抹平污迹。像蔚蓝一样,洒一点甜在舌头上,忘光最初的荒凉。

### 336

如果真理的传授要靠肉身全部押上,这样的代价太狡诈。血统原代码仍是动物搏命保卫的唯一领空。

### 337

"遭人暗算了",这不是理性该说的话。经济越低迷,黑暗血色素的阀值越高。

### 338

用鲜血收口的,也必使其崩溃。

### 339

当知道无法改变生命的过去,人的自由就会被未来限制。

### 340

把他当救世主是对他的侮辱。他只想做一个牺牲者,用血泣醒酣睡或装睡的人。

### 341

有多少人不是屈辱问心有愧地活着?

### 342

不但要赋予人高尚的权利,更要给他们做蠢事的机会及无所事事的梦想。当抵达的入口只有一个,用呐喊和暗器有什么分别?

## 343

多少次我都想把答案告诉你,省得你费劲猜测。然而不可知不能知正是命运的魅力所在。尤其是其惊心动魄恍如梦境的大逆转的戏剧性。去把命运的牢底坐穿吧,尽情享受参演过程的精彩和乐趣。

## 344

由于抛弃了上帝的旨意,命运玩偶的声音就落入了碎瓷片嘈杂的旋涡中。

## 345

命运这个雌性动物,镇静地看着我无数次归零。她一定是把我当作了又老又丑的山羊的仆人。否则不会像一个税警铁石心肠。

## 346

同一类身体,为什么会产生不平等的感觉秩序,造成伦理的不平等?性情的天生差异使然,说到底还是命运的偶然造就。

## 347

我一生喜欢睡觉,究其原因是没有好好地睡过圆满觉。为何睡不着,思虑过度。这种个体身体的天生裂伤带来的命运决定了我必须要过这样而不是那样的生活,这导致了命运的一种必然。

## 348

我们是否可以接受生物专制主义安排的长生不老的美好未来

图景：一个千年不变的脑袋张望着面目全非的随时可替换的身体零件？

### 349

不去拥抱燃烧的荆棘，却为荒芜的沙漠争斗不休。造物主赐予的肉身感知不到自己的渺小、局限和困境，反而责备创造他的主人不负全部责任，救援他突围循环来到的废墟。

### 350

天主教神圣的坚不可摧的婚姻中，体验荷尔蒙沮丧和绝望的刀锋。

### 351

创世纪的隐喻深深折服了上帝。它与利用英雄主义杜撰民族传奇和伪装精神病患者逃避服兵役，有异曲同工之妙。

### 352

尼采说，上帝与人类的互相设计均是一种失策。但我倒不这么认为，制造一个麻烦、绯闻不断的上帝，总比嗜血拼体力、不讲悄悄话的狮子有趣。

### 353

忍受大孤独者，不是神也是独裁者。众生是难以兀立挑战的。唯有猝不及防的地震，能治愈他王冠笼罩的疯狂头颅。

## 354

需要蜡封的海拥戴一个死灰复燃的灯塔。只要绞肉机不停下来,谁会在乎燃料是尸体还是小鲜肉。

## 355

王朝的遗腹子已经长大,他拳头凿开的星空,将由我们旷日持久的懦弱填满。抛锚在方舟结痂的外太空中。

## 356

当你说出绝对真理时,同时也编织了一个谎言。谁能提供一个永恒不动的天体供我们测量?萨缪尔·贝克特的三部曲从母亲之死开始,一直写到那"不可称名者":"在沉默中你并不知道,你得继续下去,我继续不下去,但我愿意继续下去。"仅凭这一点,俘获了策兰不可救药的痛苦。

## 357

当谎言与伪善成为一种习惯,它磅礴的力量是不可战胜的。以至真相和真诚都不相信自己是真的。

## 358

以谎言为屠刀的,也终将被谎言所绞杀。谎言不分敌我,只看见红了眼的利润。

### 359
用犁，吞下淤泥，站起来。尽管污水足够坚定。

### 360
逃亡是个伪命题。我的心灵无时无刻不在背叛。逃到哪里呢？其实是无处可逃。

### 361
苍蝇不足为道，但插入公牛的耳朵，就能引爆蹄子的疯狂，炸飞世界的眼睛。

### 362
欢乐集中营策源于何处？一说狩猎归来，一说尸首喷薄的血腥。毫无疑问是生存意志动摇了信仰，让死亡探戈变得粗暴野蛮。

### 363
人类无不依靠故事的泡沫活着。从法西斯主义、共产主义、自由主义，现在轮到机器人和生化主义登场了。而泡沫还是那个泡沫，轻薄得惊人。

### 364
鸟叫听起来有点可怜。它得罪谁了？秋天的镰刀吹红落叶的忧伤。

### 365

在论功行赏的网收紧后,为何仍要许诺给大海一个空洞的救赎?

### 366

夜的长头发看守秃鹫的白昼。它以为收获了永恒饥饿的时间。

### 367

盟誓何时变得如此脆弱?犹大的指环可以交换一个孩子。

### 368

仿佛一个童话故事,靠剽窃神的屁股渎神。

### 369

人们赞叹逆流,大多出于姿态。

### 370

即便是怀有自由主义思想的人,如果不具备允许质疑允许批判的胸怀,也不过是刺猬的翻版。

### 371

未来突然变得辽阔:它动荡、不安、神秘。有锚,但扎在大海的深渊;有岸,却铺展在万顷波涛上;有远方,更是要在闪电和雷鸣的夹缝里孵化诞生。这才是我心中的新世代,一个脱胎换骨的戳印了风暴的明天。

### 372

谁也拯救不了你。疗伤要靠更大的伤口。爱是深渊的伤口。那里有遗忘、谅解和宽容的休耕地。

### 373

有什么胜利可言?只有拉拉扯扯、暧昧的夜。只有怒气冲冲、弹壳满地的陡峭的白昼。

### 374

仍欠于一场毁灭而复活。异乡人,怎样的一种游戏,才能让划过桨的水聚集,吹动爱过我们的风?上帝,这张帆我们都认识。她嫁给了远方的空白而自燃。

### 375

如此屈从于黑暗的绳索,幽灵的腰肢缩成光束,站立一堵坚定的行刑墙,迎接牲人诞生。

### 376

在毫无呐喊的天空下,秋天收割我肿胀的头颅。

### 377

仅有一次,总有一次,我会口齿伶俐地说出生命的果敢,击败硕果累累的泪水,宣示死亡主权。

## 378

人类最早认识到，驯服是一种习惯。有什么可惜，谁的才华不是用来浪费的。

## 379

某些人的监狱，却是某些人的宫殿。尺度划开人心的天地。

## 380

为什么不歌颂弗洛伊德的母亲，这个释放了蛇、魔鬼、海底冰山、梦、罗盘、牢笼、栅栏、大厦、太阳群的母亲？最重要的是她创造了一个玩游戏的儿子。

## 381

戴上不适合的帽子，我头顶的荒草越长越茂盛，几乎要戳破天空的穹顶。

## 382

大海游向他节省的泪滴，现在他要他们全部返回故乡的苍老。

## 383

上帝已抑制不了他的天才，但可以发展他的疯狂。

## 384

光裂开，阻断探照灯无眠的讯问，从哪里来，到哪里去？数不清的死者,交换地下水道的密码。幸存的白昼集市,还有什么不可以丢失?

### 385
哭墙旁,新开的糖果店,推迟了夜晚归来。

### 386
他们,再没有祭司气质,仅披上了流氓狼皮。

### 387
梦这个对什么都不放在心上的浪子,让倚在知识宝座上的夜之屠夫,肠子悔青。他们竟敢在白昼杀人?

### 388
夜越深,白昼越浅薄。

### 389
咬牙切齿的恨,证明依然有深海般的爱。

### 390
互补不仅让婚姻找到了自己的位置,也使暴君和群氓结成天然的同盟。

## 391

相比意志力，命运才是最大的生产力。天时地利人和讲的是整体性，并未分野出秩序的等级。

## 392

从摇篮到坟墓。休想通过。

## 393

在千百次路过的乌托邦，刻下遗嘱，再精美预制的梦画框，也容不下贫困咒语的一次小小暴动。

## 394

废墟基因已根植于民族蹦跳的心愿里。

## 395

太阳被一脚踢进大海，沸腾早晨。我们把烫伤的头发称作美丽妖娆的希望。

## 396

拥有一个可仰望的水晶天使，叩卜跪的泪水人间，还有不止一颗太阳坠落的地狱。这些，难道还不够，供你们一路狂欢回到自身？

## 397

喜欢与黑夜对话的蜡烛，现在连支支吾吾的口音都不允许点燃了。

### 398

接着是沉寂,是沉寂,再接着还是沉寂。风暴的债务被一笔勾销。

### 399

能被克服的,都不叫本能。我领略的仅是冰山一角,但已足够。

### 400

没有成就感的事业是难以为继的。崇高不是门槛,而是必须。

### 401

火花赞叹铁锤的千锤百炼,逃脱其作为帮凶的责任。

### 402

众生只有一个面孔。瓦斯猜不透,冥想的深坑里埋着怎样的铁。

### 403

宇宙的杀手锏:爆炸。

### 404

去年良宵,今日残夜。人心是多么不可靠。

### 405

浑浑噩噩、得过且过的生存境遇构建了成千上万人的动物般的完美蓝图。

### 406

一个人因欣喜恋爱失眠,是艺术家;另一个因思考恋爱失眠,是思想家。为艺术家和思想家失眠的,是政治家。

### 407

人类,遗物一样歌唱,只为找到新鲜如唇印的幻觉的灯盏。

### 408

据说救世主喜欢以帮少女洗澡的方式净化灵魂,获得拯救。

### 409

所有人互相作证,不在犯罪现场。那么只有我可以被坐实指控,伸出一千条舌头作案,扰乱了天空的喇叭。

### 410

骰子上有多少哑巴,命运的咽喉就会闪现多少柄剑。舌头至死都不怀疑被白痴般的颂歌出卖了。

### 411

父亲们多么虚弱,镰刀的声音让他们弯腰。

## 412

一声尖叫怀孕了,无人知晓谁是父亲。伟人的热情,听起来像耳语,闪闪发光。

## 413

当恶之花开遍人间,还怎能容忍一个不肯赐予善的上帝存在?

## 414

自然以其独特的法则,走向建构钦定的命运终点,像一棵树必须长出枝叶,一只公鸡不能孵化孔雀一样的羽毛。而人则有可能,在法则和建构分离的过程中,创造出另一种命运的偶然,将一个与原生材料无关的蛋催生出移动的盲目目标。

## 415

一个人希望获得宽恕的,必定是其所缺乏的。但上帝并不会轻易让其得到,除非弥留之际。

## 416

带上一个箱子吧。眼泪是最好的武器和世界语。

## 417

反骨,不被任何一个时代拥戴。他幽灵般的质疑、讯问、侵入、审判让难得熟睡的合法性,寝食不安,体无完肤。他唯一只是愉悦了自己的伤口。尽管对我们来说它是无价的珍宝和无奈的爱。

## 418

在法律中漫步比在道德中奔跑愉快得多。因为我们知道尽管在雷区中穿梭，但雷的位置是固定的，不会随意移动，露开狰狞的胸毛，除非你故意激怒它。而道德却不同，它永不会满足的刑讯逼供，像一根鞭子驱赶你，直至你猝死在高速路上才罢休。

## 419

强奸思想比强奸身体更容易，因为它不涉及肉体的疼痛。并且它悄无声息的特征可以让你隐藏很深，像一个间谍，只要沉默闭嘴就不会出卖你。而身体是有底线的，一旦超越即不可逆转，不是死亡也是在死亡的爆破中。因此说思想沦陷早于身体沉沦一点都不为过。

## 420

嘴在嚅动，眼在闪耀，耳朵在奔跑。扭曲的脸等待一个平静的面具一起出发。所有这一切似乎都是为了最后一个夜晚献身而准备。

## 421

狗的狂吠，嗅出又一个即将来临的风暴。每一次无不是动物先知先觉，人类后知后觉或无知无觉。难怪他们要捧着我的脸，眼泪夺眶而出。

## 422

我更愿意把它看作是一群可爱的小辫子而不是一根绳索组成的

古典的军事方队，去远方旅行，殖民迁居。这种类似黄金软广告的文化征服最持久——像英联邦。

### 423

夜愈长动机愈不纯。谁会把自己做成一个套裙束缚呢？除了想展示自己灵巧手艺的裁缝。

### 424

养精蓄锐不是为了战斗，仅是为了活命，展览旺盛生命如何一步步从最高坠落，被摧残销毁湮灭。

### 425

一个人有无懦怯或恐惧的权利？即使这种懦怯或恐惧极其自私和猥琐。以崇高、梦想、正义等名义禁闭剥夺其生命的，都是反人类的法西斯思维。人类啊，请不要轻易进行道德绑架，不要轻易控诉他人的人性弱点。因为你也有。如果这些罪名成立，你随时也会沦为阶下囚。

### 426

好的刽子手，会在最后一刻努力减轻罪犯身体的痛苦，让他们感受临终人间的关怀。这样做并非良心发现，而是怕不散的阴魂围剿使他寝食难安。

## 427

在天使和魔鬼之间,隔了一个人,就让世界复杂了。本来它们直接交易,可节省费用和时间。当然贿赂的好处也有,避免谈崩时把对手一枪毙命。

## 428

荒谬的悬崖反而生出一丝生机,使荒谬在最后关头止步。原子弹的威慑力大体与其相当。世界末日的杀手锏就是同归于尽。看谁有勇气选择在礼拜天休息。

## 429

逃荒时代,胃是最大的独裁者。他说石头最美你就必须应和。他说钟摆停止,你不能不拆除指针。所幸他没把黄蜂的子弹当作美食,潦倒落魄的风榨成果汁。生死关头,谁也不会装疯卖傻。知道谁是救命恩人、铁杆、近侍、盟友和敌人。

## 430

总有人能找到自己的粪便,精心设计,包装,出售给崩塌的时代。他巧妙地利用了牛黄解毒常识。

## 431

真理的聪明之处恰恰是装糊涂。明知朴实无华吸引不了眼球,但乐意被利用装扮成性感的少妇。然后在花团锦簇的迷乱中,火眼金睛识别出真正的爱人和花心大萝卜。

## 432

如果只有此刻，只是现在，没有梦想照进现实，我们凭什么要求伟大的艺术及璀璨文明君临大地？我们仍是苍茫在东非大草原的一群猴子。

## 433

从伪装、对峙，到信任、确认为自己人，征途是漫长而艰辛的。黑社会的办法是，先让你杀人，烙上血债；贪腐集团则是，引你上钩，留下把柄。训练女间谍的招数更绝，丧失肉体羞耻感，以梦为马。

## 434

我曾有机会对着天空鸣枪，让其心脏停止一会儿跳动。可惜对行动的美德失去忠贞，现在不得不接受她的最后通谍：做我的蓝颜知己吧。

## 435

为了不使玫瑰显得昂贵，春天布置了众多的果蔬和草木。

## 436

雪花通过雪崩展现自己的存在。虽然悲壮，却不容我们同情。

## 437

现代悲剧与古代悲剧的性质有何不同？黑格尔在引述拿破仑与歌德的一次谈话中确认：现代悲剧已失去古代悲剧确凿无疑的"命运"

感，它被晕眩迷惑的政治魔术所领走所剥夺。

## 438

既不丧失历史的诘问与指控，又避免对现实的掠夺作具体的记录片的鞭挞。这种保持危险平衡的技艺是对一个优秀诗人最严厉的考评。因为能在诗歌文本中保存的历史与人的价值，永远大过新闻报道的记载。

## 439

有什么终极设计？不过是潦草方案的修辞、托词和借口。

## 440

"永远不再"和"尚未开始"，几乎成了刽子手的专用词汇。

## 441

黎明发现一个羞辱的秘密：把你打入万丈深渊的黑暗中，恐吓你、蹂躏你、碾碎你，然后再给你一点甜头，托举你上升，望见睡眼蒙眬的星光。然后再让吊在半空的你感激涕零。这个时候被迫害者会与迫害者主动和解。在仿佛相互占有的旗帜下胜利会师。

## 442

如果不能自主决定自己的死亡，五月的群星馈赠的遗产将变得陨石一样丑陋。思想解放的遗嘱也与天空一般空洞。

### 443
那毁灭你的也必是结合你的。迷途的珍宝，无处不在。

### 444
援军，是游击队员最浮夸的修辞。它几乎与婚姻之于少女一样乌托邦。

### 445
报告长官，今晚我完成了守护黑暗骑士的使命。

### 446
不经许可的词语抚慰，就是对肉身词汇的最大亵渎。这条军规像天花一样歹毒。

### 447
尤物，一旦抽离源泉，与石头无异。

### 448
思想不解放，何来解禁肉体？我要求继续工作，做一枚螺丝钉。

### 449
年幼时挑战父亲权威的儿子，终会在成年后臣服于父亲的教诲。君临女性的共同愿望，挽救了他们相互的敌视。

## 450

我们这些在暗箱里彼此交换筹码的败类,才是光芒最不屑于斩首的。

## 451

我竟如此市侩。为金钱秘密对我昔日的荣耀处决愤愤不平。难道俘获了信仰美人的芳心还不足以补偿我们的全部虚荣和贪欲?

## 452

信息学告诉我们,信号传输过程衰减和失真是必然的。解决的办法是适时加装放大器。相反,要想让身体健康和谐,必须要建设疏通管道,给嘴及肛门及时泄压。如此浅显的道理,政客们却总是绞尽脑汁予以封杀,难道他们非要让世界臭气熏天才心满意足?

## 453

遭受如此多的毁灭,梦想要抄近路进攻教堂。

## 454

仙境般的摇篮,于今只能幻想而无法抚摸。

## 455

你是卡夫卡吗? 曾经是。

## 456

胜算如何？四舍五入等于零。不过世界需要英雄与上帝竞争。带下一个志愿者，上。

## 457

谁是宿主？不过是相互寄生罢了。

## 458

莫大的造化，死在至爱的人面前。

## 459

我这样的人有什么用啊！连一枚铁钉都打不出来。我过去叫孔子。现在还是叫孔子。

## 460

所谓狭路相逢勇者胜，指的是赤膊上阵赤手空拳决斗。你藏七千埋兵，十里桃花围堵，算什么英雄豪杰？

## 461

将军的自信来自一万个假想敌补给的军饷。

## 462

痴心，不仅表现在现世投射，更幻想搂抱着的木乃伊复活。

### 463

当责任无限扩大,契约就形同虚设。看护者必监守自盗。挑一个校官吧,共同帮助他守疆拓地。

### 464

空下来的岁月,我们不可救药的哗众取宠的恶习将暴露无遗。这正好给死亡推土机一个将计就计自告奋勇杀你回马枪的借口。人生要忙还要大繁忙。这是真谛。

### 465

"至圣所",这个词用在耶路撒冷上绝妙。物质版图的极度匮乏与精神地理的完全丰沛。

### 466

"由于试图理解上帝的意志,约伯已落入自以为是的陷阱。因为上帝是无法测度的,也不允许揣摩。"因而约伯得到警告和惩处是成全自己的信心。

### 467

每一代都在重复堕落犯罪的故事。

### 468

尽管千禧年主义和基督教的末日论基点都源自对新的开端的信仰,但两者的含义是完全不同的。前者是善与恶、天使与魔鬼、光明与黑暗、正义与邪恶的终极性决战，是带着血腥的清洗和杀戮，后者则是在新的时间里重新开始受苦、受难、受死的献身。当现世正义带着与生俱来的创伤且不可能愈合修复时，千禧年主义的市场及吆喝声就永远不会萧条和停歇下来。

## 469

信仰本质上是个体与自身的缠斗，是与神对话的奇妙历险。因而以个人名义身份展开的替民族、历史、国家的所谓发言，不仅荒谬而且无效。

## 470

无疑应对禁欲主义的证据重新取证。何谓禁欲？禁肉体之欲，还是禁精神之欲？倘若以禁人性最自然最本能的性欲，中世纪绝对是黑暗蒙昧的；但如果以精神解放为标志，把目光投射到爱的神性境界，现代的禁欲反而是最扼杀人性的。精神不自由，焉能有思想之自由，肉欲之自由？

## 471

所有宗教的指南针，无不指向爱。但为何仅有基督教的爱直通神性的上帝，让肉体重生。因为基督教的爱欲观，不仅仅是一种理论，更是生命生活实践本身。接近亲吻神的至高至善至美境界。

## 472

上帝不是用来享受，而是用来思考的。这样的思维将让我们从心理依附上升到哲学的大愉悦之中。这时真正的救赎才开始实现。为什么要翘首企盼，坐等一个至少目前不会到来的空投物资呢？

### 473

不辜负现世，即是对灵魂的救赎。如果确认灵魂是存在的，那么一个悲惨的曾经的人生，注定在灵异世界也是孤独者，不能给他者的灵魂带去欢乐能量的，也注定是不受欢迎的。请注意我从不把能量定位正负。能量永远都是消耗。没有好坏对错。区别只有喜悦的还是消沉的。

### 474

一种诗意的栖息地。上帝的归上帝，人类的归人类。上帝负责公义、秩序、信心；人类安排各就各位、恪尽职守、安居乐业。

### 475

我信奉的上帝，与一切绝对的偶像神无关。他仅作为一名良医，为我清理一点一滴的残留物。把丧失的器官重新找回来。

### 476

我不是有神论者。因为自从痛苦的呻吟、哀嚎、挣扎、呼救得不到丝毫的回音及拯救时，神的祭坛崩坍了。我的上帝，是创造了宇宙万物具有绝对意志的存在的太初。

477

创造一个安放灵魂的坟墓,也算是至善的圆满。这在晚年尤为重要。

478

"教训"里有七重天,可惜聋哑的大地听不见。

479

白白把一生都哭了出来。祈祷时,甚至驴也有惊人之语。

480

假如一死了之,能解决生命的困难,证明卑鄙的产权交易不仅合法而且运作成熟。

481

信息系统明显要比通讯系统层级更高。前者是软件,无接口。后者则刚相反。当然互补才是它们共生的价值,一如天空与大地。

482

物的思考或物的思想叫物联网。人的机器化或机械化叫机器人。看来只有异化才能成为强者。

483

等价交换是物交易的基础。但为什么不等值的、完全偏离价值的交易仍继续保持不小的市场份额？原因只有一个：确实存在着一个我们看不见的"空白地带"，让赤裸生命在例外状态下悬挂示众，安抚不可捉摸的未来。

### 484

殉难者或牺牲一般不会充当路标，只适合在纪念碑供奉。因为牧羊犬在赶路前，早已在羔羊额头上刻上了异类的印戳，令饥饿的狼反胃。

### 485

怎能相信低矮的橄榄枝能完成和平使命，难道恰恰是它的弱小或无威慑力？这点我一直存疑。如果这个假设成立，还要核武器干什么？

### 486

未来，人类战胜智能生物的武器唯有想象力。它由不羁的风暴头脑、婴儿柔软的心肠、巫师通灵的第七感觉及沧桑的永不磨灭的脚步组成。最重要的还有那动荡不安、刹那失控的情绪。这恰恰是程序化的机器最不具备的。

### 487

谁都会毫不犹豫地把子弹射向别人。唯独不会深夜扣动扳机对准自己。批判精神和反思能力是判断一个人是否成熟的标志。

## 488

"清洗"一词常用于政治斗争,它的含义是排除异己。原因是不忠诚或不喜欢需要更换。这个表述如果引申到男欢女爱中,似乎反倒显得真切。这是人性的喜新厌旧及反复无常决定的。当然,这样的推理未必站得住脚,至少它有违社会伦理稳定的原则。但确实与现实世界的存在高度吻合。与清洗相背的另一个词叫"肮脏",始于对肉体的鄙视。由此可以得出一个有趣的结论:对肉体的爱憎决定了谁是敌人,谁是朋友,谁是知己和爱人。

## 489

理想主义很像独裁体制的纸窗户,不能戳破。一旦那根怀疑的手指灵光一现,美丽的空中楼阁就瞬间倒塌了。由此,悲剧的根源,绝望哲学诞生。

## 490

寄生虫与吸血鬼一个共同的特征就是借助于宿主或他者活命。以幕僚身份,与台前金戈铁马的主子,形成命运联合体。

## 491

多少世事皆一语成谶。对语言应有敬畏。尤其对神性的诗的预言。无论是徐志摩"挥手作别西天的云彩",顾城"斧头劈开了玫瑰",还是海子"清理好我的骨头,装入小木柜,像嫁妆",无不印证了宿命之不可嘲讽与戏弄。

## 492

都知道闹剧不会有好结果。但它却是起事、推波助澜的巨大引信。尽管它常常将事物推向极端的反面。

## 493

守住边界就守住了不被命运捉弄的底线。否则正午的太阳将押解你扑向歧路都不复回头的悬崖。

## 494

年轻时总觉革命是终结动荡的不二神器。现在看来未必正确。综观世界各轴心国之发展，举共和之旗行专政之实，以革命之名肇乱邦之祸，不胜枚举。英法德日无不在流血不止时才迎回虚君或共和政体。可见用何种国体并不重要，关键是否行民主政治。

## 495

医院必然是人类的一个最后归宿。等了七小时，仅为了迎接一纸判决：罪罚或免责。

## 496

医生也许是世界上为数不多的残存古老敬意的职业。之所以如此是源于拥有肉体惊恐和处罚的权力。这可能也是他们孜孜不倦辛勤工作的动力之一。当然也不排除人道主义的谆谆教诲：要精益求精，减少病人的痛苦。

## 497

众多纪念碑,我独爱落花。

## 498

在容颜的寝房,雪白的羊毛最能成为哄骗的代言。牛角和马嘶尖锐的谏言,却不为要求投资回报的镜子所悦。尽管它们的火钳锦绣了壮阔的波澜。

## 499

何谓孤立?没有空间时,身体被无尽的漫长时光填充。而一旦占据了无垠的广阔天地,时间却不再赠予你欢愉的嘀嗒。人类。无依无靠。虚构,篡改,驱逐,都容易。选择穿过却极其艰难。

## 500

当愤怒的荷尔蒙燃料一步步减弱,降低阈值,还有什么未来的渴望值得我们再追逐?每在我气馁、心灰意冷时,上帝总会拍拍我的肩说,年轻人,张望你的四周,环顾你的上方。动物界的雄性哪具躯壳不比雌性漂亮,英气勃发?不要被表象的玫瑰迷惑。废墟成为幸存者勇敢的源泉的隐喻而存在,才是未来应怜爱的珍宝。它不是毁灭的悲凉,恰恰是火山喷薄的前夜。僵而不死创作的惯性才是最最需要警惕阻挡的公式。当一切的希望看似寂灭,希望反而快要到来了。于是,我转向热烈的新生儿。

## 501

觉悟者；导师兼领路人；普世圆满者。佛之三重境界。可惜太多的人，如我，仍跋涉于感官之荆棘，执迷于效劳浮名与虚荣，徜徉于生死之崇拜领地。可见尘世的教育是吊在半空的幻象，抵制不了人性的弱点。

## 502

素食主义与猛兽爱好者在共情的爱中能和平共处吗？极端的意志悖论考验人类的智慧。但不管牺牲的一方如何证据确凿言说"爱屋及乌"之必须，却是违背各各不同的人之性情。为什么不能选择道路的沉默呢？在各自思想的路标仰望对方。

## 503

自由，更多是折射于心理中。当脱离了一个约定俗成的文化体系，行为方式自然而然把自己降格为局外人，因而开启放纵自洽的模式。这也是旅行或旅居外国的诱惑。因此也可以说，自由是想象的开疆拓土的冒险。类似于性幻想。

## 504

政治就是我们的生活背景、氛围和与之相连的血肉。不认识到这一点，我很快将会被"我们"迫害，及至交出私生活。历史的诸多关头，已经无数次印证了枪口和病毒的不屈不挠。

### 505

讨论性行为，不是对性的考古，而是检阅言说的自由度。性行为愈多姿多彩，意味着社会的包容心与开放度愈高，愈可能最早走向繁荣昌盛。

### 506

生命政治与死亡政治的缓冲带，发展出了爱的政治。但它的核心技术，还是牧人与羊群（上帝与民众）管理与被管理、拯救与被拯救的权力关系。

### 507

镜子不明白支付了全款，为何却遭违约，要求删除时间发黄的影像。因为政治逻辑，是符合政治的逻辑，合乎政治预期结果的逻辑。它的标准像不允许有逸出边框的蛛丝马迹。

### 508

事情开始变得复杂，每天都有世界性的谈话。"耳洞之茧会织出锦绣吗？"宇宙护照。幸好，这是一出经常上演的滑稽戏，不会大惊小怪或哄堂大笑。

### 509

不愧是受过教育的，扔进废纸篓，不仅不质疑多余的解释反而为了赎罪，不惜给自己抹黑栽赃。严重败坏"有权沉默"的游戏规则。

## 510

由相爱的人组成的军队和国家一定会战无不胜,征服世界。因为在爱的人面前擅离职守或临阵脱逃必是耻辱,不如一死了之。

## 511

在人身体的感官中,愤怒是最决绝易燃的一种。如果你不恰当地引爆它,很可能让你身败名裂,而它却因此涅槃,获得理性的力量。上帝毁灭你,往往从此而始。用他者的错误惩罚自己,是极其愚蠢的。失去判断及控制力时,以静制动不失为进攻的好办法。

## 512

演戏结束了,现在我用良善基因换取恶的豁免权。

## 513

混合砒霜:幻象误导和艺术家的激情。把自己的叛逆当成是整个民族的意志。

## 514

从精神的立法者纵身一跃至暴君,需要多长的路。回答:一部推土机。

## 515

所有的工作其实只是一个工作:做人的思想工作。

### 516

"一位宗教家说过,正统即是缄默。"聒噪的喜鹊和乌鸦不知道这个道理。以为喉咙越胖主权宣示越安稳。

### 517

海洋文明与农耕文明最大的不同在于,前者依靠逻辑思维和常识开拓疆域;后者则依赖血缘、伦理、土地传承扎根。

### 518

恶不可缩减,而只能尽量加以限制。原则:不在必需物品的范畴之外屈服社会。

### 519

魔鬼让世俗权力觉得自己就是神。

### 520

当所有的指针均缠绕一个崇高的太阳,星光寂灭的的命运就不可避免了。因为阳痿的太阳神是不会容忍一个替代品的。

### 521

世俗的眼光如此毒辣,一眼看穿了附在我身上的兽性和叛逆。因而与神同在,必成为空话。

## 522

自由的代价如此之大,甚至献出生命。因而鲜有人触摸环绕的刀锋。然而总还有先知先烈充当牺牲者。这是人类的脊梁和希冀。

## 523

哪有什么瓶颈?打破瓶口,置于更大的容器即可。江河不够,就用大海。

## 524

这类游魂,只要随便一个肉身依附他身上,就会被领走。这种启示录中反复警惕的乌合之众的藤蔓构成了人类的绝大多数。

## 525

我不想记起我的年龄,但金融机构和少女组织常常提醒我的衰老,将我止步于世界的边缘。时间,我每过一道大门,你都让我丢弃一点东西。以致我现在只剩下沧桑可以炫耀,而你却永葆蛮横的青春。

## 526

谋万世者不及谋当下者之伟大,足见天空之矮、天堂之小、地狱之不足威慑。

## 527

人生是一场逆旅,是遗忘的干渴。消解的唯一途径是,干渴而死。而救赎，只有成为神的后裔，才有权喝那永生的泉源。

### 528

薇依认为：社会巨兽在我们身上所占据的那部分，神得不到。综观历史，那些名垂史册的人，无不因巨兽功成名就，而巨兽没有赋予声名的人，无论生前还是死后均默默无闻。另外巨兽的惩罚能力，即便是耶稣的门徒也会全部抛弃其导师，无一例外。然而，悖论的是，没有人会站出来声明他们是侍服巨兽而不是顺服神。因为言语总是可以当成标签用在任何事情上。

### 529

暴力的再生，只有在对暴力普遍赞誉和拥戴，而又对门徒无情蹂躏和杀戮时才会滥觞。

### 530

如果所有的路标都指往故乡，那么从天空还是大海抑或大地出发，有什么关系呢？

### 531

我们所期待的，大多令人失望，但仍抑止不住我们对期待的渴望。因为它是我们无聊生活的向心力和乐趣。

### 532

她为别人的存在而存在。然而她一点不觉得这有什么不对。如果你剥夺她这种生活方式，反而对她是一种加害和蹂躏。哪只母牛会认为每天挤奶是一种痛苦呢？

### 533
要醒着杀人。否则犹如锦衣夜行，全无意味。

### 534
大科学家都是大宗教家。没有美好的心灵，长不出想象翱翔的翅膀。

### 535
脚镣和手铐加速了火与缄默的联盟。当然，还要取决于风的心情，把蔑视吹向哪里。

### 536
潜规则或政治正确：能说的不能做，能做的不能说。

### 537
所谓命运的安排，即是作为众多圈套的一环，何时被上帝征用而已。因此无论是守株待兔还是狂飙突进，都是命运的在线。惊喜抑或惊恐反而干扰命运的自在。

### 538
我想我是成熟了。面对人间的沧桑和世故一直以童真的姿态迎接自己。

### 539

医生的病是治不好的。他们遇见的全是成群结队忧愁的障碍物。没有一条是光明的通天大道。

### 540

她说,看见我想更好地活下去。传染的激情也是一种秩序,包含了对滋养自己创造的认可。

### 541

如果滥竽充数的忏悔都能被上帝选中,演绎出茁壮成长激情澎湃的颂歌,还有什么力量能阻止丑陋的现实华丽转身?

### 542

蝴蝶对压路机的联想是残缺的。她怎会想到很快就会躺在玻璃板上,与迫降的天空一起展示碎骨头?

### 543

我由口渴演变到口吃,完成了玻璃尖嘴要求的制造次品信徒的约定。

### 544

"不关众神的事。"难道关乎手杖、口袋、白痴、猪圈、流浪汉?

制造适度比例的空气永远是动力学设计的难题。

## 545

在什么意义上,治愈我们恐惧的不再是锁链般的珠宝和豪宅,而是法国式的幽默和拉美野生的载歌载舞的自嘲?

## 546

治国之道,应像菜市场里讨价还价的妇人,没有满足的时候,把敌人发展成可爱的朋友。

## 547

蝙蝠很好地诠释了想象力的傲慢,愈晦涩愈不可接近,却更能抵达目的地的真实。

## 548

对亡灵最高的礼赞和致敬,就是用有尊严的死亡作奠基,完成生命骄傲而尊贵的传承。

## 549

一个法律禁止的条款,如果遇见美学的问题:"它是强制推行的吗?"或遭致伦理职责的诘问:"这是公正的吗?"如果两者得不到满意解释,那么违反法律就不用惩处或有权力违背法律。相反契约就必须遵守,因为它无关正义和良知,仅涉及私人的约定和承诺,是人心的秩序。因此若非必须,违约难以得到谅解。

## 550

人的独白与动物的呢喃并无多少区别，差距在于对白。动物完全靠信号符码传递情绪、表达生存状态，因而不存在自我揭示和自我隐瞒的能力。而人则恰恰相反，具有很大的伪装性和欺骗性。因此要想从语言中挖掘人格的全部深度、内在辩证逻辑、沉睡的意识，几乎是不可能的。唯一的办法是，长期考察追踪叩问其细微而具体的实际行为。

## 551

"贞女与发电机"用在一个空想的世界，正好满足伍尔夫小姐"创造一个完美栖身之所、不留任何东西在外面"的理想。

## 552

面具是无需负责的，没有义务保卫它。尽管如此，还是有众多人不愿把面具从面部移除，获得存在感。理由：据说是伪装的事物更美更丰饶更诱惑。

## 553

把大海比喻成一座坟墓，早已是陈词滥调。无非是说，一切的诞生、运动、抗拒、衰退最终不过是尸骨无存。现在新鲜的是，一个男人拿着鱼叉的船舰，吼：我不能再这样生活下去了，我要改变世界既无意识更无意志的盲目秩序。他布下了灯塔的天罗地网。首先杀谁呢？自己。那就先祝他生日快乐。

## 554

封闭的象牙塔内住了三类人：军人、医生、教师。他们都认为自己握着世上最专业最锋利的刀子。一个整治环境，一个修理身体，一个改造灵魂。但当我问到修复工程何时结束时，他们个个晃荡得像拨浪鼓。似乎目标永无尽时，追求过程才是他们最大的动力和乐趣。

## 555

有比命运更昂贵的精密实验仪器吗？我吸了一口气，他就精神分裂了。

## 556

在加农炮一阵阵嘶声裂肺的咳嗽中，那些还未学会大笑的麋鹿，就随着迷路的肉体一起成为宇宙的饲料，把自己修成和平刻意回避的正果了。应验了那句"最弱小也是最强大"的箴言。

## 557

最好的年龄是四十岁。争锋的牙齿一点没有松动，不浪费任何一丝食欲。无论是河马、豹子、钻石、蕨类植物，还是尖叫的老鼠。

## 558

免除了托孤与抬棺之责，竟惶惶不可终日。我这是怎么了？难道非要把自己塑造为顶天立地、舍我其谁的幻觉的偶像不可？

## 559

鼻子、眼睛和耳朵的联盟,敌不过一张嘴的角斗。少即是多。如果它足够荒唐。

## 560

去推翻黑夜眼睛的政权吧。他的眼里,光明升旗的时间永没有合适的时间表。无论午夜还是子夜,无论四点还是拂晓的五点钟。

## 561

"焦虑运输者",渴望像裂开的机关枪子弹那样搂紧她。她已坚持在一根树枝上爬行了 N 多年。

## 562

我惊奇大海能把各支波涛的雄狮整合在一个雪崩的荒原。安静的力量超越了所有主宰。

## 563

如果仍要依赖外界一次次的确认获取自信,而非通过内部强大的引擎推动躯壳,那么意味着仍未摆脱动物性及原始本能。依然是处在一个物的困境当中。

## 564

把美摧毁,这难不倒他。刹那间,我看到维纳斯装上了捏造的胳膊,并披上了军大衣。

565

如果洞悉了"男人一直是母亲不听话的儿子"的箴言,那么就会理解女人哗哗哗的泪水是如何汇成大海的。

566

由于母系社会的原罪,她原谅了侵犯她的男人,包括后来所有男人的缺点。

567

放弃蛮力,像绵羊那样请求牧羊犬投他的信任票,不是没有获胜的可能。只是态度要端正,把藐视全副武装的傲慢心一寸寸切除,重新捡回不再生锈的谦卑和忧伤。那种无需诡计和阴谋,不失风度与气节的游戏证明是可以玩的,不是什么物种的特殊专利。

568

河对岸的癞蛤蟆都逆袭了,并排和天鹅坐在一起。这不是规则改了,而是毁容的天鹅们被镜子无情抛弃了。

569

这不是和平演变而是和平协议。为了表达我们的诚意,我们仅更换了一个统帅的头及健壮的四肢,身体的其余零部件均保留野兽的原貌和重量。

## 570

无论飞禽还是走兽,都严格遵守着僧侣般无聊的作息时间表,他们明白一旦擅自行动,必会被人类关进牢笼里,像圈养上帝那样损害他们。

## 571

鸵鸟正是利用宗教裁判所对其不知羞耻的声讨,保持了凌乱的、残疾的、舞蹈的完整猥琐生活。

## 572

伊斯兰教与犹太教火拼时,基督徒都在门前挂上十字架,以免误伤。

## 573

未来世界的冲突可以毫不夸张地说,是基督教与伊斯兰教的战争。以人口众寡一决胜负。

## 574

自从一只黄蜂横穿我的脑袋,马蜂窝就在我的脑洞里扎了根,随时翻卷我的大脑风暴,激起千重浪,点燃灯塔。"天才"的诞生是偶然,召唤他者觉醒,代价是祸害自己。

## 575

军事理论一定比商业理论先进。因为前者输了要命,后者输了仅是要钱。因此要借鉴军事理论，抓住信号，看穿本质，直抵目标。

### 576
如果仅剩下一个无所不能的上帝，连时间都会乏味。尽可能去挽留一些不完美、有缺陷的有趣事物和掌声。

### 577
人性本善还是本恶，东西方争吵了几千年，貌似仍难决雌雄。但在我看来早已泾渭分明，沿着截然不同的航道进行。性善论，无一不坠入道德绑架的漩涡，狂欢于专制的深渊；而性恶论，反而翱翔至法治清明的宁静天空中。因为空洞的模糊的没有边界的道德尺度只能导致内心荒诞的争斗，对安放文明的天平毫无益处。它在文学中显示的严重后果是：随时可以用莫须有的罪名置人死地，激励邪恶的、伪装的、肤浅的、无病呻吟的颂歌粉墨登场，并且泛滥成灾。而那些深刻洞悉人性人道的思想、情感、情绪和喃喃自语反而遭致无情的批判、鞭挞和惩罚。造化弄人。是对思想的河床正本清源的时候了，是时间归还时间的时候了。

### 578
周游历险人的心灵世界，比探索自然的物理世界更容易打量上帝的意味深长。一个自相矛盾的上帝印证了人的本能缺陷和思想错乱。

### 579
缔结自我设计的真理幻象并不可怕。可怕的是一次次锻造它，在证明已经不可能实现时依然忠诚。这种有辱人类智慧的举动，其实是一种反动，应该以污辱人类罪予以控诉。

### 580
命运这个浪子，看上去像具尸体。当你检验它，就会扑上来咬得你体无完肤。正确的做法，是不予理睬。

### 581
精神上的暴君太多了，如果确认他们合法的统治，生命作为消遣的定义就不可能再修改。

### 582
没有人类，只有无数的个体。没有一个人会经历另一个人的必然死亡。以抽象的概念统治无名和无概念的实在，也是一种奴役。把个体从本质论的监狱中解放出来，才能避免生产一件产品那样创造"自由"。

### 583
奴隶并不认为野蛮的等级是为其准备的，反而觉得自己不够深情拥抱为其世代的延续提供砖瓦的墙体。已经供养了足够咳嗽的氧气和泥土，还在乎什么阴影的粘黏阻碍自由呼吸呢？

### 584
在浪漫主义的花园里，经济向阳的灌木丛能够催生出混淆生命的艺术嫩叶,发现抑或发明文化权力,抵抗危机四伏的意义贫血的时代。

585

只有飞起来时,我才像个人。

586

今天去看中医,来自香港的郑大夫居然在我的脉象里看出了我的性情:温和真诚待人友善宽厚,是一个好上级好兄长好朋友,也是一个好部属。难道大夫也学哲学吗,否则怎会与叔本华的论证有异曲同工之妙。叔本华说,人的道德性格是与生俱来的,不可改变。道德也是教不会的,真正的美德行为并非出自认识力,而来自神秘的心灵世界。

587

让时间把自己领走,而不是幸灾乐祸或者为他者抬棺。

588

教条主义想把自己塑造成艺术家。但我们知道这已经不可能。自从思想的肉体朝气蓬勃冲丌俗世可憎狭窄的锈迹斑斑的牢笼。

589

每一段人生都会与时间和解,诠释一出完美的结局。但精华只有一种读法,一个泉眼。这是所有迈过时间门槛的,败下阵来的原因。

590

如果没有一个超越时间、空间、因果律，既没有原因也没有目的，不顾一切争取客体化的世界作证，那些无怨无悔每天升起和降落的日月星辰，动物王国一物降一物的自愿奴役及人类机体内部各个器官、神经、细胞精妙默契匪夷所思的奔赴生存的紧密合作，就会再次被携带意义病毒的智力世界惩罚和抛弃。

591

伪命题：客观世界完全独立于主观世界而存在。真正能观察到的是，客观与主观之间纠缠和结合。由于观察者与被观察者的相互作用，我们不可能无穷精准地看清客观世界。因此但凡自诩为掌握了宇宙真理的，皆是骗子和白痴混血合成的巨婴。

592

你有趣吗？若是，我愿意跟你发生关系。

593

为什么不能与你好呢？怕耽误你的远大前程。她嘟着嘴又说，你没能成为大作家，是因为我不够难看。

594

我有五怕。怕死；怕蛇；怕闪电；怕绒毛的小动物；怕肉体被侵犯。我这样懦弱的人怎能有理由存世。天使鼓励我，坦诚也是一种优秀的品格，是勇敢。

## 595

一滴水推动世界，于是海与我结了仇，它浩瀚的精力无处发泄。

## 596

海王崛起。计划是什么？活下来。计谋是用爱欲勾引鱼群下水。

## 597

叔本华说，泛神论即是无神论。因此唯美主义大行其道。

## 598

"为什么牺牲的总是我？"如果这个命题成立，你要么是上帝，要么是白痴。重复犯错的人不值得怜悯。

## 599

所有的忠诚都演变为对价值的忠诚。一旦价值消失了，一切都会离你远去，包括爱情、婚姻、生意伙伴。

## 600

除了难得的百花争艳的春天欢乐大结局，人世间的结局不外乎三种：复仇、悲剧和宽恕。唯有宽恕能和解化解解放永无止境的困境。然而做到却是如此之难。这也是当今世界仍纠缠在前两种困局的原因。

## 601

我对任何绝对膜拜的有标记的宗教都持怀疑态度。因为我们现在已经确认,宇宙是无限大的,并且是未知和无法确知的。以极其渺小的生命囊括浩瀚无穷的宇宙是对一切生灵的侮辱。

## 602

悲观主义比乐观主义深刻和伟大在于,正视死亡和命运的深渊,尔后置之死地而后生,而非唱高调,一遇障碍却晕血晕眩缴械投降。

## 603

比喻永远是低级蹩脚的。愈抽象愈复杂,愈歧义丛生。高级文化不语不问。一瞥一笑即倾城。譬如音乐,无迹可寻,虚无缥缈,超越代际。如此分野出艺术的高低。诗人怎么办?过滤尘世的具体物象世相,向着夜晚的心灵靠岸。

## 604

与一流交通可能成为二流,跟二流交际可能三流,与三流交往则为末流。入末流必下流。要志存高远,要眺望山巅。

## 605

恰到好处被认为是艺术的标杆。但大艺术家往往是反格或出格的,依靠夺目的戏剧性和奇袭力量征服心灵。这有点像名中医用猛药治疗顽疾。

## 606

日本的美并非依靠风景和风光，它也无处可靠，而是用尽风物及风情。这种对自然的改造与拒绝的唯美，更能打动持久枯寂的眼睛。

## 607

何谓创造先机？不是对水到渠成的拥抱，而是绝地反击，集中火药和子弹，并用佯攻、借势、离间计等手段辅佐，达成协议。但在外界看来似乎又像瓜熟蒂落一样自然。这种大智慧和大才具的获得非一日之功，甚至全赖天赋异禀。

## 608

神秘性其实是恐惧感的变种，是一种造势。大宗师大剑子手无不学过此门课程，且成绩优异。我们从未听说先知、巫师、伟人在其故乡推销成功并深获赞誉的。因为太了解原委，不屑一顾。

## 609

缘分的成就并不是想象的那样天生应该或者必然如此，而是因为此时此刻未生波澜未制造出障碍，是顺风顺水。乃是一种运气。因此成功的人大凡都是好运连连的。这才是非凡的生产力，虽然看不清道不明。但不相信不行。当然倘若志满意得，懈怠斗志，好运也会转瞬即逝。故要提高警惕，永不懈怠。

## 610

儿童大凡皆被人喜爱,天真、活泼、康健。神童则未必,未老先衰,违背自然秩序。似乎结局也鲜有美满的。毕竟丧失了人生的厚重支撑,难免显得轻薄。

## 611

投怀送抱也好,暗渡陈仓也罢,抑或曲径通幽,都指向一个共同的命运:囚禁。如何挣脱?东西方只问结果,而从不探索最高命运为何如此沉浮动荡。

## 612

人类最成功的创造莫过于镜子,让自恋的种子随时可以发芽开花。相机、音像、舞台、艺术无不是其衍生产品。现代人类更妙,通过适度的遮掩、美化,化丑为美、将黑洗白,把自己表现得更出色。这是应用了距离产生艺术产生美的理论。同样把距离说贯彻到学问研究,就更有趣味。诸如把宗教当哲学看,艺术当宗教对待,哲学看作是伦理学。如此原来迷惑晦涩的就迎刃而解,也变得生动,生机勃勃。可见玩弄、把弄是大境界。

## 613

恋爱的黄昏,指的是抒情诗人对自己的作品产生了晚期癌症病人对世界康复般的困扰。

## 614

我，怎会不放过你呢？即便能，时间也不允许我想入非非从心所欲。人类的地平线早将衰朽的我吊在半空中示众。

## 615

把她的灵魂放在任何物的身上都是一样的。既然优雅的面容已被凌辱，不再发出不可侵犯的钢铁意志。悬置的力量有时比赤裸杀人的力量更惊恐。思想停止在不表达任何心愿的余生。她感激主子对她回心转意的宽容。

## 616

由于得不到战栗和颤抖的许可，做不成活的奴隶，他丧失了把命运长久冻结在地窖的机会。

## 617

准备过冬的粮食，最好的办法是把欲望藏起来，放弃充当万物的父亲。

## 618

开始了 2018 的初恋。她说，那是误解，世界并无秩序，只是你没有注意头顶有星星的几何学。

## 619

依靠亲人散落的羽毛，我把翅膀留给剩余的风。

620

在正义与邪恶的拉锯战中,最先倒下的并不是树木,而可能是锯子两端的手。因为在时间的僵持中,风向标经常改变博弈的方向。这导致力量较弱一方不去改变竞争态势,只朝拼身体拼寿命的方式发展。当然这也不失为保存实力的一种办法。

621

跳梁小丑多,皆因表演的舞台少。

622

一个伟大的工程,通行证和口令居然是:要多做爱。多么匪夷所思。难道越宏大、越壮丽的事业,反倒要用世俗的通俗的方式表达,以坚守其秘密和安全。反之亦然。创造性劳动,应多用逆向思维。

623

王的情人,这一秘密身份的确认,让其幽暗的心情骤然开朗。从此将不用担心夜的虐待和凌辱,并开创怒放自我愉悦的星空。不过,太快降临的幸福似乎并不长久,只是当时无法洞悉。

624

尼采开创了撰写自传性哲学思想论著的先河。其最后一本书《瞧,这个人》,可以说是他毕生追求的"自我组构或自我称颂"的完美结局的范例。很值得诗人效仿。

## 625

大多数哲学家是叙述型理论家,只有尼采是挑衅型作家。以极具个人气质的风格,批判、煽动、玩弄、声讨世界,并充当自以为是的医生。尼采的魅力并不在于他的矛盾和复杂,而是在日益虚伪沉沦的世代,说出了我们不敢说不能说的话,并启示和塑造了我们"什么是什么,而不是什么"。一种有生命的对话,比解剖一具尸体更有意义。因此,这也是过去一百多年来各色人等,都想继承其特殊言说的发明和拥有唯一所有权的原因。

## 626

只有儿童是神人不分的。在福音书中,人从来不去找神,倒是神通过他的代理人来寻找人。不平等的地位致使神永远得不到应有的位置和权力。因而人一旦犯错,就失去了神奴般的爱和佑护。

## 627

历史证明,对最有才华的头脑,落叶归根是不存在的。

## 628

心有慈航,哪怕阿弥陀佛漩涡,也是理想生活。

## 629

时代正以勉强称得上反抗的"拌嘴"和"晕厥",逃避历史交给我们的刺杀灵魂出轨的责任。

## 630

看多了动物原始的野蛮角力,对人类的行为也就释怀了。核武器不过是升级版的拳头。

## 631

"为众人抱薪者,不可使其冻毙于风雪;为自由开路者,不可使其困顿于荆棘。"然而纵观古今,困顿和冻毙正是大多数先行者无法摆脱的噩运和宿命。

## 632

仅仅是虚构的历史就把我们打入了冷宫。更何况是高高在上悬在脖子上的足以令人恐惧的现实之剑。

## 633

历史制造了众多的痛悔和号啕大哭,它们都是没心没肺的瞬间一手造就的。

## 634

没有一个皇帝想把自己发展成那个被口诛笔伐的末代皇帝。即便再愚蠢也不会要求奴仆放声歌唱,赞美自己是最伟大的超过他先祖的大帝。问题是,当献媚者中有近侍、厨娘、寡妇、银行家、将军、诗人、天文学家、御史、地质工程师时,"认识你自己"这样的启蒙教育,就被合乎逻辑地绞杀了。

## 635

帝国崩溃时，首脑常常会夜以继日工作，生怕辜负他热爱的职业。但令他意外的是，暴毙在工作台上几乎是他唯一的归宿。当然也不失为很好的归宿，毕竟至死权力都从未离开他背叛他。

## 636

思想复读机，在赞美农民领袖一章时长时停了下来。直到高贵的人头成为战利品后重新开始。

## 637

已经在讨论最好的收尾方式，可小石子们依然浑然不觉。

## 638

治愈坏空气的手段，是鲸吞那片天空，再用假面舞会的布景实现自洽。这大多是暴力革命给出的答案。

## 639

在资本主义子夜，出现过与社会主义黎明拥抱的交叉时刻。角逐的结果是相互扯掉了对方外披的最后一层穹顶，直接肉搏。于是一个宽容敞开的可能和解的正午被拆解了，排挤出历史舞台。而最后拥有它们的，恰恰是群魔乱舞中跑龙套的陷于沼泽的替身。

## 640

何谓错位者？终生忠于自己内心旋转门的放空枪的猎人。不愿成为争吵不休的飞鸟一部分。

## 641

"面对一个时代的死和废物",会有一个担架抬着"社会主义时间"以后的人民走向模拟的天堂吗?

## 642

伊丽莎白女王抵达波士顿,斥责美利坚这个独角兽逆子,但基于其政治冰镐、贸易蜘蛛网、子弹金蛇编织的精致花环,深知已不可能活捉它回去。于是从征服的高峰顺势滑坡,下达永不准返回家园的口头命令。于是两头海狮保持了完好无损的眺望。

## 643

反刍类动物来自东方的观点,有其一定的依据。否则我们永无休止靠咀嚼几条古老真理的草叶存续几千年,就完全不符合逻辑和缺乏合法性支撑。

## 644

体弱多愁,也是青年男人撩妹的有效武器,能无限激发女性的母性光辉。这种撒娇的套路与女性小鸟依人的天赋如出一辙——都是以退为进的文化策略。

## 645

疾病是上帝的一只抓手,能够持续归化人心,它比枪炮一时的肉体恐吓和消灭更激荡，因为心理疗愈改变的，还有时间血管的浓度。人类历史证明，上帝到达不了的地方，疾病可以无缝隙对接。

### 646

人生是场拔河赛，上半场意气风发靠心理强力取胜，而下半场由于生理体能的衰弱转向落叶归根的寻求和安慰。那时最需要的不是冲锋枪、剑、肌肉，而是保姆、护士、拐杖和牙齿。

### 647

要做异端意见的首领，首先得承受肉体被剥夺、精神被凌迟的双重痛苦，其次还有历史从迷途中醒过来重入通道的运气。尤其是后者这样的大奖赏鲜有。

### 648

那么自然而然地，像摘花那样，把剑伸向手无寸铁的无辜者。偶然有能力借给他力量，也有能力把他毁灭。然而他并没有想停下来。罗马胜利了，最后留下的却是希腊。蜜蜂说，要天真且纯洁地活着。

### 649

破坏游戏规则的，最后无不以戏剧性的自我玷污收场。盲汉般的英雄主义施暴也只有在面对黑暗后花园卑贱的爱戴后，才完成无奈的拯救。

## 650

孟德斯鸠说：女性在法律上是自由的，但受着风俗的奴役。岂止如此，她们更被男人以物质或金钱交换肉体的诱惑践踏。

## 651

看多了人心归化的故事，对骑墙者的瞬间变节效忠新主子有什么不能理解的呢？

## 652

在世界的荒原，衣衫褴褛的肉欲比荒凉的精神美感更崇高。因为肉欲延续生命存在的最高意志，盖过了所有覆盖身体的旗帜和墓志铭。

## 653

艺术家沉醉虚幻的自我世界，并不证明他们有能力征服世界的外在，恰恰是因为对外在的软弱和无可奈何，才只能锈蚀在自己设定的座位上絮叨。

## 654

波浪的孩子大都围着孤岛徘徊，无疾而终。只有极少数会跳跃尖叫潜入深海制造漩涡，与灯塔争锋，掠夺一块领地，把自己解救出来。

## 655

德意志把诗人从世俗景观的浪漫情怀中剥离出来,驱赶他们全体去迎接哲学的王冠。对深沉阴郁的心灵,似乎不追寻绝对真理的王国,就难以展开绝地之美的苦难历程。先拯救灵魂再享用生活的快乐与美,希腊人和罗马人根本不可能接受的现实,在德国人身上是如此自然而然。因此我们在十八世纪以前的德国文学中很难遇见生机盎然意气风发的人和风物,只看到被理念、学问、技术、智慧、意志奇袭的散兵游勇。

## 656

他被赋予合法地位,不是因为既像先知又不像布道者的矛盾形象。而是疯狂的、不羁的、夸张的、辛辣的反抗世界的姿态恰好与青年挑战现世权威、纪律、规范的质疑心理高度吻合。并不存在为少数人创作的所谓精英路线。而在于是否准备好了容纳丰富内涵品质和品位的生活资料和才能。当然被时间广泛赞誉和颂扬,已经不是个人可以决定的,取决于时间朝三暮四的口味和叛逆的美德。

## 657

中庸的人是没有资格宽容的。体验不到思想的兴奋、狂热、盛怒、蔑视和斗争。

## 658

哲学的使命,早已在"最好不出生,其次是尽快死去"的折磨中奠定。仿佛不迎头痛击生命的美好,就不足以证明世界对其情有独钟和持久的敬意。这恰好给艺术为局促、短暂但有抱负的人生提供了辩护的勇气和机会。

## 659

任何暴政都是要催生反抗的，暴政越烈，抵抗也越强劲。但这点我们在希腊艺术笑容满面看着德意志血本无归的臻于顶峰的精神大跃进中找不到。仿佛在这场彻底征服精神与梦境的奴役中，德意志全盘坦然地承受并以奴隶态度的迎合，完全基于自身血脉之需求，也是其必然的宿命。在这里，受害者以新理想范式的身份据有主人公至高的不可替代的位置，为德意志文学迎来了伟大的复苏之机，为德意志找到了美的绝对标尺，也就是那希腊标尺。这致命一击改变了我对文化殖民的愤慨和道德审判。

## 660

战胜者和战败者随时交换着角色。他们是同类，互为依存互为竞争。但他们似乎并不觉得这是命运的盲目。反倒认定是命运的安排主张了正义，获得了前所未有的新生。否则如何去惩罚自带牙齿的僵化的制度和思想。殊不知，暴力循环从来没有创造过脱胎换骨的新形式。

## 661

命名权的争夺从来没有停止过。但亚当得到上帝的造物命名资格似乎是那样自然。因而他被指定为世界上首位诗人，以区别于功利的建筑师。自此诗人被无涯的思想拥抱，迫使他放弃浩瀚的专利版权，过着精神丰富物质匮乏的双重生活。

## 662

如果有幸逃过春天浩劫的人，依然屈辱地活着，昧着良心活着，行尸走肉般地活着，不去赎罪，不去奔走呼号呐喊为那些"叫天天不应，叫地地不灵"和"插翅难飞"的哀痛和绝望的灵魂伸冤，伸手援手和举起自由与光明的灯盏，那么死于非命的无辜生灵即是白白死去了，走不出白昼亡于黎明前的黑暗的魔咒，继续陷于绝望、希望，再绝望、再希望的往复绝境。

## 663

过去发生的都反映在当下的容颜中。不经沉淀的面容是不存在的，只是是否愿意去揭露它揭穿它。

## 664

从故宫出来，发觉原来拥有的都不过是借用而已。只有被使用掉的、消化掉的、融入你心灵的才是你拥有过的，是你个人独特的财富，才不会被时间褫夺。

## 665

不动心不是因为才具魅力不够，而是代价、筹码不足以撼动枯井的世界。

666

好的爱情,不光要有匹配的价值观,更要有情调的价值观相吻合,并且会调情且能把情调出来。

667

生活用四十年的沧桑反哺他,终于活成了自己想活的样子:给他一个余生足够爱的女人,一个不再有俗世纷扰和羁绊的伟大事业。当然代价也是不菲的,丧失了常人该享受的天伦之乐及平庸的安慰。

668

他穿上衣服就不认识自己了,以为仍在演戏。

669

一只蝴蝶不知道自己是煽动了飓风的蝴蝶,一直悲叹命运的卑微,活得不够壮怀激烈。

670

在收割了爱的群峰后,仍继续识别爱的动力和能力几乎是难以想象的。然而他们做到了,因而成为爱的思想家而不仅仅是爱的艺术家。

671

多少年后,她仍记得最初打动她心的一句不经意的话:"我想和你睡一觉,睡到天老地荒。"那一刻,胜却所有甜言蜜语的勋章。

## 672

大多数神解救了自己,却不能解救人类。因为人靠镣铐跳舞和安眠。

## 673

"要平等共处,而不是和平共处。"不平等社会才有雄霸天下的梦想。雄霸天下就是霸权主义,欲独占天下财富和美色。依旧是山大王的翻版,与现代文明相距甚远。

## 674

我想找一个替罪羊,然后替罪羊不答应,于是只好把自己杀了。

## 675

理想与现实几乎背道而驰,但人最终会屈服于现实,以某种可以让自己蒙混过关的借口。

## 676

知性和妖娆的女子,如果只能选一个,大多数人会选择前者。因为不想背上肉欲荒淫的骂名。尽管私下里他们极喜欢后者。

## 677

嗅觉最先找到同类,并让肉体在精神共鸣抵达前接受。

## 678

谈到龙卷风和海啸，一直絮叨坚守阵地的船帆动摇了。

## 679

基因优秀的孩子，必定为父母心情最好的那时那刻所孕育。

## 680

活在一个真迹需要赝品确认，才能有资格供奉灵位的时代。

## 681

喜事办成丧事，是一门伟大的技艺，接近悲观主义的真理。如同皓月当空的夜晚，给予闪电腹泻般的迎头痛击。

## 682

女人最好的状态是不在场的时刻。因而远远偷看她们并在公众场合赞美，比在灯下柔情蜜意抚摸更令她们欣喜。

## 683

男人们总想在妓院里找到教养，显示他们无与伦比的骄傲，从而抵消来自身体某一时刻的悲哀。女人们当然深谙此道，以极尽配合的阴影捕获金钱的光亮。从某种意义上说，低俗和陈词滥调是最终的胜利者，它们会让法典成为取笑嘲弄的对象。

## 684

人为什么会夸大拨高自己？因为自我需要为自身创造勇气，去抵抗幸灾乐祸的生活困境。这在恋爱期尤为明显，屡屡产生侏儒顶天立地变成巨人的假象。

## 685

同为动物，人类的死和鲸鱼的死亡是不同的。前者永远被要求赋予意义且保持清醒，而后者仅在自杀时渴求麻木。可以结论，人类是一种自虐动物。

## 686

当更黑暗的来临，我们退回去赞美它的阴影。如果再不允许，那么就捧着它的猪蹄高呼万岁。

## 687

福音书告诫："你们中最大的，要成为最小的；为首领的，要成为服事的人。"而事实上，在拯救宽恕人类的大利益前，教诲之类的指点迷津很像诗歌的自娱自乐。

## 688

永远以童真的面孔召唤仅能死亡一次的生者，这让喜新厌旧的死亡总显得生气勃勃，面若桃花。

### 689

流亡是把双刃剑,逃脱了身体的瞬间伤口,但心里疤痕的正常离去却是一个漫长而痛苦的过程。"你需要一把钥匙",但却没有任何锁等待你去解救。

### 690

悲剧的即兴表现,在大多数情况下都会喜剧化。根本的原因是耳机被当作扬声器后,本来无关的耳朵都参与了化学反应的轰鸣。

### 691

利用彼此的噪音,抵达和谐。

### 692

如果没有射出的船,孤岛就是一座监狱,永远不会有朝圣者络绎不绝的灵魂出窍,被远方的道路解放。

### 693

过泉州。突然想起一个诗人的句子:"他坠入爱河,却无人知晓。像一只祖母绿的火鸡腿站在树梢。"艺术果然创造生活。

### 694

如果不反抗旅程,意味着即将分离。鸟和笼子也必不属于我们。

## 695

当我发现伤口的康复之路是深深的睡眠后,我对时间的侵蚀产生了抗体,并爱上了免疫力的发明者孔丘博士。

## 696

人与动物的相遇,如果仅仅停留在现实主义层面,几乎毫无意义,无非是对峙或伤亡。但作为荒诞的超现实主义,则可能扩张象征的野性。人头马、狮身人面的现形是极致的诱惑,挑衅哲学猜想的底裤。

## 697

一株水仙如果长成了相扑运动员的模样,我们会叫她散文。诗是芭蕾舞的缩影,简洁凝炼以削瘦的钟声为食。

## 698

爱是一种能力。鞭长莫及正是此刻的写照。

## 699

要乐于被人利用剩余价值。证明不是废物,尚可贡献绵薄之力。

## 700

羞涩是人性最美好也最隐秘的外在呈现。接近向日葵的朝圣。

### 701

上帝跟谁去告白困惑呢？我的女上帝插话：在讲解的过程中消解，自己是自己的听众。真是智慧。我太喜欢我这个女上帝了。她还告诉她的猫，大人讲话的时候不要插嘴不能发情。因为大人心无旁骛，没时间照顾它。

### 702

伊斯兰教的天堂，是男人的。那里美女环绕、铺展奶酪的星月及血色葡萄。我的天堂呢？有博爱的晨曦、不穿衣服的自由的朝露、红颜知己、三目蟹和樱桃欢聚的丰收。仍是人造天堂，缺乏放肆不羁的想象力。

### 703

我想，找替身的权利还是不能给你。首先真假难辨的会是我。我特别迷恋让我迷路的森林和泉源。

### 704

精神洁癖一旦蔓延到社会每个角落，最后奴役的那个少女连请求做性奴都不会被允许，因为你"不配。"

### 705

现代悲剧与古典悲剧的最大不同，是对"命运"的诠释。一个是随时传唤的，一个是命中注定的。前者更满足票房的好奇心。

## 706

自杀是对自己的冒犯,是生命的有效切除,更是自我救赎。因此,最为伊甸园所不齿,在爱的居所,个性的张扬即是匪徒。

## 707

撰写死亡投名状,现在是一个热门生意。

## 708

无懈可击的侦探是不存在的,他们的成功归于无数偶然目击真相的小人物。在那里群众作为褒义词,首次登上历史舞台,通过抗拒利益诱惑,获得了一个悔罪的机会。

## 709

通过观看别人的邪恶变得善良,这在审美上是成立的,在道德中却显得可耻。

## 710

是否存在罪责难逃,而罪行却不能确认的罪犯?如果没有,何以发生赏心悦目的大屠杀的疯狂?

## 711

逃避现实的方式如出一辙,都是幻想、沉溺、诅咒。目的地:伊甸园。

## 712

身体驱逐灵魂找到她的伴侣,预示两个并存的世界不兼容。一如英雄探宝的开放世界,与囚徒自我窒息的寓言世界必然隔离。

## 713

何谓寓言生活?屈从于从未见过,也不会再见的敌人;恐惧任何一种小动物的追捕和攻击;专注永远不会去居住的洞穴。然而这些恰恰激发了与生俱来的最佳状态。

## 714

在许可的、可想象的自由中行动,构成了我们个体生命的全部。实际上我们是极其渺小的、无知的、毫无个性的。

## 715

在监控器无处不在的漫游中,毫无秘密的人吸引不了眼球,刺激它的反倒是突发性的戏剧遭遇及由此逼迫产生的生命本能和意志。

## 716

由上帝导演的非黑即白泾渭分明的道德剧中,历史要么出演英雄,要么扮成小丑,很少以复杂的、雌雄同体、受害者与加害者面目站出来与我们对话,探索真相和命运。

## 717

一个看上去像法医解剖尸体的悲剧,揭示的往往是技巧,杜撰了参与者和旁观者的无辜。只有在噙着泪水的喜剧里，才允许都是罪人的人相互拥有权力审判别人，抵达光明的爱。

### 718

尽管肉体之欢终止了，但关系仍在，因为我们拥有共同的不可撤销的高于血统的疾病——民族性。

### 719

由于小小的过失，他将背负捍卫爱人不可侵犯的悔罪渡过余生。这种情感即使出于自愿，也是违反了爱是自由、无私的训诫，因而是不值得倡导的。否则还要爱干什么，交易的、买卖的那是商品。

### 720

怎会与玩偶产生感情呢？他连与自己与世界的和解都不愿意达成。

### 721

性不美满的人随身携带刀斧，砍伐美丽的溪流和风景。

### 722

谁赋予了怨妇的权力？在一个伪能量泛滥的世界，保证连篇累牍的废话般生命响彻心扉。

## 723

爱欲有自己独特的面孔和面具，只为打捞上岸的性情契合的爱侣伸出眼睛、舌头、鼻子和无休止的吻。否则像紧闭门户的蚌壳，无情而麻木地拒绝一切诱惑者。

## 724

宽容到允许我的思想和行为出格。因为在她的情感世界里，如果由于约束而丧失原来的可爱和天真，还不如不爱。爱是更大的解放，而非囚禁。

## 725

表演欲只有在陌生的、异常的舞台才能不辜负意想不到的亢奋。否则我有何意义留下斑点和阴影？

## 726

相爱的人的互相依恋和伴随，形式的重要性会大大超越内容，连时间也仅仅作为陪衬登场，丧失主体性。

## 727

只有美到不能不接近她，傲慢才不显荒诞。

## 728

动物利他主义，让个体放弃自己的生命，使群体活下去的基因，在人类世界是不存在的。实现的方式只有一个：洗脑。不停地洗脑。

## 729

再不堪的人生，仍可以劈出一片天空来，用漏进的光制成锦绣，在上面涂鸦、筑巢，把凌厉的风驱赶。然后作为飞鸟和歌吟的使者，打败伪装的风情和品味，改造旧世界。

## 730

对别人来说是天空的全部，于他却仅是其中的一角。这就是视野的分别。表面看到是气度风度，实际包含了见多识广的鸟瞰人类的大情怀。锤炼它的是不断飞翔的眼睛、耳朵和梦想。

## 731

为了爱，心甘情愿喝下迷魂药，且拒绝一切解药。这样的女子，生活中是孤品，艺术上是极品，都是不可再生的——除了上帝突然的心血来潮外。

## 732

诗歌该有怎样的模样呢？正如"一千个读者就有一千个哈姆莱特"。但基本面貌还是人及人性，否则我们何不去爱一只狐狸或苍蝇？

## 733

如果写作是一种祈祷形式，为什么会被我们听到呢？显然是一种伪装的邂逅，类似于英雄救美。

## 734

作家靠文本立世,其它游离于文本的作家生平、经历、逸闻趣事并不构成读者的心灵之旅。我从未在读策兰和普鲁斯特时想到他们是躺在病床还是正与某个女人发生关系。我只对他们所创造的召唤勃动。因为对读者而言,作者一旦完成作品,其本人已经不存在或者消失。正像一头母牛,只有源源不断生产乳汁才算奶牛。否则只能称它是一头牛。

## 735

独裁者大多鄙视艺术和文学,认为它们妨碍统治。但也有极少数独裁者与文学艺术家相处甚好,以期用一种贿赂的方式,把艺术家的反叛、抗拒和批判虚构成来自外星球,从而击溃艺术的真实和深刻。

## 736

"云雀叫了一整天",似乎甜到了心里。只是不知道匿名的那只和我的是否是同一只。

## 737

爱有自己的规则,以为爱是永恒,是天真的想法。但请记住,当爱再次来临,请抓住她。即使稍纵即逝也比荒漠肥沃。

在火焰兴高采烈的舞蹈中,永恒找到了位置。

### 738

用阳痿这种生理病症羞辱一个独裁者，比毁灭他的肉体更能激动人心。

### 739

他承认，他爱上她并不是因为她的美丽和高贵，而是身上淡淡的腋臭味，近似豹纹暴露在潮湿处的那一部分。

### 740

我常被误解为与孤独情投意合，实际是我根本没有时间孤独。误会和误读造就了真相的虔诚与慈祥。

### 741

情感的健全和深度，取决于婴儿期的内在友好和外部环境的可控性。大凡美好情感被剥夺的，无不来自妄图驯化本能的恶毒洪流。

### 742

神启的觉醒如果不扎根大地依然贫穷。

### 743

血和泪奠基了金字塔。爱的世界却奉献了耶稣基督。

### 744

童声合唱的《加油，耶稣》，是今年圣诞节收到的最好礼物。

不把上帝当神，而是当成慰藉的伙伴。

## 745

爱神，但不与神结盟。只是留在"门槛"张望，满足不被任何教规驯化的自由和有尊严的喜悦。

## 746

符号性幻想完美实现的那一刻，恰恰是现实崩坍的开始。拒绝自杀性的欲望工具横行。

## 747

是否存在既不负责任，又把我们所珍视的残暴摧毁的神？加缪说不存在。

## 748

柏拉图的理想国，一怕暴君，二怕暴民。他的理想是哲人专政，因为有使命。实际上这是危险的托付。知识分子自认为最有良知最有道德最有理想，但也往往最狭隘，不能宽容。因而最先倒于屠刀的，必是他的同类。

## 749

柏拉图把社会比作巨兽，不同的人都合力为其自认为的善工作。有的梳毛，有的挠痒，有的剔指甲。却不知这个巨兽一旦作恶，所有的皆被其压迫。

## 750

从寄生乌托邦到维护意识形态，几乎是知识分子的命运必由之路。

## 751

道德供求律证实，越没道德就越要讲道德。

## 752

大师都是另起炉灶转折风气之人。并非是什么鼻祖。

## 753

该不该向收集了众多血滴的骷髅地退还入场券？当我们不再敲门，人是不会醒的。

## 754

开启了内裤的三角债务清偿。据说一生的情欲总量是限定的。

## 755

深怕伤害涉世未深的爱。抱着此种忧愁其实已经伤及爱自身，坠入艺术比艺术家更重要的陷阱。

## 756

人类中心主义和艺术产品的唯一性已经被证明是荒唐的盾牌。我能所做的就是变化，不断生产出更锋利更倔犟的牙齿。

## 757

既然无法获得独裁者拥有的分配时间的能力,那么我们就躺在干草堆上睡吧。

## 758

秘密性乃是黑社会的古老烦恼,呼应其光荣的非法往昔。

## 759

正是深厚的恋父情结,让她不得不一一清除现世俊俏的情敌,缔结瓜熟蒂落的衰老面孔。

## 760

假如空间会被毁灭,与之相连的时间还能存在吗?之所以设定时间为永恒的钻石,乃是忆念我们曾身为一粒尘埃的骄傲。

## 761

无序,大自然的定海神针。告诫心醉神迷的人类,告诉眼中只有青草的牛,被磁场吸引的铁,有序,不过是假象而已。即便在最神秘的天界,不仅允许,甚至鼓励天体在其运行过程中扰乱自身。不存在所谓的唯一的独裁者。

## 762

永恒的意愿恰恰是被仅作为中点的纽带扣留或挽留。纽带的意义即便在边缘也是中点。

## 763

自然以恰如其分的否定力量防止和纠正任一物质漫无边际的扩散。作为一种楷模,但凡遵循自然法则运行的社会都表现出互为依存生气勃勃的欣喜,反之必是枯寂苦涩的衰亡。

## 764

超越了时代局限的人才配称伟人或先知。

## 765

仅会思想的芦苇伦理上是不值得同情的。因为她清除了作为艺术家的秉性和温度。

## 766

一滴雨就荒芜了我的内心。

## 767

任何物质都可被分解为原子,那么执著自我的面孔还有多少意义?

## 768

子非鱼,焉知鱼之乐。不!因为我与你拥有共同的泉源——爱。

## 769

幻想年幼的蓓蕾拯救衰朽的根,已经是最大的荒诞。为什么不依靠自身的光去催生星星的嫩绿?

### 770

无所谓赤胆忠心的原教旨主义者，只有那张虎皮里躲藏的源源不断灌溉山大王宝座的血液系统。

### 771

认知力和意欲匹配的人是幸福的人。认知力超大于意欲的天才或认知力超小于意欲的白痴都是缺陷的怪物。改善它们唯有向上帝祷告，获得合适比例的智力和欲望以免遭灭顶之灾。

### 772

人类激情的可爱是由于不带伪装的表现，这使得人类对动物的天真和真实呈现一种喜悦，并且与之良好相处。因为生命意志的强大欲望支配，致使说谎成为一种本能和利益变现的硬通货。这对涉世不深的青年不能不说是一个危险的陷阱。

### 773

意欲和身体的互为人质，在人类身上表现得淋漓尽致。简言之，身体是意欲在头脑中的立体呈现，或意欲是身体的外在表达。是高度统一的器官。

### 774

终点的狂傲在于旅客不知何是终点。

## 775

复仇是对伤害我们的优越者的一种心理补偿。是甜蜜和欣喜的。因为在自然或偶然对我们的加害中,如果说只能选择无可奈何,那么对他人的额外加害再无动于衷,柔弱的内心也是不会答应的。因而复仇越缜密越血腥越狠毒,心理的满足感会越强烈越奔越。但可惜的是复仇在实施过程中,常常远离最初的动机,甚至背离原来的方向,导致被复仇者再度归来,走上永无宁日的复仇死循环。因此说,复仇煨熟的食物并不美味可口,只能是苦涩和烧焦的。

## 776

以裁缝的标准衡量世界,它的尽头,无不是空洞装饰的锦绣华衣。

## 777

欺骗的根基是,在看似毫无规则的情况下遵守着某种潜规则。

## 778

她的夜晚很薄,一粒咖啡弹就能挤破血浆。幸亏有白日的输卵管供给她营养。

## 779

她得了月光病,一见纯洁的白就激动得流泪。长久下去,我担心她的眼睛会瞎掉。

### 780

白癜风,是黑社会唯一最想得的病,因为那样就不用绞尽脑汁把各种道德穿在身上。穿着白昼的外套一劳永逸。

### 781

爱的沙滩上,都是孩子,喜欢立下海誓山盟。

### 782

决不允许被奴役,吊在树上喘息。永远张开血性的旗帜,抖擞风,舒展卷曲的天空。

### 783

一个人怎能改变另一个人的性格?至多是挖掘出其隐藏的本性而已。高估改造能力是自我幻觉。

### 784

光明也是相对的。当更大的光明到来,原来的那个就是黑暗,或者是阴影部分。

### 785

美貌是最大的生产力,但很多人并不擅长保护或用好美貌。以为美貌唾手可得,十分寻常并且是额外的报酬,这是十分错误的观点,也是缺乏自知之明的表现。所谓认识自己,既是要知道自己的局限,更要洞悉自己的优势和长处。美貌与才华与智慧一样,都是不可多得的巨大财富,是命运的组成部分。

## 786

所有的航行中,船舰都会自行寻觅闪烁的灯塔,如果找不到,也会偏离航线继续寻找,直到灯塔永久闪耀。

## 787

并不是所有的经历都要去经受去感受,不好的经历反而败坏胃口和品味,是难以弥补的负资产。如同读坏书毒害人心一样。以人格自由发展为由,放纵心智管控和导引的,是对民主和自由的滥用。自由并不是无政府主义。每到关涉方向、转折点时,引领是必然的也是必须的。

## 788

爱情是火焰,可以任意弥漫,而婚姻是契约,必须严格遵守,没有履约能力的,不应该信马由缰签订合同。

## 789

美的钻石一经摧毁,令人心碎。

## 790

站在保护来之不易的世界文明的高地俯瞰,有些局部的侵害和牺牲是难免的,尤其是极端种族滋衅的地区和部落。

## 791

一个人度量别人的视界，都是以自己的视界为终极尽头。因此视野开阔的人才有可能窥探他者的别样世界。

## 792

一个人的过去都会完整地保存在其现在的身上，指导一言一行及举手投足。

## 793

人生活在幻觉的存在中。这个存在包含其所创造的人、物、思想及艺术品。

## 794

良好的情感关系，包括肉体之欢和精神之欢。并且当肉体之爱停止后仍有精神之爱的高潮发生。现在我理解了日本诗人高桥睦郎的八十一岁高龄仍有性生活的含义。

## 795

死亡以其横蛮的冰冷要求活着的人屈服并向其致敬。幸好，这样的时光短暂，并不经常莅临，否则我们会生不如死。

## 796

告别，对世界的一种佯攻，是征服的重逢。否则，它只能叫耻辱的退场。

## 797

羞于启齿的，必是最隐痛的，也是记忆最易唤醒的。

## 798

感谢征服者的征服，这一原则适用于一切文明之花对野蛮地的催生。

## 799

对大海的暴动无限期推迟。由于缺乏足够的动力让风暴从漆黑睡眠中一跃而起，奔向可以栖身的光芒华丽的船帆。

## 800

黑帮火并，无不是在正义的旗帜下。因而不值得讨论谁是谁非。

## 801

她说，看到你思想的光芒就会灼伤我。听起来像"文字狱"，不过令我欢喜。

## 802

出于一种想象，他们一宿宿都无法睡觉，仿佛被闪电触摸。兽们说春天到了，我说不，那是天籁的极光。

## 803

有深爱，即使荒芜过，依然是肥沃的休耕地。

## 804

心理补偿机制,在老男少女的婚配中表现最充分。并不是少女天然热爱历经沧桑的男人,而是"恋父情结"的代入机制发生了催眠作用。她爱的其实是一个假想的得不到的梦。而对于男人,希望那个如花的少女母亲般永恒盛开并定格在那绚烂时刻,满足对母亲的全部眷恋和记忆追念。

## 805

叔本华说,普通人容易沉溺在天才人物根本瞧不上的日常生活中的特殊满足中。他还说,一旦除去知识和表象世界,除了意志或盲目的冲动以外,什么也没有。我补充道,天才即是自己也不信任的矛盾体,一种天外陨石。

## 806

并不是所有的赎罪都可以接受,起码要有足够堂皇的理由。后来他想了想,灵魂出窍虽然有点俗,但能赢得所有人支持。

## 807

我这样的灵魂怎会不被拥戴呢?即便在最世俗的商业活动中,仍惊人地保持一颗天真的心。

## 808

有人问,如何永葆天真?答:其一,尽情享受此刻的天真;其二,沉浸在永恒天真的幻觉的理想模型中;第三,去承受经历必须的美好。所谓见证丰富繁丽后的天真才是真天真大天真,否则皆是白纸废纸,是对人生的极大辜负。

### 809

时间不会奖励掉队的人。如果一定要证明创造了永远的爱情奇迹,那也必是两个持续对视的脚印同步对岁月的眷恋和挽留。

### 810

我,一个心肠柔软的人,见不得雪崩、海啸、闪电、蛇及人间的众多牢笼,但为什么对爆炸及轰鸣的巨响情有独钟?当一条条街衢、一座座广场、一具具躯壳般房屋,像衣服一样轻盈举起又随即坍塌,我的心有莫名的抑制不住的快感。那快感犹如憋足了劲的射精所释放出的歌吟与哭喊、欢乐和忧伤。我明白了,我身体背负了几千年无法泄放的悲愤。

### 811

书的命运和人的命运是一样的,都是为了在点燃火花时,留下仅够一枚火柴燃烧的那一点骨灰的磷。

### 812

犹太法典云:我们有如橄榄,唯有被粉碎时,才释放出我们的精华。

### 813

把骨灰埋在树下,据说长出来的叶子都是精灵。

### 814

出生时眼睛大多半瞎的耗子,在啃啮书本的历程中,获得了比它们的世敌——人类更明亮的眼睛和凝聚力。

### 815

脆弱的情感都会在难以满足欲望肖像的完美时扬长而去。

### 816

一个丧失故乡的人,对任何指责其不忠的粗暴都会予以迎头痛击。

### 817

弥尔顿的全知全能的上帝,被世俗无情抛弃的根本原因是,他未能及时给予苦痛的生命恰当的安慰和支援。毕竟拥有短暂的幸福对大多数苍蝇已经足够。

### 818

把语言浇上血淋淋的星光,始于作为思想屠夫的尼采。他的"上帝死了,"开辟了文字横刀立马的新天空。此后死于精神之战的头颅一点都不亚于战争的大规模伤亡。

#### 819

时代洪流替隐私的方舟找到了发财致富的新路。

#### 820

无底线的行善,也是一种作恶,是对正义的善的奸污。

#### 821

担忧什么呢?深怕对其造成伤害。但与其在华丽青春旗帜下被公然侵犯,不如如履薄冰在爱的呵护中匍匐前行。所谓爱的美好只有在爱的自觉的正义中方可实现。

#### 822

不是可否可能可行,而是必须如此。在亡灵的祭祀中,盲从让人类达到了高度一致。

#### 823

如果所有的光环都是为了对往昔卑微的复仇,那么他的人生依然没有走出童年的阴影。

#### 824

何谓大智慧?明大是大非,知轻重缓急。

#### 825

时过境迁也。此一时彼一时,即使奔腾的大海也无可奈何。要不惜一切抓住时机和机遇。要趁热打铁,要乘胜追击,要全力以赴去实现胜利。

### 826

除非必须牺牲,鲜有人用身上打出的铁去抵挡子弹。血性一直是我们最缺乏的。

### 827

怨恨得不到解救的民族,最终会发展出民粹主义、集体主义、极权主义搅拌的特色主义,核心依旧是文化自卑。

### 828

时代最好的头脑都是依靠潮汐疗法治愈的。

### 829

思想只会在它愿意降临的那一刻到来。因而无论对错好坏,马上拦截它。

### 830

我们视之为面具的东西,在动物那里是不存在的。抑或面具本身也不知为何被需要,甚至面具携带者都并不清楚为什么要戴着,但彼此依然周旋着热爱着对方。

## 831

教诲经洋洋得意的嘴巴一万次重复,也会变成鹦鹉学舌的垃圾。真理是点石成金。

## 832

事实是经常被隐藏或忽略的。我们太低估缪误的捉迷藏能力。

## 833

天才的创造性劳动,只有在后世才能获得补偿性的丰碑致敬。因为现世只奖赏贫乏的垂头丧气的花朵。但倘若认为天才仅仅是被后代的感激和爱戴所驱使,那是对天才的侮辱和曲解。天才是活在创造的欢愉中,在自我压榨的蹦跳中索取报酬。天才的目标首先是成就自己,然后是奉献给世界独一无二的作品。

## 834

人性中憎恨和恐惧的相互牵制实现了人类社会的制衡。

## 835

一种有别于其他动物的善在人类身上光芒四射,即纵使个体毁灭仍不足以让其相信世界会毁灭。极端的例子是舍己救人或为了保全他人牺牲自己。正是这点至高的觉悟,让我对人类犯下的罪行作出了宽恕。

### 836

来自本土的宗教无不日思夜想图谋祖国的明媒正娶。但这在理论上是难以实现的，尤其在东方。因为思想只对远方神秘的教义膜拜。

### 837

以夏天的热烈，挣脱岁月一身冻僵，换回片刻轻盈。

### 838

从未登顶，怎言盛极而衰。繁花路上更吸引蜜蜂和蝴蝶。

### 839

正是对人世的负责，让他坚持不再生育的意愿。当然也可能是缺乏激荡人心的情感，致使生产意愿下降。

### 840

正义的缺席，在世界的各个角落。

### 841

一神论让造物主背负无限责任，让人子无限逍遥。因而是不可取的。

### 842

以祭司的姿态请求上苍保佑，不啻是一种僭越。

## 843

好奇于天堂种什么花。我问父亲,平时仍在拍照吗?提前过新年了,祝愿他依然快快乐乐,天真无邪。

## 844

东方最终都走向玄学的迷信和幻觉。这是温带气候所决定的。

## 845

塞尼加的"意欲是教不会的"论断是令人悲伤的。但又能怎么样呢?能改造的也就不叫本能了,只能叫意识形态。

## 846

犹太教认为,一个人来到世上时,道德是空白的。遵循此一教条,做天使还是魔鬼抑或人,皆是个体道德自由选择的结果。我不以为然。如果这样,个体的性情差异还有什么存在价值可言。

## 847

人和人在一起时,才会孤独。

## 848

雄狮的弱点正是长颈鹿的强项。让我们眷恋的不是战无不胜的骄傲,恰恰是它的薄弱之处。

## 849

即使拯救，也包含了无限的叹息。圣者的遗骸，常诧异让其凯旋而归成为古董的新贵。

## 850

人所惦记的，都是梦幻没有实现的。兽性看护者，慢慢锈成了青铜。

## 851

如果知道痛苦是人生的目的地，没有人愿意前往。但荒谬的是，当我们在中途下车与其搏斗后，反而找到了胜利者的乐趣。于是，痛苦变成了肯定的力量，而欢乐却被当作否定物受到羞辱。

## 852

绊脚石让寂静的溪水像跳跃的小鹿喧腾——没有阻碍何来惊心动魄？

## 853

一块石头并不知道偶遇的刀会使其变成昂贵的钻石，她对阻断她的物一直闷闷不乐。

## 854

任何物都有目的地。即便停止，死亡也是。

## 855

这正是我担心的,把现实与梦境混淆,把盲目等同于勇敢。灵机一动,她北伐了,决定与漫天飞雪决斗。

## 856

有何可以担心?如果捏造的水珠都能让其受伤,这样的骨头也不值得珍藏。

## 857

表演般的姿态,全是为了安慰自己动荡的内心。

## 858

我欣喜发现了讨别人欢心的议事原则:讲真话,表心愿,择方案,定结论。

## 859

飞蛾扑火,在爱情里是悲壮,对国家却是大灾难。

## 860

能从挤压的岁月磨盘中重逢,必是摆脱不了的宿命。

## 861

人由于预见到的可能痛苦和恐惧,叠加的不幸比动物仅在此时此刻的苦痛要多得多和深刻得多。因此,体验到的欢乐和成就也更宽广和辽阔。

## 862

她在空中，我在船上。但天线从未中断。我靠吸少女的血长大，重获自由。而她未来的岁月则会依靠沧海的奔腾吹亮辽远的号角。

## 863

我们要求生活允诺的，与生活践诺给我们的，实在是天壤之别。然而假如我们看清了生活的真相，还会继续无聊地重复等待吗？人世的曼妙，正是她无所不在的不确定性。

## 864

我知道，我所期待的最终无不是两手空空。

## 865

没有永生理论支撑的犹太教，却创造出了持续不断苦痛和不幸的身体。想到这无疑是美妙的。它证明了上帝很多时候是错的，至少是疏忽的，并非像其所辨证的那么美满和谐。

## 866

大自然对人类的关注，超过了人类对自己的呵护。因为大自然最不能容忍的，是种族灭绝。

## 867

乐观主义与作为刑具戴身赎罪的基督教是水火不相容的。

## 868

造物主的完美无瑕和其所创造的人的明显缺陷,证明了确凿无疑的罪孽指控是充分的。

## 869

如果我们充分理解了人世的本质是赎罪,那么就不会对偶尔光顾的欢乐欣喜若狂,并且会对他者的罪孽和过失怀有更多的宽容和宽恕。

## 870

时间以不可逆转的消逝,把我们手中拥有的宝物以虚无的本质无情掠夺光。因而享受此时此刻才是最好的自我馈赠和智慧的目标。

## 871

存在过的,必将以曾经的存在刻印,留下存在过的证据。当我们回眸,发现原来短暂的存在,却是生命中最美好最值得珍惜和留恋的期待之物。

## 872

饥饿和性欲这两种简单的动力,开启了有机生命一再重复的匮乏和永无宁日的曲折的运动形式。

### 873
最不清晰产权的幸福,最易被褫夺。

### 874
能认出的幸福,都不叫幸福。这门手艺失传很久了。

### 875
我的双手还未准备好迎接风暴,她就来了。命令我以十万吨玫瑰酿成的琼浆冲破束缚她的黑暗防线。

### 876
众神的花园里,以不屑嫉妒的寂寞和平共处。与群山媲美。

### 877
愤怒女神的口袋装满了最低廉最具杀伤力也最让男人不堪忍受的绿帽子地雷。

### 878
几乎成了共同的路标,靠吸食黑暗鸦片疗愈伤口。

### 879
善良的人啊,一块糖,就霸占了你们经久不息的掌声。要知道,那糖本来就是你们的。并不是所谓的恩赐,是返回去而已。

### 880

用谬误纠正谬误,差不多是我们惯用的思维。一如敌人的敌人就是朋友一样荒谬。

### 881

靠文本说话的艺术,要靠争论争吵争宠博取眼球,是艺术的悲哀。

### 882

幻想,现实的绷带,对文学却是催情剂。

### 883

经济萧条时期,被骗色好过被骗财。

### 884

依赖一种世界观的危险在于,当你发现为之寄生的价值崩坍时会陷入万劫不复之中。

### 885

不要高估对世俗的抵抗力,尤其在未得到死亡解脱的许可时。

### 886

不要与过客和风景过多地纠缠。拼寿命,依然是抵达自由的最好武器。

## 887

权威,只有生病时才会被染上神的气息,真正被承认和膜拜。恐惧也一样只要足够强大和持续,就会很快缉拿人世。生活以其丰沛的荒谬,纠正我们浅薄的正确。

## 888

当金钱上升到生死存亡的高度,革命才会撕开光芒万丈的意识形态的画皮。

## 889

一旦生病,依旧是肉体与灵魂谁先治疗的问题。

## 890

十八岁的灵魂和五十岁的身体该如何协调生命毒鸩的主仆关系?余生,得让他们好生商量互相促进的自恰圆满的轮岗。

## 891

世界像放荡父亲生下的孽种,离美好光明越来越远。

## 892

"死亡的必然性",证实了人非真正的"自在之物",仅是一种现象,否则我们怎会从出生的欢乐之巅顷刻跌入器官毁坏尸体腐烂的深渊。

## 893

一种时间幻象的膨胀,宠坏了我们存在的流动性,以为人能永恒。本质上人只是纯粹的现象,负责一再重复的吸收和排泄。一旦营养物停止供应,现象也随之消逝。

## 894

园丁对蓓蕾的呵护,隐藏了可能侵犯未来的窃喜,是一种更大的私心。

## 895

在人类的所有木偶戏中,幕后操纵的手只有一只——性爱。

## 896

种属让本能错觉为是被自己的力比多所驱使而心花怒放并不惜付出生命,而实际上不过是种属普洒的迷魂药而已。这样就不难理解了,我们爱的几乎是同一类人。

## 897

性欲在大功告成后都会走下坡路。因为种属的愚弄最终会被个体识破而不愿再继续效劳。连柏拉图都从蒙骗中醒悟:"没有什么比性欲更会吹牛的了。"当然仅仅有性欲而不配以香浓的思想作佐料,均不能长久。

#### 898

"婚姻中的忠实,对男人来说是人为的,但对于女性则是自然。"因为造物主总是倾向于让男人尽可能多地播种,而让女人做一个坚定的守护者。因而在男人世界,女性的出轨和通奸被认为是对大自然的挑衅和最大蔑视。

#### 899

母性伟大光辉笼罩的童年,无不以阴影的巨大债务作为对成年的偿还,或向第三方输出。

#### 900

同出一门,为何道路迥异?且肢解出源源不断让尘埃认领的嗜血歧路。

#### 901

艺术在争取自己成为先烈的同时,也沦为小丑般的笑柄。因为从无脱离了大地的空中楼阁降临。

#### 902

毁灭美的冲动,在绝世丽人的身上展露得淋漓尽致。

#### 903

"姐姐",这道符号,在文学上是安慰的泪水,在梦的告解室却是男人的燃料。

#### 904

此后经年,肉体将被作为一个失败的艺术品供灵魂评头论足,无情鞭挞。

#### 905

贞女和淫娃的双重面孔,遮蔽了女神觉醒和解放的大光芒。

#### 906

从道德上审判天才的纵欲和放肆,要比从美学上打击和否定容易得多。

#### 907

认领空荡荡的生活,是对祖先本能的破坏而非承袭。但这是他的选择。因为抛却足够多的不需对他人负责的重负,才有可能使其一心一意沉浸在自己创造的生活艺术化中。

#### 908

对世界文明的倔强乡愁,让我们不惜死有余辜。

#### 909

生活所缔结的,往往是文学所反抗的。

#### 910

艺术订立的美学攻守同盟,岂能眺望出政治胁迫下的时代真实?

### 911
人的历史：上半生刺客，下半生囚犯。

### 912
如果启蒙体验不到天使打开封印获得隐藏意义的那一刻快乐，任何的使命都有伪造的嫌疑。

### 913
文学的疆域，没有种族、民族、国家的固定席位，只有个人的、人类的流动岗哨。

### 914
死魂灵还是浪荡子？当革命在街头暴动，他仍在自己筑就的旧城堡褒奖陷入恶作剧的情欲。

### 915
人类的各式解放者，都有伟大的企图，把撤退到荒漠外部的思想驱赶到内心柔软的世界长驻。但综观人类史，最后无不以荒唐的、冒犯的野蛮实现所谓的自足辉煌。

### 916
何等的智慧，借助情敌的热吻杀死自己的旧爱。

917

依据在哪里？祈望膝盖冰冷的历史苏醒，挽救站立不安的扭曲世界。

918

舌头丈量不到情欲的深渊之底。复活的火焰仅在天空缥缈了一分种。

919

无不动容。一根骨头磨成长笛，嘹亮。鼎新与我何干？即使废墟，瓦砾仍能苟延残喘一百年。

920

死亡最终以整齐划一的单调收缴肉体散漫零乱的片刻幸福。

921

痛苦的标杆那么醒目，何以容忍幸福漫山遍野奔跑。

922

瞎眼的幸福怎知痛苦步步为营，盘旋到了山顶。

923

需要一个仆人还是一个伴侣，永远是年老的十字路口的艰难抉择。

### 924

我该如何回答少女,"无常才是常"的吊诡。

### 925

"人究其本质不过是个语病",那等待"莫须有"的人现身,是否也是一则语病呢?

### 926

死彻底和大逍遥,都是美学意义上的长途跋涉。圆满但徒劳。

### 927

没有压力的爱是不存在的,因为艰苦卓绝,需要表达和表现。

### 928

我对她们说,无须迎合我,只需做最好的自己。因为我有时十八岁,有时八十岁。"爱是活出来的,不是论证出来的。"活过、爱过,这就是生命的终极意义。

### 929

对于永不安宁的灵魂,荷尔蒙和剑的法度是其肉身之花的双重供养者。

### 930

灵魂的相互折磨所擦出的火花,让我坚信肉体焚烧不过是最低层级的爱的开始，精神方面的全然臣服和矢志不渝的契约签订才是燎原的最终目的地。

### 931

"肉体忘了自己一丝不挂，正步入雷区。"看到这样的描述，我会惊诧血管里闪烁的是泪水还是夜晚的盐。

### 932

先学会穿戴衣服，再谈美的艺术。最高的美，必是从具象中提炼的抽象。

### 933

为什么每天都要搬石头呢？既然搬到山顶仍要让石头滚下来。谁创造了人这种感官的射精般快感的痛苦。

### 934

爱是诱惑，是梦魇，是永远的丧失和眺望。

### 935

"用进废退"原则，适用地球上一切活着的物及人。

### 936

上帝常常以猝不及防的奇袭痛杀我们自以为无懈可击的形而上的完美。

### 937

人类的自恋会让大自然对它的欠然产生一种莫名的抛弃。这个动物除了把智力用于生存和繁衍后代外,剩下的都用在与算计别的生物和伤害同类上了。因而最后回到原始的野蛮状态是极有可能的。

### 938

等待一个咳嗽的漫漫长夜,照料好明天的丽日和小天使。这是可能的吗?

### 939

作者与读者的关系,开始是诱惑,接着是献殷勤,再接着是调情,是纠缠,最后是定调,不管正确与否,最后掉入设计中开头的陷阱。人生也莫不如此。

### 940

能够鉴赏历史古董的片段已是高超的技艺,大多数人对正在发生的事情都浑然不觉。

### 941

信息及生物工程已严重扰乱了哲学最后一份纯正的血统,要么杂交要么死亡,为不朽保留的思想领地已全部杂草丛生。

### 942

血统高贵的人从来不会兵戎相见,他们擅长在谈判桌上智斗。

### 943

民主和专制的距离要用光年来计算。

### 944

历史书中蚁蝼般的注脚往往是真相抵达的桥梁,反而要用放大镜探个究竟。

### 945

她说,你爱的是森林,而我只要那一棵树。有什么不一样的吗?我从前没爱过没遇见过。你来了。已经是全部。

### 946

"农夫与蛇"与其说是一个悲剧,不如说是一场以爱祭旗的超级实验更为妥切。怜悯者和被怜悯者,加害者与被加害者,在一次次相互疼爱和伤害的时间容器里获得成圣成仁的狂欢,并取悦成就对方。这也是这出戏不断重演的原因。

### 947

民众,一个长期被误会的对象,不会长久在某一个枯萎的地方停留。

### 948

狼吞虎咽的肉欲之欢和刻骨铭心的爱情囚禁本质都是一样的,为的是空气般的占有。

949

无论如何,都不能把种族歧视演变成一种审美探险的乐趣,这是严重的政治错误。

950

如果存在一种"邪恶的力量"恶意适应的环境,那么也必然存在挑战那种环境并摧毁它的正义。只不过我们暂时不知道它的临界点在哪里?但肯定的是,它一定有。

951

暗通款曲的思想通灵,如果缺乏肉体甜美侍奉的慷慨相助,仍未摆脱黑格尔所言的"自然意义上的黑夜"。

952

思想怀疑主义者,是不允许向任何思想承诺它的忠贞和爱情的,唯有靠剪子和柳叶刀不断加固原野的篱笆。

953

谁替早熟而晚成的思想保驾护航?波浪之上的蔚蓝色水手回答:无人替你去战胜手中的斧子。

954

用自己的伤口做肉引,殉情时间的无期徒刑。这不是告解的启蒙,而是巨大的混乱和曲解。

## 955

真难为救世主了,这么多的人要救,还无怨无悔。我连拯救一个周末都觉得厌烦。

## 956

如果没有开疆辟土的外貌,不如好好锤炼自己的才华。

## 957

福泽谕吉不相信私德和宗教。认为它们皆不可测量、不可控制。凡夸大私德者和教诲力量皆是国家进步的敌人。开智胜过修德。

## 958

鲜有俗世幸福与特立独行相得益彰的圆满人生。太多的大缺憾构成了大多数人证据确凿的在世裂伤。给身体外挂的心灵伤口寻找绷带或飞地,人编织了非如此不可非如此不能的花冠,证明生活是被选择过的,被践踏过的,而不是飘萍任意的坠落,以免临终时遭至死不瞑目的秋后清算。哪种人生不是歧途,不是小径,不是天空偶然飘落的云朵茁壮的阴影?尽管谁都知道,是谵妄白色的小药丸,控制了我们。可又有谁逃出了它的魔爪?

## 959

"错误的认知方式会导致我们忽视世界变动的真实规律"。当历史从玻璃展柜中破壁而出,逼视你挑战真相,那么你准备好了吗?是选择放弃、逃避还是勇敢面对。

## 960

历史的吊诡在于反抗者鲜血染红的竟是比现实糟糕一千倍的脸色苍白的未来。这从另一个意义印证了黑格尔的嘲讽：人类从历史中学到的经验，恰恰是一遍遍重复历史的愚蠢。

## 961

在历史的众多时刻，我们不仅仅是旁观者，更是参与者。因为历史从不选择站队，改变它轨迹的往往是床笫高潮的影子。

## 962

历史中的主角都是彻底轻蔑旁观者的，以神的旨意行动，选择他认为合适的人物出场，否则无论如何是难以表演和复活的。历史只对刻骨铭心的记忆负责。其他的即使魂飞魄散，照样无动于衷。

## 963

邪恶靠目睹悲剧产生快感。谁能知道皇帝的内心，藏着一个无常的深海，还是一个乌托邦的沙漠？

## 964

内心的审判等着自卑的皇帝，他唯一的反抗，是把自己炼成金身不烂的刺。

## 965

即使巨星也一直追随着阴影，在阴影若即若离的变幻中捕捉时间的尘埃。本尼托·墨索里尼在其父的采访时回忆："夜色中他的铁匠父亲为他大声朗读马基雅维利的《君主论》片断，彼时他们依偎在铁匠铺的炉火旁，喝着自家酿制的葡萄酒。"多么容易满足，人终究还是一个俗物。辉煌仅是一个躯壳。

### 966

本世纪最大的礼物是上帝发现的一颗小行星，被命名为"花蕊"，但我的心却认为她应该叫"贝壳"。介于海螺与蚌之间，召唤大海。少女之星，天空将伸出全部翅膀迎接她。

### 967

他急不可耐地想僭越霸主地位。这是可能的吗？只要英语不死，法典、规章、气度、理想继续存在，挑战的刀剑依然不会生效。

### 968

那时蝴蝶内心正在暴乱，无暇顾及苍天需要拯救的乌云。

### 969

软实力从来没有阻止过枪炮，仅仅作为花边新闻诱惑了粉色的舌头。

### 970

今日我们之所以对各类救赎仍抱有幻想的冲动，那是由于致命的摧毁还未真正来临的缘故。

## 971

为什么把历史引入歧途的总是叛军和革命。

## 972

发现一个秘密,疼痛忍耐度和感官兴奋度成反比。疼痛忍耐性越差,感官兴奋越烈。反之亦然。大凡易撕心裂肺者,极易感觉生命的脆弱和惘然,往往能成就艺人、文人墨客和爱情,但也会在肉体折磨中轻易屈服、变节、叛逃,是领袖们最不屑也最喜欢消灭的一类。至于无趣无味的钢筋铁骨随它们去吧。能制服则制服,不能制服的抛之荒效野岭与野兽争斗,让其自生自灭。

## 973

剥离旧世界的代价一旦超过预期或承受能力,会有两种结果,一是继续粘连屈从,另一种像沙堆里的沙子挣扎着一跃而起,成为崩坍临界点的那一枚炸弹,同归于尽。

## 974

成为时代的鉴赏者,取决于野心、智慧、才华、视野及撞击新世界的好奇心有多宏大。面对风云激荡无所适从的世界,大多数人选择沉默和无动于衷。

## 975

伪月亮烘焙的众星捧月和军队的迷彩服满足的仅是自己的盲眼。不是立体主义的复眼,一会儿暴烈得勾魂,一忽儿美丽得揪心。

### 976

收割鸟鸣的镰刀，此刻刚好装饰了斧头的荣耀。暴力获得互认才能实现最大快感。

### 977

消费主义时代，男性凝视的时刻成了女性比拼的战场。"你的脸就是即时的生活状态，阶级、性、爱毫无遮掩地呈现在脸上。"因此女性不惜一切改写自己的容貌，成为自己最大的异己和敌人。

### 978

打开新世纪的大门，一个逃离的机会。游戏最大的优势是让我们尽可能多地去浪费漫漫时光。

### 979

从未听说过赛马比赛，奖励的是胜出的马。

### 980

当幸存者的负罪感超过幸存本身的乐趣，那么颠覆的时候也就差不多到了。

### 981

理想模型的失效基于两种可能：时间对新欢的保鲜期及偶发因素的频率。也就是说并不是某个事物必然会在某个晨曦中绽放。我们迄今的幸运是幸运享受其快乐的结果。

## 982

用静态思维已跟不上复杂时代的多变性。应像对付流行性疾病那样不屈不饶的探寻病源和治疗方法。

## 983

为了走出深渊,必得再制造另一个深渊。我们已经很难回到维特根斯坦所痴迷的"原子事实"当中。人人都认为是走在一条正确的康庄大道上,而事实恰恰相反,在错误认知的小径越走越远,直至消失殆尽。

## 984

"混搭"正在创造一种"零加零等于某种东西"的新数学奇迹。因而让未来充满更多的不确定性。尤其当思想的混合与市场经济与集权体制相交媾的巨无霸新恐龙诞生,没有人再敢信誓旦旦拍胸脯说:我能。

## 985

只有研究你的敌人所关心的问题才能成功——"为什么会失败?"

## 986

不要指望摧毁整个系统,切断薄弱环节,斩获核心人物已经足够。千万不要逼迫敌人自我进化。

### 987

和历史共鸣。意味着用心用眼睛伸进历史的场景情景当中,去感受暗送秋波、媚来眼去、濒临绝境及柳暗花明的人物命运。用烹饪的方式学习历史一定索然无味。

### 988

有效的生态系统,指的是腐烂的和正在生长的共同拥有一个"宽广的时间跨度。"

### 989

屠夫问牛,为什么在眼睛里流泪?因为无法用嘴说出来。

### 990

天才的"原罪",似乎在群众的狂欢中才得以稀释,并用肥皂剧的形式高调终结。

### 991

动物们以其天然的质朴暴露自己的本性,反而让人类的污点和缺陷无处逃遁。因而少穿衣服是对的。

### 992

身体在大脑里安装了窃听器,干扰自己思想的自由。

### 993
我怎么没有像野心勃勃的同类发展出死后万古长存的渴望的理念?归根结底还是缺乏宗教信仰,只看见看得见的欲望和片断。

### 994
威慑理论的逻辑是:"威慑力不能有缺口。如果恐吓不是足够,必定失效。但倘若威胁过多,反击成为必然。"掌握折断脊椎的弯曲度至关重要。

### 995
如何用一块石头引发雪崩并让其突然倾坍的力镇压狂野的雄狮。创造时机依然是未来最大红利。

### 996
爱如果是双向的,那么对方的裂痕和峡谷必得去接纳、承受和分担。如果不是,则无须惊恐接踵而至的深渊有多么辽阔,因为与你无关。然而有代偿的爱还是最让尘世欢喜,毕竟有哀伤也有欢乐,有责任也有义务,是有温度的生命。

### 997
伟大并非天生伟大,只是经历了无数的卑微,才浴火重生。

### 998
冒犯是诗人的天职。现在轮到冒犯自己的尸体了。

## 999

一个人选择身体作为最后的避难所,那么它不过是阿伦特所言"处于无世界的野蛮形式"而已。

## 1000

寂静与沉默无声是不一样的,前者有可能尖叫或者突然开口。后者是闭嘴,帮助语言关掉了流水的开关。

## 1001

自然界是最完备的舞台,列出了各种剧目和演员。所不同的只是主角、配角和跑龙套的常常轮换,让我们有更多喟叹和期冀。

## 1002

当我们说出"现在"时,其实已经属于过去时。那么在一个永远流动的时态里,我们试图抓住时间骨头嘎嘎作响的声音有多少意义?但另外的回答是:在时间长河里同时呈现不同的存在和生活,看清自己的前世今生不是很有意义吗?

## 1003

不同于正常作家随心所欲的尖叫、悲愤或欢笑,寓言作家更多通过眨眼和眼神与读者交流抵达心灵,以绕过审查员劫杀的朱笔。因而寓言写作者本身就是寓言。

## 1004
正确和正确的裁决比错误和错误的争斗更无聊。

## 1005
我们讨论政治、文化、西方、性和市场,唯独对谈论自己的情感讳莫如深。仿佛与生俱来已建立了一套自我审查机制,不能逾越。这是我们文化的大悲哀。

## 1006
地理上我们是一个国家,情感上仿佛来自另一个星球。

## 1007
成为一团火,围绕我,让她们以身相许。这个梦持续了三十年。现在那团火不见了,说不想再拯救我,它也厌倦了这个游戏世界。

## 1008
记忆是一种撰写或重写,我们看到的只是它投递的阴影部分。信封里的内容反而像是记忆中的记忆并成为一种虚构。记忆为活着的叙说提供线索。

## 1009
放逐,像一把铲子,把我们的黑痣从国家洁白的脸上抹去。而我们却要装作像获得救生筏一样镇定自若,张开嘴大笑。

## 1010

有什么理由证明我们可以活着,而别人必须死去?这个质疑像为什么我出生了一样荒唐,经不起推敲。

## 1011

失败的父母都想把孩子像火箭发射到极高处,以弥补自己的遗憾和挫败。实际上这种恶劣的计划最终会像连环枷锁套在自己和孩子的身上,制造新的悲剧。

## 1012

声名狼藉者因与权力的勾搭使自己成为纪念碑的一粒沙子,并让权力变成了一个生产者,而不仅仅是压迫者。福柯的火把同样照亮了他自己。

## 1013

尼采成功地把对上帝的绝望引导到人自身的希望上,结果发现人的深渊比上帝的更不堪。

## 1014

刀剑变犁铧我是不太相信的。因为刀剑使用起来更得心应手。

## 1015

"希特勒是现代最后的失常。"依据呢?一厢情愿常常戳穿我们的童话。

### 1016
缔结文明的和约如此艰难,以致不得不重回暴力、凶杀、乱伦的混沌地狱中。

### 1017
基于难以确定无风险的自由,选择悬空成为渴望的诱惑。

### 1018
人是自己外挂的一个伤口。通过号角嘹亮的清洗赎回自己。

### 1019
挽歌有她熟悉的味道。闻不得香。

### 1020
蛇是一种独立的力量,为抵抗神开劈了一个豁口,让源头看到我们自己。

### 1021
为了完成愚蠢的使命,自己设计火坑往里跳。

### 1022
最终打败我的会是那个粗暴的血统,但认识到这是个真理时,为时已晚。

## 1023

上帝发现泪流满面的恶恰恰是自由觉醒的前提，如果永远诅咒恶且不接受恶长久存在这个事实，创世将成为永不停歇的工伤事故，频繁在文明的现场塌方。

## 1024

世界大同理想之所以难以实现，是因为每人手中皆握有手雷随时准备扔给别人而不是自己，除非同归于尽的那一刻。在人人皆是破坏者而非建设者时，追求共赢的机会为零。这也是我对人类悲观的原因。

## 1025

一个勇于谈钱的社会，好过不能谈政治、谈信仰、谈善恶的乌托邦城堡。在市场经济国家中，一切都是有价值有价格的，是可以交换的。得不到心仪的东西只是因为买入的价格不够高不具有吸引力。最无耻的是在该谈金钱时，与你谈感情和未来，而在应该投入情感时，与你讨价还价。讫今仍有很多将舞台与观众完全颠倒位置的荒诞剧上演。像层出不穷的诗歌嘉年华。

## 1026

"先锋"，不仅仅是一个概念、一种姿势、一个动作，更应当是有做先烈的决心、勇敢和持续的行动能力。不仅颠覆旧世界旧思想旧形态，也要裁判自己、否定自己、颠覆自己，最后解放自己。

## 1027

"恶的天性",让奥古斯汀认识到倘若以人自身为标准,是难以领略"一种新生命的吹拂"的。改变信仰的"尖锐瞬间,是剥夺自己",但"仅仅消灭人的要求,就会消灭人"。为了让人更有活路,必须做值得且愉快的脱离,进入新的狂喜。

## 1028

人自以为有天生的自由意志,误会自己有不屑与自然的其它物种同序的资格。因而在克服对上帝的服从和对自己的服从时,会处于内心动荡的交战状态,使喜乐压抑,美好成为惩罚。

## 1029

人作为上帝的深渊与人本身恶的深渊的紧密相连,让不可篡夺的黑暗遗产变得更加夺目。

## 1030

在她的脸上看到了断崖式的崩溃。

## 1031

春天找到了安身立命的那条缝,斧子也替她高兴。

## 1032

他时而激越、时而徬徨,仿佛像患了肺结核的绿皮火车竭尽全力驱赶不信任的空气。

## 1033

"未来"的可疑,让"现在"修改"未来"的英俊面孔有了可能。这点与老年罗兰·巴特修正自己早年的认识惊人相似:"写作,只有脱离元语言时才是可能的。"

## 1034

"同谋"即使在中途下车,也是失效的阴影被夹住了尾巴的时刻。宣布自己进入荒漠扩张的时代需要非凡盲目的勇气。至少我是不敢的。

## 1035

思想的随意"返工",助长了历史可以任性挥霍肉体的错觉。殊不知,此肉体非彼肉体,都是不能搁置后可以返回的那个曾经作为星座的陨石。

## 1036

从分裂的身体中发现一个没有继承关系的身体,才能被称作"新生"。

## 1037

"不把前途当作逗留地",那么,难道应该滞留在口欲之欢的那张反复无常的嘴巴上?

### 1038

仅凭一张书桌,我们恍然大悟,走入毕达哥拉斯伟大的航行:"我们从零开始"又无比丰沛。

### 1039

死亡是另一种语言,不到沉默的边界,读不懂炫耀的雄辩。

### 1040

国家的性欲梦想对其钟情的对象说谎道,你像一篇长篇小说引人入胜,但实际上希望她是一句俚语那样简单和粗俗。

### 1041

即使在血的汪洋大海里,血与血从未停止过相互撕咬和吞噬。我感到"将来想催毁一切"的预期正在变成现实。

### 1042

暴力将为身体提供一个足够广阔的舞台,任其由小丑变成炙手可热的主角。

### 1043

世界观的尖锐分裂,导致了沟通的不可能。除非他们愿意安静呆在李普曼所谓的"拟态环境"中。

## 1044

仿佛一切如常，但陈词滥调的信步日子结束了，未来开启了永不停歇的幸灾乐祸模式。

## 1045

一只公鸡，与推土机讨论"这是什么时代"时，引发了乌鸦少见的哄堂大笑。它们认为在这样一个场合谈论如此严肃的问题实在是太过草率了。

## 1046

好奇死刑犯行刑前夜能睡得着觉吗？如果一直瞪着双眼，那我想必是一项严正的抗议声明。

## 1047

大多数人都不具备让自己做死亡目击证人的自信。一如无法像表演自己的情欲那样从容不迫。

## 1048

把大屠杀和马戏团混合配制一款果汁，应该是非常美妙的，取什么名字好呢？"浪子回头"吧。

## 1049

和一头阉牛探讨荷尔蒙，是对和解的羞辱。

### 1050
当她惊叫,我怎会长成这样?我对镜子说,上帝真是个可怜的人,对自己的造物一点都没有控制住。

### 1051
贪婪的人会把溪流扩张成洪水,用卷起的石头砸开自己的头颅,奉承狂乱的心。

### 1052
时间的治丧委员会,只有轮到稻草绝望的一跳才会给予歇斯底里致歉的褒奖。软弱在死亡的水银柱上没有位置。

### 1053
克服以思想代替艺术意味不是容易的,一如每天的收腹陷阱让肥胖者止步。

### 1054
社会主义时刻干预了危崖来临的噪音雄辩和挑衅。百年不遇的安静,犹如见证上帝宠爱有加的女人降生。

### 1055
天才对世界恶作剧的献身,包含了对自我陷害、清算、拥有的郑重犒劳。

## 1056

从未出生过和从未被埋葬过，解决了爱世代补丁层层叠叠的困惑。

## 1057

一扇耳光不代表开启了岔路的第二春。

## 1058

仿佛基因移植，当受虐者登上权力舞台变身施虐者，地狱的恶毒都为之逊色。

## 1059

"神在我们身边"，是个绝妙的想法，像拥有一本大字典。

## 1060

"关于来生，我不能透露什么，我只负责杀死当下。"

## 1061

艺术是人性缺失的结果，艺术家是从人世后退窥探人性的一面潜望镜。

## 1062

卡夫卡说，艺术家是无话可说的人。应该补充道，因为无人想听到底说了些什么。

## 1063

要么灭绝,要么改邪归正。但不可能重来。智人和伤痕累累的环境已经毁了自己的口味与面容。

## 1064

突然发现,不存在所谓的现实主义。即便有,现实主义也并非现场那些事。其实是当下、历史、寓言和超现实主义的混合。更何况艺术不需要什么主义,只在乎是否触及容器的底部。我更喜欢没有形状的大海、天空、宇宙,任何东西都可以往里面放。伟大即是无形和无穷。

## 1065

生命事故,在他者身上是陨石,于他却是脱离依附物活出了一个自己的星球。

## 1066

思想的残骸运输到哪里,哪里就成了爆炸的据点。这是思想的恐怖主义。

## 1067

母女之间的战争是局部战争,是青春期的战争,一旦荷尔蒙弹药供止供应,战争便随之结束。

## 1068
但凡能满足的欲望都叫本能,反之叫梦想。

## 1069
先知像辐射一样,会在我们的灵魂深处留下阴影。

## 1070
堡垒都是从内部攻破的,当内部皆已虚空,连一个木偶都不存在时,堡垒还是堡垒吗?

## 1071
超短裙短到一定尺度,不会有人再关注裙子的外在形式了。

## 1072
死亡塑造了人间的爱,这是万能的神万万想不到的。因为嫉妒,人类的苦难由此而生。

## 1073
艺术中我们希望过颠覆或反对的生活,为什么在俗世里却不能容忍挑战的刚烈品格而一味对顺从的刻意迎合十分欢喜?归根结底还是不够自信所致。

## 1074
一个作家生活在比虚构生活还荒诞的世界是幸运的,保证了其想象力和素材的源源不断，永不枯竭。

## 1075

鞭子下呈现的真，比草丛烘托的美更具价值。

## 1076

如果没有测谎器，仅通过转述或经验或分析，我们很可能坠入"绕来绕去才知道你我不是情敌"的荒唐境地。那么测谎器有吗？一曰诗歌，一曰艺术、一曰直觉。因为只有在属于私人的空间，生命才是真挚和可信的。

## 1077

为什么可以容忍在艺术中敞开心扉，而不能让生命充满自由激情的放逐？尼采理解，人生是超越了发情期兽类限制的存在。唯有不断竞争方能获取求偶交配权。现世失意的人，逃亡到艺术发明的小宇宙，可能是摆脱无聊生命的最好出路，也是最后的驿站，从而战胜虚无。

## 1078

文学的遗孀与跑文学的龙套看起来都是替人作锦绣嫁衣。但意义和价值却大不同，前者源自对文学崇高的敬意及痴爱的无私报答，后者则是糊口的营生，毫无荣誉感和成就感。盛产文学遗孀的都是波澜壮阔但险恶的世纪，而跑文学龙套成瘾的必是平庸低俗荒唐的时代。

## 1079

文学遗孀在与时间的搏斗中,更多享受了时间给予她们的哀悼。这种被时间替身或直接化身为时间的幸运,几乎成就了所有文学遗孀的共同命运。

## 1080

尼采开列了悲观主义的负面清单:一、病人;二、写作者;三、教会;四、制造一切善的上帝。他依然喋喋不休地说教和雄辩,未见其拈花微笑,不立文字。可见只是展开一场旷日持久的和有耐心的假战役而已。

## 1081

当衣不遮体的抽象音乐最真实最无情地击败魔鬼般荒诞的现实,我们该如何返回蛊惑我们的远古神话:那里没有弓箭悲哀的位置。

## 1082

如果真有一个文学裁判所,审判诗人和诗篇是否有用,那么由将军法官及由农夫、工人、厨子、艺妓、水手、建筑承包商及证券交易人员组成的陪审团,一定会判处其无用。其实无用恰恰是文学的本质,唯有如此让其在悲哀的世界留下一片落叶,肥沃漆黑的地下之根。

## 1083
青年尼采早在中学时代,就开始撰写自己近乎预言般的传记,为后世的生命提供示范意义。是什么自信让他洞察到,他必会博得朝圣般无与伦比的喝彩?天才,真是个"可怕的事物"。

## 1084
洞悉自己的天才,并且有计划有目的地干预无用失序的状态和思维,让其富足和盈余。这本身就是天才宿命般携带来的重负,常人焉能承载。

## 1085
借助文字力量切入现世生活,在"发现"往昔时战胜时间。这种想法不仅奇妙而且无比震撼。

## 1086
思维定势阻挠和限制人类大脑的更新。而艺术是打破其思维拦路虎的唯一途径。现代神经学已经证实,"人脑与艺术的碰撞不仅有意义而且必要"。如果你在晚年偶遇或已经与艺术发生了关系,那么恭喜你获得了新生。

## 1087
精神分析医师卡恩说:"熟悉人类是份脏活。"当作家何尝不是如此呢?

## 1088

表面无限光鲜的生命,背后都是一团漆黑。

## 1089

曾经有一段时间,每当我踏入电梯,都会产生负罪的幻觉:"为什么我会变成一只猴子,为争做猴王癫狂?"现在症状消失了,但精神分裂的美妙却再享受不到。一个艺术家如果不是病人,不把"灵魂出卖给魔鬼,以换取写作的天赋",几乎是难以成为大家的。要么平静,要么疯狂,似乎没有他途供我们选择。

## 1090

什么叫道德?一位精神分析师说:"极少有人会在老年时后悔自己的生活不够高尚。大多数人只会后悔没有犯下更多的罪孽,后悔没有好好保养牙齿。"人类的欲望何其可怕。

## 1091

伏尔泰说,建立在单一宗教之上的国家只能是独裁国家。现在看来这种噩梦仍未把人类的一部分人惊醒。

## 1092

床和葬礼是丁香花盛开的好地方。

## 1093

爱与欲是不同的世界,尽管我们常常把它们纠缠在一起。

## 1094

感官主义者会对所谓的精彩绝伦的废话不屑一顾。她们钟情济慈、拜伦、雪莱、兰波、王尔德那些名字好听又容颜姣美的天才。

## 1095

跑到最后的，才算实力。大器晚成是对往昔曲折的补偿和褒奖。

## 1096

"外交是创造不可避免性的艺术。"

## 1097

这个时代如果不具备爆发革命一样的传播力，几乎是不可能成功的。

## 1098

慷慨被轻视的原因是，我们总在高处瞭望薄如蝉翼的人心。

## 1099

如果要缔结长期的关系，男女双方一开始最好以常态示人，这样未来才可期。否则一下用光了力气，不但伤害自己也极易让对方失望。毕竟在寻常的模样里，集合了你过去的所有：读过的书、走过的路、看过的风景、爱过的人及荣耀、失败与梦想，这是不可篡改的你的历史。活在本色中方能自由自在，心满意足。

## 1100

人生的方向性选择比努力更重要。选择应该是基于一个"面"、一条"线",甚至一个"体"的长期收益。因为就个体而言,即使再努力再拼搏也仅是在既定的框架内,作一个"点"的挣扎而已。一如农民永远无法突破其一亩三分地局限。因而选择方向的重要性超越一切。

## 1101

无用有时就是有用,而且有时更胜却有用。男人们如果不改变实用主义的价值观,要想俘获感官至上的女人芳心,几乎是不可能的。秘诀只有一条,源源不断的鲜花、甜言蜜语及可人的小礼物。

## 1102

"与虎谋皮"如果仅仅停留在心里,一定是美的。

## 1103

纯粹的光明与纯粹的黑暗一样,都令人恐怖。生命需要阴阳互补,阴阳制衡,阴阳平衡。

## 1104

谎言的涂改液遇到历史的突然醒来,往往会留下猝不及防的蚯蚓般难看的疤痕。忠告:但凡良知和羞耻尚存一丝气息的时代,不要轻易开动谎言机器。

## 1105

血统犹如磁场，关键时刻铁会自动归位。这条铁律被历代帝王铭记于心且在实践中玩得炉火纯青。

## 1106

没有欲望的人是不存在的，要么隐藏很深，未被挖掘；要么引发欲望的代价不足让其动心。

## 1107

自然更愿意看到一个骚乱、战乱、充满生机的、离开母亲保护的不安全的蛮荒世界，以实现其生命勃发的意志的完全贯彻。

## 1108

如果生命意志是掌控一切的钥匙，那么谁能违背它？抑或说不存在任何违背它的可能。如此，理性的力量何以发生？世界还能剩下什么让我们苏醒？

## 1109

德国哲学家格伦认为，人与动物不同，他的动物和精神性的双重身份，内部与外部的脱节，居住的现实世界和可能的幻想世界的冲突，让其永远难成圆满。

## 1110

为活着的人准备不朽，不是诅咒其早死，起码也是恶作剧。

## 1111

艺术家通过身体的病症,获得厄运新生入学的资格。

## 1112

病人是没有资格悲观的。谁有呢?喜鹊?

## 1113

天才和疯子的共同点是癫狂。不同的是天才知道自己在干什么,疯子不知道。

## 1114

讲述自己的故事和心灵史,是一个作家应有的使命。并且随着年龄增长应该越讲越大胆,越讲越真挚。

## 1115

亲人,如果不仅仅是指血缘或地缘的亲近,更是指达到精神内在的高度一致,那一定是非常稀有的。

## 1116

天才承受人世的负担正好与创造带给他的快乐相抵消。这也是幸福与眼泪总不能分开的原因。

## 1117

元年、初心、肇始之类的东西实是索然寡味的代名词。

## 1118

作家生平对作家的作品是会干扰的，除非万不得已不要启动这种无意义的程序。犹如喝牛奶为什么要知道奶牛长什么样子一个道理。

## 1119

要知道自己最想要的生活是什么很重要。道路千万条，不想要的都是歧路，即便是光芒万丈的光明大道。

## 1120

大多数作家的心理是有缺陷的、偏执的，甚至疯狂的。太正常的人写不出伟大作品。从众的、完全认同世俗的视角怎能有独特的视野？我常常为自己不够惊世骇俗悲哀。

## 1121

死亡的可贵之处在于让肉体不能长存。引申到诗歌中正是陈词滥调和司空见惯的想象力让诗歌有了与旧世界分道扬镳的新生可能。

## 1122

我像个空叹的钟摆，在现在的喧嚣和来世的苍翠之间晃荡。谁能给我一个尖锐的平衡，镇定我犹豫不决的内心？

## 1123

从远处瞭望自己，我这粒尘埃早已不是阳光磨损过的尘埃，丧失了鞠躬早晨的权利。

## 1124

大海故乡的博大、暴烈、粗犷、豪迈和安静，在我诞生的那刻，都被我完整地继承下来，并作为礼物馈赠给故乡的记忆，抵达永无宁日的漂泊。

## 1125

斧子对血的远航，是对长期沉溺于"爱琴海"这样浪漫主义病态词汇造就的贫血暧昧的人造美学的叛变。

## 1126

肉体燃料推进了人类飞往文明的轨道，但同时加重了焚尸炉哭泣的负担。

## 1127

把故乡作为最后的归宿，其实是对故乡的精神施暴。凭什么必须要无条件接纳一个身心陨落的浪荡公子。

## 1128

对形而上学的种种刺探，恰恰证明肉体随时有滑向现实感伤或妥协的可能。

## 1129
在祭坛上献禁果，大抵接近了一个租来的乐园。

## 1130
当我听到乔装成奴仆的良心即将莅临时，我感觉经营一家疯人院是远远不够的。

## 1131
每一个人都不愿放弃对挚爱的死亡所有权。因而拒绝钉上最后一颗钉子，无论是在肉体棺木或者精神棺木。以图突破生死界限。

## 1132
通过卖弄艺术激情的狂喜，生命日常逃亡获得了庇护。

## 1133
感激时间允许并起并坐的慷慨，但在我们的有生之年恐怕这样的幸运是没有了。一切已被挤压拧紧。包括眼睛、耳朵和嘴巴。

## 1134
十字架呼应了人类对时间的嫉妒，但它不断下滑的视力已不足减轻疼痛的惯性。

## 1135
贞洁并非是一切没有发生，而是亵渎神的灵魂缺席了。乐园何止一个？

## 1136

疾病已经有了处方，但我需要你证据确凿地写给我，而非沿着替秩序辩护的惯性，让白色恐惧任意生长。

## 1137

对一个不相信来世的人，坚持为永生乐园注册并刻意扩大版图，意味着尘世的任何一滴泪水都能且已经溅伤了他。也许是到了该离开的时候了。

## 1138

当声音的最强音——刺耳的噪声，从泪水的喉咙中挣扎出来，我知道，未来把它交给我的最后一线和平希望抽干了，接下来就是无穷无尽的粗俗葬礼和破碎的挽歌。

## 1139

继承是一种致敬，拒绝也并不代表全盘否定。在文学中尤其是诗歌，只要借助于语言躯壳的心灵合成器不死，独自承担毁灭的指控就无人认领。

## 1140

荒凉的不安的子宫孕育了语言通货紧缩和通货膨胀的畸形儿。

## 1141

对死者的哀悼,目的是为了认出自画像的真迹,而非挽留赝品。

## 1142

时间对人有意义,对宇宙不存在。因此所谓的永垂不朽,仅对人造的历史添加了血肉的防腐剂,确保文明的香火绵延不绝。

## 1143

艺术不屑模仿生活的理由,是因为尘世呼吸短促,不像死亡永恒。

## 1144

文明的被告承认自己是被传送带碾碎的吗?缺乏自我审判的裁决没有遗嘱意义。

## 1145

遗嘱的一个显著好处在于,它有明确指认的可继承的未来。如果不遵守,非法抢夺的权利即便大功告成,也必然会留下一个永远创伤的把柄将自己鞭挞。

## 1146

活得过于长久的人生,在某些世代必然是对自己的羞辱和惩罚。当然,如果思想对时间的海水侵蚀毫无过滤抵抗的除外。

## 1147

拥有频繁而又亲密的对时间无可救药的测量是我的梦想。不过，这种近乎完美的梦呓也只能是梦呓，不属于任何一个军管机构。

## 1148

有独特辨识力的文学风格只能默许模仿心灵和性情，而非其衍生物。

## 1149

语言的伤害者所虚构的世界，其深刻性一点都不亚于真实世界对肉体的残忍。

## 1150

暴动加大社会悲痛的成本，也抬高个体悲伤的代价。但在诗歌创造中，却可能是一种力量的内化刺激私人音色和音调的颤抖勃跳，为后世的心灵提供一个样本。

## 1151

若非必须，"我们"这种词汇会带来巨大的误解，以为是一致认同的权威发出的声音。其实从来没有一个声音能够代表一个民族或世界发出统一的指令，除了不得不接受的死亡。

## 1152

通过赞美或冒犯不朽者让自己不朽，相当于为影子建筑了一个纪念碑。

### 1153
死亡合唱团无法容忍尖锐的声音,哪怕这种声音能够穿透整个盔甲天空。

### 1154
正是证据相反自相矛盾的历史奠基了历史多重雀斑的面孔。

### 1155
艺术和性在高潮中的能量反馈是一致的。都是通过他者促发的想象自慰达到极致。

### 1156
同性恋感受生命的底色比异性恋更丰饶但又更痛彻骨髓。

### 1157
疾飞、高声振翅的鸟,在任何天空都不被低矮的石头所欢迎。因为独特的孤身美会下降坠痛石头的重量和质量。庸常只有在一个队列中才不会显出滥竽充数。

### 1158
统计学中的伤害证词,在黑暗真空的包裹里,不仅显得无足轻重,更像是哈哈镜中的扭曲变形表演,把真相引入歧途。

## 1159

必须警惕，溃烂的历史以转世灵童的方式要求我们崭新的欢呼和膜拜。

## 1160

他们会说，这很好，孩子。类似于产品缺陷召回制度。时代的孤儿，带着冻僵的双翅飞回被其质疑的整个秩序天空。

## 1161

当记忆以协议的形式保存责任，无论多么高贵的心灵都不堪重负。

## 1162

当我骑着瘸腿的雨水赶到东京，依然错过了与阳光的会合。她心灰意冷地走了。黑衣压境的乌鸦军团让她惊慌失措。

## 1163

阳光的驿站容不下那么多马蹄的雨的泪滴。再一次，我只好选择离开。

## 1164

对每一滴眼泪，出生即是坟墓。那怕她们是无穷的海。

## 1165

没有借口活不下去，这算什么艺术人生？

#### 1166
权力制服的金纽扣总是像太阳金光闪闪,无法不让世俗的眼睛动心。

#### 1167
日本文学中"踏雪化入画中,将热辣背影长久让心灵赎罪"的深入骨髓的审美,是我们永远学不会的。

#### 1168
日本满足了感官世界对人性的全部迎合。无论饮食、茶道、风景还是风月和艺术。这是其不受任何季候摆布都依然让旅行者喜悦的原因。

#### 1169
少女的花开在空中,啊!连死神都不能不怦然心跳。

#### 1170
以挑逗的眼神免费勘探你的矿藏,目标很有可能是要将你连根拔起,"永失我爱"。

#### 1171
无法圈养的风暴和朝露加固了日本畅所欲言的性欲,同时劳累过度的人生更加嗜好乘坐肉体轮渡抵达碎片的蔚蓝海岸,于是空洞的眼神经由黄昏曼妙的浪花干涉得到了前所未有的填充。

## 1172

悲剧和酷吏的想象力是力争上游奋发图强的，它们不会把自己的施工能力骤降到建筑垃圾箱的水准。这是历史保护其专利不受侵犯的必然措施。

## 1173

艺术一旦启动讲自己颤抖、讲自己困境、讲自己崩坍的故事，其艺术感染力和持久力会超过艺术家本身。这是我们应该特别期待和期盼的。

## 1174

艺术如果只会说教，施受伤口愈合的催眠术，逆来顺受的现实反倒会率先站起来嘲讽它，控诉它，推翻它。

## 1175

时间不需要涂改液，人才需要。在抹平记忆皱褶的手术中，恨不得将悔恨感染的伤口扩张为死亡事故，与往昔一刀两断。

## 1176

凡臣服于人性的都得救了，凡压制人性的最后无不灰飞烟灭。

## 1177

时代的先知一个个离我们远去，剩下独眼的、耳聋的、哑巴的未来守护我们的身体。解放者，绝妙的不可替代的词。

## 1178

"即使你放弃，轮到我牺牲，我仍会继续，无怨无悔。"驴、马、骡子，我爱你们。

## 1179

"文明的野蛮人"昭示了爱情中的远见。若你假装穿白大褂的外科医生，而挥舞的手术刀却藏匿起来，那么只会加重爱情毒素的发作。在一场心迷神醉的爱情中，圣徒般的呼号没有用，骑士般的荣耀没有用，思考上帝的旨意更窒息。因为揣着玫瑰屠刀的野蛮人，已在星空的手术台上，倾倒其所有的爱情之血，将其新鲜如晨露的鞭子融化在另一具血肉之躯的花蕊中。

## 1180

由一位假寐的玫瑰女大夫，游戏般治愈着各色散架的灰烬般骷髅，可谓幸事。这样的地狱能起到惩罚效果吗？十分可疑。

## 1181

当一个听上去似乎很真诚的许诺不断重复，我们很有可能对原来丰乳肥臀的怀疑产生质疑，从而把自己堆满货物的思想仓库腾空供其储藏。于是本质上瘦骨嶙峋的畸形儿降生了，它回报给我们更神秘且逼真的谎言，同时更进一步要求我们彻底向其皈依，如同对待先知和上帝。

## 1182

现代爱情常会被误解为身上披的睡衣是借来的,而不是原本的赤裸。

## 1183

人性的贪婪在上帝那里仅是个例外,这是他对自己最不满意的地方。

## 1184

人生的残酷时刻是这样:听见死神悄悄跟你说,我想给你的世界留下一颗种子。

## 1185

获准死于自己床上和建筑一个太平盛世的光明大厦一样艰难。

## 1186

每个世代的世界末日和新纪元论,都是造神运动的开始。昭示着喘息急促的沙漠将种植伟岸挺拔的绿洲。

## 1187

历史和现实的泥泞在把理想拉到光芒万丈的晴空时总显得力不从心。唯一的办法是支一道屏风作为布景,把杂乱辽阔的陆地截面作为一段冉冉升起的充满希望的地平线。

## 1188

恰恰是现代性发展得不够充分，我们才被指责沦丧为实验室的小白鼠。殊不知，边缘向极端再挺进一步，即成中心。

## 1189

人类分为无知分子、知道分子和知识分子。伟大作家都是高瞻远瞩的有独特视角的知识分子，否则不配担当历史梦魇叫醒的重任。

## 1190

群魔提前从现代性释放出来，正是古典主义闭关锁国无能的体现。

## 1191

人子与神的不同分工创造了和谐世界。我的越界的善良不仅伤害了自己，伤害了神，更伤害了邪恶的克制，让邪恶有充足的养分拓展挑战极限，使其更邪恶。

## 1192

如果必须得一个流行病，我选择爱情疟疾。

## 1193

在一个混乱的时代，革命是每一个人都翘首期盼的。以为它是治疗歇斯底里空气的唯一药方，是通往天空的终极幸福乐园。但事实上它不过是一个圆环而已，迎合了树木对风暴的幻觉的洗礼。

## 1194

理论上，天堂和地狱的空间结构雷同，都是巅峰的绝路。不同在于，一个箭头向上，一个箭头向下。

## 1195

敌人虚构了我们，并且在虚构的世界中依赖我们，听任我们对想象的摆布。如果这样，我们反叛的勇士身份反倒丧失了，成了隐形的过街老鼠。

## 1196

水是我一生的最爱。除了大海故乡不可逆的心灵寄存，水的自由、无形、无色，永不停滞的流动及不可替代的看似微不足道的力量，都构成了我生命的现代特质和意识，是与古典主义的后撤、缩小、畏惧、自艾自怨的自恋背道而驰的。

## 1197

诗与画的关系本质上是一脉相通的，属于心灵领地。不同的是使用的工具各各不同。诗更倾向于对读者思想的考验和挑战，是心灵奴隶主式的盘剥。而画是视觉盛宴，更多的是与生俱来的审美能力，属于贵族的、布尔乔亚的馈赠。

## 1198

何谓经典？被时间淘洗沉淀下来的对人类的记忆或经验构成永远新鲜如初恋的感觉、气息、味道的耗之不尽的怦然心跳。

## 1199

空难般的夜幕终将揭开,肇示一个伟大的梦境和雄心的灿烂星辰横空出世。

## 1200

何等的幸运,为预防老年痴呆症及打败漫漫昏暗的未来长夜提供了极佳的武器——那就是不断翻越群峰的文学创作。

## 1201

我身上的盲目热情让我走出未来的死胡同,拥抱暂时从时间中借来的广阔天地,扮演一个打铁铺里挥汗如雨的重复抡锤的棕熊。

## 1202

如同神来之笔,灿烂的阳光停在了那个刻盘的准星中,雨水丰盛的命运被改写了,它退到了死亡饥饿的一角,而我却俘获了手指颤抖的新生。

## 1203

难道真应验了阿多诺所言,时间会在某个时刻回头,把所有铸成血肉的回忆重新目击?但有一点可以肯定的是,现在是我一生最丰沛的季节。如同大海将收割往昔全部失踪的细流。

## 1204

克尔凯郭尔把人生分为审美、伦理、信仰三个阶段,目的为岁月祭司粗枝大叶的未照料好的责任开脱。

## 1205

迄今为止，艺术家用尽全部力气围剿的不过是缩小时间烙在个人心灵的溃疡而已，与形而上的末日恐怖无关。

## 1206

政治酗酒的地方，艺术充当解毒剂的作用远远会超过治疗目的。

## 1207

每一个面具即使千娇百媚，都不可避免其雷同的结局。因为它们不会接受真正有效的处方：真实。

## 1208

即使风暴都不敢确定枝叶抵达寂静的时间，何况小小的马蜂窝。

## 1209

步伐整齐的声音，牙齿武装的眼神，让混沌的童年找到了穿军大衣的自信。从此这个优异的赝品携带他无往而不胜。

## 1210

真假难辨的世界，使色情走上了世俗禁忌掘墓人的朝圣大道，补偿过去对肉体耽搁的屡屡侵犯。

## 1211

通过他者的死亡,让生与死建立一种对话并孤立死亡的传染,达到降低死亡高度的方式,是人类的发明,美其名曰为"献祭"。

## 1212

非生产性的消耗,是理性能量的解脱,是对秩序的校正,是正常的社会应该追求的一种目标,达到能量平衡和守衡。其作用类似于削弱的、衰减的、下降的下水道的迷失和迷狂,是对现实胁迫的安抚和沉沦的享受。

## 1213

享受跌入私人的黑暗,不啻是对公共共谋资源的挑战。即使忏悔也并非是真正悔罪,而仅是坦白后的坦然,是自我深化与和解。

## 1214

只有战争有资格说,我才是真正的表现主义者,破碎的线条、畸形的画面、残酷的色彩和神经质的画外音唯我独步。

## 1215

提着灯笼捉拿黑暗,与结结巴巴要求自由,一样的懦弱和不自信。

## 1216

对感官快乐保持适度的干预和冒犯,是每一个想当元帅的男人必须忍受的民主政体实验。

## 1217
启蒙，相对于野兽般的擎天大厦，至多算一首轻薄的室内情歌。

## 1218
疯子谈论精神健全者都很神圣，犹如失眠者希望宵禁的紧急状态法永远不结束一样。

## 1219
偶像建造的教堂，会让取悦它的影子永远觉得牺牲不够彻底和全面。

## 1220
无精打采的流血对围观的猎物没有声明般的威慑力，它们以为子弹是为叛乱者准备的。

## 1221
谎言无限重复的原则，被好客的地狱向导发挥得淋漓尽致，以致在某些夜晚让天使羞愧难当。

## 1222
恶在世界的全面胜利，让善明白即使善再慷慨，用光所有的积蓄和资产，也无济于道德的崩坍，充其量顶多是满足了道德伪装的短暂内疚。

## 1223
除非无限度地顺从屈服恶的意志,恶的荒唐才不会显露可怕的狰狞。

## 1224
非暴力抵抗的危险在于,把人性的恶建立在人性可能改变的猜测和曲解上,它导致的结果是让受害者永远没有胜利的机会。

## 1225
由于担心玫瑰病毒语无伦次毫无征兆地突然出现,我一生都在小心翼翼地活着,以致征服不仅扩大了心灵的紧张,更使命运烙上了占卜的悬疑。

## 1226
童心在艺术家深不可测的眼睛黑洞里,找到了彼此的窃喜和狂欢。

## 1227
文学剪羊毛运动和流水线自如的迎合本质上都是一致的,为了保证卖主对产品一夫一妻式的绝对忠诚。

## 1228
国家主义的大厦住着一位验明正身的不苟言笑的道德偶像,其即使丧失亲人的恸哭也是牧师式的,拒绝肉体的触摸。

## 1229

作为一个并不年轻的情人,她对爱情近乎超脱的自由伦理,让其占领了美学源头的位置,反而使花朵一样的后来者成为她的替代品,从而被男人拥戴为女神。这种不仅仅出于智慧更是阅尽人世沧桑的透彻,让她具备了宗教体验的意义。

## 1230

即使撰写心灵幽闭混乱的传记,每个作家仍想抵达荒芜荒凉的无人区,通过驱逐语言喉舌的锈斑,换取文学殿堂的崭新硬通货。

## 1231

有限总是效忠错对象,把短暂的人世设计成永恒那样绚烂。这当然不是有限的错,是永恒没有阐释自己既是情人又是妻子的双重身份,将犹豫不决的炊烟当作了史诗的诱惑。

## 1232

如果一个人预知自己活得足够长,那么他就得准备好后半生对不可救赎的灵魂的侵袭。除非他把自己定格为永恒的少年,能够置身镜外。

## 1233

文学热潮的世界性衰退,并不能怪罪于互联网的薄情。信息几何级爆炸的现实,让所有的热点顷刻变成碎片,即便是全球性的灾难。因此在主角缺席、替身上位的年代,不要奢望重返文学黄金时代的美梦。但我们也不必绝望，毕竟还有杀出一条血路突围的可能性，尤其是诗歌这种短小精悍的文学样式，可充分利用社交平台广泛的受众，通过唯美的音像技术和手段，将经典化推向一个崭新的高潮。

### 1234

诗人不确定的草稿，只有在不断添加女性的颤动的诗句中才能完成宏伟的正文。

### 1235

如何甄别一个人的真实与真诚：听其言，观其行。但凭这个方法考察作家的作品是行不通的。他们通常会隐藏自己的观点和思想，看起来不像是一个说谎者，只有某些侦探般的读者才能从蛛丝马迹中破案。但这正是艺术的魅力，将世俗生活中存在的卑微卑鄙软弱痛苦虚荣虚伪虚假及罪恶和罪孽深重的漏网分子一并删除，仅提供一个高尚明亮正义的永恒天使愚弄和捉弄读者。虽然有些不公和无奈。但还有其他更好的方法吗？

### 1236

我一直困惑：中华美食绚烂多姿提供给世界胃动力所发展出的口腔民主，为什么没有与其聪明伶俐坚忍不拨的卓越大脑相匹配。唯一能解释得通的是，我们不屑生产与活着无关的一切内容，脱离集体主义的光明大道。因为时间易逝，生命短暂，气候反复无常。现实主义的诗歌同样加持了这一平胸的脾性。

## 1237

色情的冲动，在男人的领地永远是一道不可缺失的风景，但在女人那里仿佛商场的橱柜才是她们的猎场。延伸至描述情色的诗歌中，男诗人表现出的热情大多不会超出武打片的范围，而女人所钟情的依然是声响、气味、色泽、幻觉和想象。

## 1238

"她们不是缪斯，但能让缪斯开口说话。"这已经足够，她们让自己成为诗歌的回声和恰如其分的戒指，并与诗永远开动的机器待在一起。

## 1239

如果创造不出警句或墓志铭般的人质的尖锐诗行，诗歌作为文学的罗盘和乏味牢笼的解救者，无疑是令人扎心的。

## 1240

等待如果有别称，包含审判或引导光明的意义，那么我愿意一直陪伴。生活昏昏欲睡的喻喻重复声已让我的遥控器完全失效。

## 1241

占据时间的消逝和逃避时间的过剩，都需要激进的暴动。由此催化了吸毒般的艺术。

## 1242

越反复举证晦涩、复杂、修辞这些现代艺术的共性是通往艺术的必由之路，喋喋不休教导受众推翻自己的陈腐之见，越说明我们的诗歌依然滞留在青春期的骚动、嚎叫、叛逆、轻浮的感官表面阶段，没有融入生命博大深厚丰沛的大江大海的庇护所。

## 1243

不得不承认世界政治卷入了街头小混混相互挑逗相互撕咬的没有裁判吹哨的拳击赛的怪圈。

## 1244

历史的缺席叫醒的正是我们当下的争吵，尤其是空白处偏爱地占领我们的喉舌。

## 1245

历史的女性形象，常常让我们忘记血腥的记忆和令人震撼的荒唐，反而把我们代入求婚者的角色，唯恐自己满脸通红的胡须触伤她姣好美丽的面容，失去得到她的资格。事实上她训练有素的表演技艺，早取消了我们肤浅无用的眼神，把我们归入了笑话和闹剧的结局。

## 1246

悲剧屠刀上的血之所以永远是热的、新鲜的，是缘由吻它的头颅从来都不是相同的，并且没有让他们重新焊接的机会。即使有，也可能因为手术水平低下，校正不到原来的位置，失去了正式申辩的权利。

### 1247

历史谋杀剧对于观众而言，始终没有给予审视审判的权利。区别只在于正襟危坐在第一排，还是字迹模糊口齿不清坐在最后一排，自己揣摩剧情。因此，剧场外面的天空、大地、残骸和阴影才是最值得我们关注和重视的。

### 1248

历史总是以受害者的身份为地理意义的失败鸣冤叫屈。其实相对于从不反抗的顺从和屈服，无论是城墙还是高山，深渊抑或大海，都与此无关。

### 1249

自然和历史从未对人间罪恶和人类的苦难不幸提出过指控和声援。那么我们又能指望谁把无辜不幸和无辜负罪的遗忘记忆重新唤醒？

### 1250

没有生殖能力的历史却生产出源源不断的孽种。这是因为人类的自我放逐和对经验的放松监管，让貌似没有心机和竞争力的历史太监破茧而出。

## 1251

历史各成员国的联盟，主要是为了保障全体盟员逃脱活靶子的命运。因此其主要策略是利用雷电霹雳制造假象，或用伪装分散子弹的注意力和打击能力。现在证明这种策略是完全成功的。

## 1252

戴鸭舌帽的历史侦探，声音低沉，嘴唇轻薄，蹑手蹑脚。让我感觉他们就是找不到腥味的猫的翻版。

## 1253

自卑和时尚总能很快触电，以血肉模糊之躯相拥。

## 1254

历史从不围猎失去思想和肉体自由的游牧者。那里偶然已经丧失当家作主的权利和愿望，被活生生排挤出命运的大牧场。

## 1255

以存在的当下扒开我们永远缺席的历史和未来，我们难道还不怀疑时间布下的陷阱和人有限的认知能力？

## 1256

世界的本质是荒诞的，现实又比想象的更荒诞，那么把现场婚礼刹那的喜庆当作日常的真实显然更荒诞和离奇。

## 1257

牺牲者的悲哀在于，大多数人不相信自己会成为牺牲者，或抱侥幸或心存幻想。总之是不愿面对现实，逃离尚可能逃离的现场，即使其时已隐约看见现实之巨石从高山滚下来。

## 1258

鹰的意志决定了鸡不存在锻炼肌肉的机会，并且还将圈养视作一种恩赐，以血酬作为无限恩情的报答。

## 1259

历史的动力在于偶然性，即通过非理性的力量造就新牢笼，篡改既定的程序陷阱和刑罚。

## 1260

对时间的反叛，有时会获得意想不到的收获，即巨大的心灵自由和扩张。后果当然也会是灾难性的，可能是彻底的破产。

## 1261

不要沉浸在牺牲者文化体系中，那种极低门槛的入场券，换来的只能是精神病院的待遇。即便你的心灵口粮奄奄一息。

## 1262

用思想入侵身体和灵魂的领地是一条捷径，胜过攻城略地占有的庞大维护成本。

## 1263
忠诚度是靠不住的,这点间谍最有发言权。把柄,致命的把柄,最为对手热爱。

## 1264
要求缺乏安全感的机会主义者有原创思想,相当于规劝绳索放弃手臂。

## 1265
舌头未完成的道路,蜘蛛网替我们完成了。

## 1266
少女纪念碑,一经被男人的雷管触碰很快瓦解分崩离析。

## 1267
花边新闻的主顾永远是喝威士忌的骑士。

## 1268
白色恐怖纠正了我们对黑暗的偏见。

## 1269
身体的驯服已经提前来到,身体的想象、隐喻和缺席反倒遗物一样珍贵。

## 1270
未来正变得像过去一样,节节败退,人满为患。

## 1271
经典原型,更接近通缉令上的照片。虽然潦草,但眼神逼真。

## 1272
岁月的殡葬业收藏的共同点:单调及无情。

## 1273
金发女郎和恺撒们给予我们的幻觉,是我们自以为可以打量并订购类似的毒品和雕像,安慰现世的困顿。

## 1274
既是良药也是治疗手段:信誓旦旦的忠诚会通过非血缘的收养关系进入核心阶层。

## 1275
纪念碑的本质是丧失和毁灭,呈现它的形式却是永恒。因而这是一个巨大的悖论。

## 1276
如果真存在"知天命少女"这样的一种形态,那么应该感激时间划出的一个特区,让公平的指针不是指向热情高涨的效率,而是恰到好处地停留在了天真和单纯。这从某种角度佐证了行为即是命运的真理。

## 1277

即使深知玫瑰病毒不可治愈的传染特征，我仍抑制不住自己爱欲语无伦次的深情搂抱。由此证明思辩永远免除不了欲望挑衅的债务。

## 1278

促进东方信仰市场活跃和繁荣的根本原因是，作为主顾的欧洲人自认为找到了解救梦幻的灵丹妙药：理性和逻辑。

## 1279

基督教和伊斯兰教当初最成功的方式是把粮票和旗帜完美地融合在一起，并且通过平等的机制和伟大的愿景扩大版图，让不择手段达到的目的成为可怕但正当的道路。

## 1280

多神教与一神教所对位的政体，天壤之别，前者吻合民主制度，后者扎根于独裁统治。

## 1281

永生的另一个景观是：时间许可的人间遗孀仍旧活着，但配偶则成了聋哑的没有身体的亡灵。

## 1282
应该向梦想学习,以看不见的消费税悄悄掏空我们的口袋。

## 1283
作为丝绸包裹的东方,越抵达它的心脏,越感觉手段的柔滑超过了目的正义本身的坚贞。

## 1284
东方对身体执照的监管,与布莱希特提出的"作者消失"观有异曲同工之妙。也就是说只要"引经据典之处"存在,原作者获得了另一种永恒。原创存在与否已无关紧要,身体也一样成为意识形态的"非我",和"自我"合并为崭新的生存形式。

## 1285
尘土只有在雨水的浇灌下才能看见自己的真正面目。

## 1286
再深的海,都会被死亡看作死海,很浅。

## 1287
替罪羊不是历史概念,而是现实产品,并且形成了一个巨大的产业链条。

## 1288

历史总有一些挑衅的时刻,让文明摔跟斗、骨折甚至瘫痪。可这有什么办法呢?谁让人类是个不长记性的动物。

## 1289

不排除肉体都有一个向往的源头。它应该接近恋父或恋母情结。否则缺乏理性贯通的偶发事件根本得不到因果合理的诠释。

## 1290

假如每一颗内心的种子,都有一个飞往神的地址,那么人类所有的游戏才会被证明不是一时的心血来潮,而是来自内心长期坚持的处心积虑。这样多神教示范下的个人献祭、立誓、朝圣、梦想的道具就不会被当作是魔鬼的化身了。

## 1291

当有人祝我生活愉快时,我听成了祝魔鬼快乐。这无疑是语言的陈词滥调孵出的畸形儿,让我得以重新检阅人的本相,与悔过自新的可能。

## 1292

特殊性所包含的自我专注、自我确认、自我赞美,某种程度暴露了自卑的海拔,反而为风暴摧毁其穹顶提供了精确的射程。

## 1293

记载时间的消逝，构成了西方独特的个人体验及个体存在过的痕迹的文明基础。

## 1294

如果每个苟活的人不是为缺席的牺牲者申诉辩护揭示真相，而是心安理得地享受性欲美食，感激幸存和幸运，那么我们与吸血的沉默的旁观者的历史有什么不同，有什么资格向后来者发出呼吁："请跟我来。"毕竟未来不是一只俯首贴耳的宠物狗，随意供我们驱使消遣娱乐。

## 1295

驯服时间的不可能，意味着驯养历史的可能也接近零。那么剩下的只有一代代人的自我阐释。如果我们能构建历史的正面像、侧身、背影、梦境，透过多维立体的猜测，至少对我们有一种血肉偿债的安慰。

## 1296

恳请死去的人记住活着的自己。这得集合多少刻骨铭心的勇敢的泪水。

## 1297

思想史中的谋杀案，大多以思想的离奇失踪或思想碎尸万断的结局收场。唯有尼采不依不饶充当了一路护送鞭子的警察角色，把生存的深渊寄托理性与上帝的呼告无情地送进了监狱。

## 1298
思想大家为何专注于一二个矿脉，甚至一个？难道与挖掘的深度有关？猝不及防永不穷尽的思想矿难？

## 1299
揭秘断章取义背后隐藏的动机是人生乐趣。被断章取义删掉的东西，不仅可能不是结束反而正是问题的开端。

## 1300
音乐的不可触摸和遥不可及，让人间的皮囊显得那么多余和轻浮。

## 1301
克服死亡的恐惧，是大诗人诞生的必要条件。而丰沛的"生育"恰恰也满足了诗人对人类世界性污垢的合法清除的想象。

## 1302
科学一旦与政治棋局纠缠，很可能随时被抑郁。在任何一种棋局之中，处于博弈前沿的棋子，永远最先倒下。

## 1303
写作为什么不能成为信仰？因为写作的自卑感无力感虚空感常常让我们丧失继续写下去的动力。倒是某种下坠的力量一直生气勃发拖着我们跃向深渊。

## 1304
过早登上艺术峰巅的，结局大多不会太妙。反倒是早熟晚成的，能淋漓尽致地释放出才华的大光芒，赢得时间持续的掌声。

## 1305
如果我们时代的人有胆敢回答职业是"诗人"，那么要想不被哄堂大笑是不可能的。这样的幽默只能与中世纪语言学家的头衔匹配。因为在世俗的告白中，一个人声称是诗人，要么是疯子，要么是白痴，谁会去干一个永远饥肠辘辘的营生？因此问我的工作是什么，我会理直气壮告诉他：税务官，副业写诗。正好消弭远方与当下冲突的好奇心。

## 1306
当诗人像牙医一样跻身阔绰镶金的行列，以闪亮的荣耀探访蛀空的烹饪繁华过的世界。那么即便不是文学的灾难，也是艺术被包养被嘲弄的悲哀。

## 1307
瓦格纳称叔本华是唯一的音乐思想家，因此当他见到叔本华的影子尼采时，就激动地拥抱学生辈的他，"我们应当共同携起手来，创造未来"。他认为热爱音乐的尼采与钟情哲学的瓦格纳互补才是雌雄同体所向披靡的正确选择。事实上他们相互纠缠先欣赏后分裂的知音命运也印证了这一点。天才之间的抵抗才是常态。

## 1308
语言是什么？意识的器官。而音乐是存在，直抵人类内心。同是治愈人心，疗效不一样。一个是吃药，一个是打针。

## 1309
写作是对现世的脱敏，是对原始天性的叛逆，更是一种特权，赋予对自身内在的驯服和雕塑。

## 1310
音乐的自然含义并不是愉悦，而是驯化的仪式化，是时间沉寂的帮凶。发展到现代是公私合营的结盟——核心依旧是商业交易。

## 1311
在中古时代，音乐家与厨师一样，都受到金钱主子的控制。其主要功能用于仪式，遗忘苦难及暴力。到 20 世纪才赋予社会符码的意义，开创了对秩序的质疑和侵犯。因为只有在噪音和沉寂之间，音乐才找到了发言的机会。

## 1312
今天音乐正尝试成为一种新的颠覆组织。扩展其古老的祭祀、教条、法规功效的边界，接近噪音。重复、重复、重复。极限的噪音是杀戮耳朵港湾的瘟疫式激光武器。因此暴风骤雨般的掌声就不得不让我们警惕。

## 1313

当今噪音大获全胜，在秩序的宠幸后装上镜框，点缀美学殿堂，得益于我们哑巴的嘴及生锈的耳朵。

## 1314

避免因暴力的扩散引发社会崩溃，引入了替罪羊制度，成就了音乐作为政治秩序的副产品和表现形式。

## 1315

音乐考古学显示出的共鸣，实是社会病理学的匿名印记，无不是残缺的身体和时间的伤痛绘制的基因图谱。

## 1316

如果把音乐家定位为"被牺牲的执行牺牲者"，那么建立社会和解承诺的协议有可能在秩序伪装者卸掉面具后达成。只有在纯粹秩序的宵禁解除后，音乐才可能自由而美丽。可以聆听也可以阅读。

## 1317

民主政体发展出的教育理念，最重要的是解决了"向高贵的心灵看齐致敬"的大困惑。否则培养出来的无不是没有情感的机器人或杀人工具，大学也只是技术学院而已。

## 1318

艺术家与其所信仰的宗教究竟处于怎样的关系才能让双方互相贯通？我的理解是，不拘形式而重内容。深爱而不盲目盲从，超越痛苦而不遗弃痛苦。质疑与批判应是艺术孜孜不倦伴随的欢乐颂和弥撒曲。

## 1319

"冒犯"和"僭越"已像通货膨胀一样成为政治生存方式。培养你的偏见和放弃你的核心思想同等重要。

## 1320

自从"末日"不断扩大边界，现在连"鸡叫"都要确认一下是否是"真鸡"当日所为，而非隔夜冰镇的机器人无病呻吟。

## 1321

假若现时的车轮并不必然通向未来之路，那么唯一的选择是让现在停止，实行紧急状态法，把作为例外的此刻立即切除。否则即使不是在时间永动机面前麻木不仁，也会把它当成历史的小鱼儿让其在宽大的网眼中从容穿过。

## 1322

消化痛苦意志的文化导致宿命，强化审视痛苦景观的文明则在挑战命运后找到了自己的星座和诉述个人苦难的话语权。

## 1323

阉割文学的特征是,用人皮灯罩包裹的灯光去照亮历史暴风雪路上的遗骨,并且讴歌肆虐个人恸哭的皮鞭。

## 1324

教科书上诵读的怀疑原则,和个人泪水浸泡过的怀疑论大相径庭。前者是先验的他者觉醒,后者是生存论上的自我控诉。

## 1325

在众多的基督教文学作品中,里尔克以诗、日记、书信表达出的基督教个体主义与艾略特以论著、诗作阐发的基督教社会主义形成了鲜明璀璨的两极。但他们最后都殊途同归指向一个转换的母题:个体的现实生活与宗教信仰冲突的挣扎。因而称他们为诗人神学家更切合更当之无愧。

## 1326

作为不可多得的思想史的重要文献来源,我们依然对历史人物日记、书信所折射出的温暖生动的体香价值认识不足。

## 1327

上帝的存在,注定了人本主义和神本主义的联姻是不可撤销的。否则荒诞虚无的血统何以延续?

## 1328
没有审视痛苦景观的能力,现代性的反叛只能是剪纸式的背景而已。

## 1329
末日审判的上帝不会操纵血渍未干的历史。他只是敞开自己的心扉。

## 1330
如果能从走向世界的蓬勃热情,悄然退回到揭示个体苦难肉身的存在一隅,并反叛历史必然性骇人听闻的深渊。那么不曾把雅典和耶路撒冷精神据为己有,错过了与文艺复兴启蒙运动宗教改革相拥的汉语文学,仍有可能践踏出一条与世界文学亲吻的羊肠小道。

## 1331
喜欢文字的色情,一旦与喜欢色情的肉体搂抱必定是干柴烈火,粉身碎骨。

## 1332
"人民"是我们遭遇最多的历史和现实叙事。是高山仰止,是百川归海。但问题是,"谁是人民?"一个没有实名认证和产权所有者的虚拟物。

## 1333
以魔法征服人的意志，不及用虚构的价值诱惑人的心智高明。

## 1334
无论是政治迫害、种族迫害还是宗教迫害，发端均来自话语权力的垄断性。摆脱的方法只有一个：流亡。

## 1335
可怕的不是伪装的魔鬼，而是魔鬼自认为是拯救世界的天使。

## 1336
"用一滴泪退还上帝的入场券"，去寻找真理的渺茫，总好过通过与魔鬼合作获得幸福。

## 1337
一旦新的意识形态全权建立，那么对旧有意识形态的处置，不仅是消解、替代、摧毁，更是颠倒。即社会存在成了意识形态，意识形态变成了下层建筑。

## 1338
历史理性主义的恐怖：每一个体的血肉之躯要么充当推动历史引擎的燃料，要么当作反动的邪恶的障碍物而被无情碾碎。

## 1339

"历史的牺牲"之所以永远是牺牲,是因为人类极少把心绞痛的喘息的遗嘱,当作一种发言的良机叩响我们沉睡的心扉,大多数时候他们把它当成了防汗臭的爽身粉了。

## 1340

艺术中的复调,与现代民主政治中看起来混乱的场景——众多声音,相互争吵,最终达成和谐的意志——一样美妙。

## 1341

伟大是基于更多的空洞。但没办法。它促使更多人去戳穿它然后却无力抵达。

## 1342

施行过政治手术的主义是没有漏洞的。即使有,也会用枪眼堵上。

## 1343

只有让死者给活着的人发放通行证,救赎之路才可能打开。

## 1344

仅仅把噩梦当资源,而不把它加工、提炼、精细化,那么噩梦最终会把贩卖者葬送掉。

## 1345

幽闭症对青春期是可以谅解的，对国家则不可饶恕。

## 1346

赤裸为什么是原罪且不可赦免？暴力在它身上找不到狂欢的依据。因为没有衣服加持的乐园无法剥夺和继承而且可以无休止地凌辱。

## 1347

每一个人身上都藏着永不落幕的色情剧。寄望于某一刻脱光身上的一切。逃脱。

## 1348

传记只有在堡垒攻破时才能深入内部结构，大多数时候不过是夕阳下的美丽轮廓。

## 1349

生物学把物种的层次降低到"吃与被吃"，对强者的崇拜却无以复加，甚至抬上了祭坛。

## 1350

生物学强者生存、弱者灭绝的理论，使灵魂屈从于肉体完全合法化，并挖掘出人作为动物必然残忍的邪恶一面。21世纪它作为支柱产业必将更可怕和疯狂。

## 1351

两难。创造世界的神,必然对人间之痛负全责。反之,不能负责,神就不存在。

## 1352

世间的邪恶,吁请我们终结世界的存在。但人类的文明又让我们心向往之,难以舍弃。于是祈祷发生了。

## 1353

佛教之所以最不具攻击性,可能与其创始人的贵族血统的自足自信包容有关。

## 1354

如果教义是灵魂,教堂是身体,那么教会是什么?绞肉机吗?

## 1355

"你们在笑什么?笑集中营吗?"太不自量力。
历史之所以不停转向,源于暴风骤雨的防不胜防的恶作剧。

## 1356

地方主义者常被指控为叛徒、人类的杂草。

## 1357

"一出场就是个伟大的演员。"指的是皇帝还是皇帝的新衣?

## 1358

我从神父身上总是闻到咳嗽糖浆的味道。好像他们阴郁的脸色从未被阳光收割过。

## 1359

"明天"仿佛在死亡那里从不存在。它仅仅给我们亲吻今天的片刻。

## 1360

"罪与罚",两个打架的死魂灵。需要小鱼儿的女性泉水深情哺育。

## 1361

在当代,"思想影子银行"仍将长久供应我们教条主义的高利贷。

## 1362

左脸阴暗,右脸明亮,恭喜上帝找到了一只木马驰骋。

## 1363

O型血的多神教和AB型血的基督教在头发灰白时才可能铸成一张广阔深沉的面孔。

## 1364

世界成为焦点时，内容有否已不重要。

## 1365

人与世界的相互吞食，使感官获得了前所未有的庄严和崇高。

## 1366

只有在医院的手术室里，生命才正式拒绝与外部的联系。确认自我自决的合法权益并负全部责任。

## 1367

对于医院低矮的天空，病人都是流着鼻血的乌云。审判的挤压让他们的心悸动，喘不过气来。我祈祷一个健康的没有屋顶的快乐天堂，安顿。

## 1368

有时，哭并不代表悲伤和眼泪。可能是突然闯入的意外，或不知何处的慌乱。只是穿上制服，让夜晚正式一点。

## 1369

果戈理的死亡里，没有男人和老女人。只有花瓣般美艳的丽人。他要改变死亡忧郁的特质，让其性感起来。

## 1370

人的认知深度,看它攀援的是哪一片天空。穿军装的白昼还是晚礼服的夜空?鞭子抽打的正午抑或手术台上麻醉的黄昏?

## 1371

把自然作为一个独立的存在,一种具有自我意识的"他者",而非东方的将"天事"纳于"人事"或是西方的"天事"融入"神事"当中的绝对错位和乱伦。

## 1372

但凡具备审美现代性的,无不呈现反抗社会现实的特质及形成自足自主的正循环。

## 1373

历史翻山越岭馈赠给虚弱现实的,常常不是必须拥有的坚强的胃,反倒是打了强心针的一截可疑的盲肠。

## 1374

历史的篝火幽暗而急促,对于鞭长莫及的黑暗,只有在风中叹息和怅然的份。

## 1375

历史在找到心心相印的当代人时涌现出的秘密源泉,比我们想象的枯井历史要丰盛得多。那么掘开历史冷美人的深渊之泵在哪?

## 1376

历史更像是一床被褥,给需要的人暖身。丰功伟绩并不为历史拒之门外,它愿意接纳和宽恕,因为泡沫毕竟比白水好看。

## 1377

"没有路标时,自己做自己的路标。"告别人类的动物园,让思想露出内脏供人观赏。

## 1378

看到滚珠轴承、锅炉、活动扳手与阳光的精液频繁通奸,我感到静脉曲张的地球拍动翅膀脱离人类的日子已经不远了。

## 1379

厕所流水的声音让人错觉,仿佛货真价实的幸福已来。这时,俄国、巴黎、阿拉伯天堂都见鬼去吧。

## 1380

"未来旅馆"居住着厨子、屠夫、狐狸、狗、虱子、皇帝、侏儒、当铺老板和鸡奸者。蒲公英的叹息和卷心菜的耳朵被排除在外。

## 1381

尼采之"人是未完成的作品"导致一个陷阱,在完成"人是目的本身"的过程中,会被社会的铜墙铁壁压垮或所谓的客观规律糖衣利用。因为并不存在一个供人类公投的思想标尺。

## 1382

屠宰场里一位女士与她的爱犬耳语。那场景仿佛是奥义书的一段启示录,忍不住让众生向往。"深奥"仍是一种武器,具有灵丹妙药的功效。尤其对于女人和来世。

## 1383

并不存在理想与现实的中间地带。一场风暴就把所有的船吹到岸上锚固了。把海作为一种背景,一种随时可以迷奸的抽象明信片,这样虚弱的心就不会随时倒下。

## 1384

阳光普照时,我们都变成了人,天底下最好的人。不过这是句废话。与表彰旅馆每天换床单一样。

## 1385

艺术史的零,归功于刺破它的人。人一露面,世界便把重压加于人之身,直至瘦成一柄耸立云端的剑。

## 1386

选择与渣滓共同生活,等同于获得了肮脏免疫力的通行证。等同于放弃原先洁净恶梦的保管箱。

## 1387

在人类的天平上,一边是文字、墨水、音频耸立的纪念碑;一边是指甲、头发、牙齿、血、卵巢围困的垃圾场。摇摆的命运砝码最后倾向哪边，并不具有必然性。

## 1388
妊娠中的世界被邪恶的核辐射照耀成畸形儿。

## 1389
如果盲信者忍受的一切，就是为了把世界缩成针尖大小的那一刻来临，那么再大的制裁和惩罚不仅不是折磨，反倒是献祭和复活，强化了其殉难的忠诚。

## 1390
世俗对于作家是不能理解的。在里尔克的一生中，文学是他最重要的工作。所有恋爱和激情的轮子都要围绕这个发动机转圈。一旦发现冲突，他立即会坚定不移地回到工作的孤独中去，直至重新上路再出发。

## 1391
诗歌不切除日常的纠缠，奔赴天空的形而上风筝则不可能飞翔。顶多在阴沟里捂住鼻子艰难地划桨。

## 1392
源于直觉的美学选择要比经过认知改造的道德判断更简明扼要，直抵人心，是个人抵御群体、减轻奴役的成本最小的一种大赦。

## 1393

向谁宣誓呢？非要营造坚不可摧的外在骷髅掩饰内心的懦弱和自卑。伟岸的心灵何须浓妆艳抹频频挥手致意彰显自己的实力。

## 1394

饱受一夜失眠的折磨，看见了什么？冬春交替、黑夜白昼交接、生与死的告别，并非你死我活的线性时间，而是你中有我、敌友难分、爱情双面间谍、自我分裂的复眼世界。想到这些就丧失了拼杀的勇气和激情。

## 1395

被压迫者的信用评定，会随着舵手孤身一人跳进盲目大海的声名鹊起而大幅提升愚昧等级。

## 1396

厌倦到来时，美德和疾病会让文明伸长脖子，俯瞰世界的鸟粪，团结更多的广场和手臂。

## 1397

收藏死亡邮票的嗜好，大致接近了门牌号消失的难以投递到的生命太初地址。

## 1398

比起仅作为猜想和遥望的当代，哲学在古代不是实验的小白鼠，不是蝴蝶标本，而是生命材料本身，是身体力行的伦理全部。因而滋养和扰乱人心的作用广大而深刻。

### 1399

时间的复印机鲜有给疆土的守护者留下墨迹，至多是风沙与尘埃。

### 1400

道路被血污磨得锃亮。

### 1401

将神性外衣披在身上，与其说是抬高身份，不如说是为了克服恐惧和卑微。凡人深知只有在仙境中才能找到永恒。

### 1402

大自然至高无上的权威和神秘运作的方式，仍是人类不得不如履薄冰的高悬于头上的一柄长剑。

### 1403

自然要求你不偏不倚，命运却命令你选边站队。因此人类总是在不同的轮盘下赌。

### 1404

置身野蛮人中间，你害怕吗？哦，我知道你恐惧的是自己能不能洁身自爱，标出宇宙沉沦的位置。

## 1405

作为小宇宙的人的意识与大宇宙的意识反应是高度一致的,都是广阔无垠的。钳制人的意识和意志,不仅仅反人类而且反宇宙。

## 1406

把我当偶像就当偶像,把我当木偶就当木偶。总之都是别人的玩偶,随你们去吧,开心就好。

## 1407

每一次出发,都是为了深情回眸的荒凉看守。

盼望这样的新纪元降临:让上帝仅留下骨架,长上人类的野兽新肉。

## 1408

在千百次路过的乌托邦,刻下遗嘱,再精美预制的梦画框,也容不下贫困咒语的一次小小暴动。

## 1409

雕像的多寡,大致可以判断出权位侵占时间大理石的长度和厚度。我们无法移动雕像的位置,但可以通过改变光线的阴影实现挪动和质疑。

## 1410

综观世界史,白痴皇帝的雄心更浩大和不可测量,这意味着白痴有可能是隐藏很深的花痴、钱痴、权力痴。巧妙利用了人类智商与情商的表象测试工具。

### 1411

一个兼具哲学家和思想家特质的皇帝，对臣民是可供瞻仰的心理治疗手段，对自己却是很好的拐杖。不仅帮助走路、摆姿势，还能打人、击鼓、当剑。做诗人就未必有这般幸运，只会被当作疯子和傻子。

### 1412

精神分裂的皇帝大多是有心理断层，找出那个源头需要二台昼夜奋战的挖掘机。一台"恋母"牌，一台"恋童"牌。

### 1413

极权主义极易在家庭生活中找到不需酬劳的代言人：那即是父（母）叫子死，子不得不死。一种绝对不可冒犯的家长权威，一种不容隐私存在的废除公私边界的思想及行为侵犯。、

### 1414

鸿沟在哪里？在大部分人制订退休计划、落实多子多福的责任时，我却在心智成熟的爱情与肉体嫩绿的向往的旷日持久的拔河中酣睡。

## 1415

口渴的野蛮屡屡撕碎年幼的露珠,逼迫早晨成就眼睛的沙漠后扬长而去。

## 1416

在自然、宗教及爱情关系中,最美妙的不是形同一体的覆盖,而是呼唤和回声的对位竞技。在各自声带的芳草地,发展出既不可分割而过程又不是事先预设的结伴而行的关联组织。由此建立内在的可最大限度伸展的私密集会。

## 1417

游魂的个体一旦找到群众,洪水的野兽就冲破堤坝挡不住了。

## 1418

在群众跳舞的广场,个人的脚步没有单独容身之处。

## 1419

精神的最高遗嘱总想让布满陷阱的馈赠炫耀自己的幻觉,修改劣迹斑斑的重负。

## 1420

当历史的脚步停在不再扬鞭的风中,衣衫褴褛的文学才可能登堂入室抚慰伤痕累累的心灵。

## 1421

既然与道德的上帝争执争辩争论是没有意义和不会有结果的，那么唯一能做的就是亵渎神，用嘲讽、揶揄、幽默的语言抢占上帝之手够不到的地盘，从而一步步收回管理法权。

## 1422

无论是上帝命名的"终极词汇"还是个人携带来的私人词汇，都充满了一种随机抽取的偶然。因此诗性地看待这些赐予反而会愉悦人类的道德困境和梦想。

## 1423

往深渊看不会掉泪的人，一定不明白什么叫个人的感觉偏好，或个体自然权利，及所包含的享受自然性的美好和痛楚。

## 1424

道德败坏的"人民"是否还是人民？是否还能叫人民？按照天鹅洁白无瑕的理论，不是！应该叫社会渣滓或罪犯。

## 1425

根据掌声的温度测试忠诚，差不多是领袖计算人头落地的快捷方式。

## 1426

如果一种制度靠嗜血维持生命，那么在吃完别人血的时候一定还会吃自己孩子的血。

## 1427
都是道德，为什么不能用不干涉他人的私德顶撞连床上的叫声都要灯火管制的公德呢？

## 1428
开始是给面包，接着是掷人头，再后来是让你舔断头台上的血。

## 1429
痛苦的任何一次抽搐，哪怕是轻微的，上帝都会被他的造物随便撕裂、丢弃和不屑，因而完全失效。

## 1430
如果用大自然冷酷无情对其造物的杀伐去理解人类之间的杀戮，那么一切障碍必须为最高意志的统一让路就显得再正常不过了。

## 1431
灰尘的悲哀是想创造一个超越灰尘的生命。

## 1432
把道德理想填充进狂热的宗教信仰中，是铁炼成钢必需的过程吗？

## 1433

邪教的特征是，你在思想的任一角落都能认定你戴的是面具，是不合尺码的，必须重新校正皈依。

## 1434

蔑视人性的神圣，私人的痛苦就会唤醒人性熟睡的暴力进行还击。

## 1435

谁能归罪生命的误会。缘分？难道不幸的相遇也是？显然个体欲望的自我迷乱和迷失才是本质。

## 1436

人类并不具备谅解和赦免的能力，只有在上帝的爱的加持中才有。

## 1437

性情相契的相遇才算得上是人生的止痛药和幸福糖浆。

## 1438

如果死是人生的任务，不得不完成，那么如何完成，反倒显得特别重要。

## 1439

遗憾是生命的本质和常态，完美是人生的极端意外，类似中巨额彩票。

## 1440

死亡是无知无欲的,只有在活人的回忆中才能激活。

## 1441

借用他人身体克服时代之痛,等同于打着自由的旗帜为私人的痛苦复仇。

## 1442

一个人如果没有在人生的僻静处留下偶然带给他的在世使命——寻找美好,那么他走的路越多,幸福离他越远。

## 1443

起诉自然欲望的不平等权利,开启了身体要求在伦理价值平等的必由之路,由此才有了色诺芬不敢向老师苏格拉底提问的彷徨,改由尼采理直气壮地放肆顶撞。这是身体的极大解放和福音,意味着可以把身体仅作为肉体本身来享用而不改变为其他用途。

## 1444

在男人编制的女人身体的叙事里,没有美好或邪恶的情感感觉,仅仅是作为彩虹装饰男人的心灵窗户,并不具备伦理诉求的正当性和合理性。因此唯一的价值标准只能是存在了上千年的政治和宗教的信念:人的存在,是无限美好的。

## 1445

男人们为争夺女性灵魂和身体的优先权和支配权,已战争了几千年,尤其在宗教战场,更是烽火连天,未有竟时。

## 1446

自动相认锁定的火焰才叫爱情,否则只能称为情欲。

## 1447

这些年咬伤我的大都是血液中刻下印痕的亲人,现在我郑重宣布,将亲人的定义修改为能引发思想的琴箱共鸣的、性情契合的知音,其余的仅是充当联络的电话号码和投递的地址。

## 1448

人一旦同时侍奉两根拐杖——上帝和金钱,他的双腿就不可能再站起来。

## 1449

从来都是贸易、枪炮、上帝三位一体,完成征服。

## 1450

由于阐释,思想沦陷为二手货。更难与天才燃烧的原始冲动匹敌。尼采,为羊啃食其头顶的常青藤花环窃喜,终于可以脱离学者的面具而自由。在我看来被假设的外套所羁绊,仍然是一个惧怕形式的囚徒。而形式的集大成者,无疑是被焦虑的迷雾庇护的时间。

跃出的时刻，才是天赐的神圣的救赎。

### 1451

审美生活和宗教生活是尘世解脱苦痛现实的良药。不同之处是两者境界有异。前者是"向活而生"的有情，依靠偶然撞见的虚无之门自恋，虽有生命的缺憾而未绝望；后者是"向死而生"的绝情，勇敢地剪碎虚空之茧遁入弃绝自我的大永恒之宙，是与人世决绝的绝望。

### 1452

雪花的墓园在哪里？大地。不！当最后的绝望尚未来临，泥泞的天空却早备好了雷鸣电闪的摇篮。

### 1453

"一个人过得好好的，怎么就疯了呢？"说这话时，我感觉说的不是自己，而是完全无关的别人。

### 1454

唯独在死亡面前，一切的伪装、表演都落下帷幕，露出恒常的本相。"死亡是亲切的大师。"

### 1455

"殉教应流血"，终究信仰是一种不能衰竭的激情，是死彻底的明月。

### 1456

做什么像什么已难,做人十分像人且活出人之模样,则难上加难。能做到者,高山仰止。

### 1457

死亡的末日审判,暴露了人思想的贫困、精神的贫瘠及尊严的贫乏。

### 1458

似乎只有"人民"和"救世主"的骰子才能拨动艺术家的生命轮盘。即仆倒大地时,把人民当救世主;当站在人民面前,则是人民的救世主。

### 1459

不信神的人,在人民身上找到神性,结局只有一个:把自己当神,把自我的荣耀强加在别人身上,代理人类忏悔。

### 1460

既是信仰者又是信仰的对象,至多算是个异教徒。

### 1461

要么在死亡的空白处倒下,要么在死亡的苍白中站起来。这几乎成为艺术家的宿命。

## 1462

道破"皇帝没穿衣服"易,发现"衣服中没有皇帝"难。前者指向他者,后者针对自己。

## 1463

思想的解放,不在知而在于行动。不在自我,而在无我。

## 1464

殉道而不得,那是上帝不想让你不朽。那么退而求次,殉情总是可以的。

## 1465

"生在路上,也必死在路上。"这种精神更年期糟粕一直危害人类思想境界的飞翔。

## 1466

但凡"思想",大都具备上帝的容颜。要么被人窃取,要么离奇失踪。还是做一只老虎好,饿了吃人,饱了睡觉。

## 1467

我一生多次被迫流亡,下一次真正的自我放逐在哪里呢?其实不会到来,因为身上的烟火气掩埋了圣徒气。

## 1468

不负责任的浪漫是什么呢？总想代表上帝思考，总想代替上帝行路。殊不知上帝的思想不是我们的思想，上帝的道路更不是人类的道路。

## 1469

"先知的诱惑"从未消失，消磁的风暴失去了心肝儿。

## 1470

灯塔只为他者照亮，没有人拥有自己的港口。

## 1471

做一个自己的舵手，光有激情和方向是不够的，还要有把锚准确扎在潮流中的判断，尤其当逆流成河时，阻断后退的清醒。

## 1472

"没有人能说清死亡是什么。"瓦格纳的悲哀是多余的，思想不能向死询问到意义。人在，死亡就不在；死亡在，人就不在。

## 1473

如果死亡有意义，那也仅限于极端戏剧性表演的死亡，诸如自杀、凌迟、绞刑架等，以浮夸的小石子击荡起世界的涟漪。

## 1474

似乎只有在死亡的镜像中,生命的伤口才被脆弱绚烂的艺术和盘托出。

## 1475

以人民救星自居,必以人民灾星结果。这是当今世界政客们丧失"政治负疚感"造成的。

## 1476

如果一种自杀,在面对死亡的专横和独裁时,连美学意义和道德价值的凯旋都不具备,那么这种对生命的寂灭是可疑的。

## 1477

灯熄灭后和灯点亮前是一样的。都是没有我们存在的死。

## 1478

夕阳下"问宰",责任伦理之狼与信念伦理之羊谁为世界溃败献祭?一个是只论效果不论手段,另一个是仅关注手段的纯洁和正义。

## 1479

政治对立的帝王和儒生似乎在伪装成意识形态的乌托邦的光芒里,找到了文化裂痕的水泥砂浆。实际结果必是儒生或成为帝王圈养的走狗,或变成帝王抛弃的丧家之犬。

## 1480

康德和叔本华的人面狮身一旦与东方的驴交媾，剩下的只有一条路：分裂和虚无。

## 1481

意志薄弱和道德沦丧的社会，会滋生三种病："运动狂""嗜欲狂"及"自杀狂"。

## 1482

死于世界的冲突，和死于自己的冲突，力量是不同的。一个沉重，一个轻盈。看起来都是对死亡的褥夺和胜利，实是被死亡虚无所利用。

## 1483

如果没有偶在的个人身体与灵魂的相逢与碰撞，也不存在命运的警察深夜敲门的惊悚。

## 1484

做爱和同床共寝的感情基础是不同的。前者只涉及生理感官享乐，后者是惊慌黑夜里颤抖的手想拽紧一个人的爱情。

## 1485

与我同床共眠的只能是自己的影子。

## 1486

但凡身体与自己的灵魂影子交欢的,都能产生生命热情的在世膨胀和激情。反之则变为在世负担。这非任何一种制度、种族和信仰能解决的。

## 1487

怎么有可能共时体验个人的生感和死感。连先哲都仅能感知向死或在死,况乎凡夫俗子。

## 1488

没有灵魂的肉体无须体验死感。如果非要解开乱麻堆里的死感之结,那么一定是承诺个体身体转世升天的宏大来世破碎了。这是现代伦理的困境。当生命被一笔勾销后,谁来承担个人肉体之死的灵魂在世虚无的重负?无法消解,因而成为生命永远的痛,唯有在随波逐流的性漂泊中得以短暂的安慰。

## 1489

迎面相撞的燥热爱欲与冰冷死感有否可能在同一个身体内和解?回答:难。除非如伊壁鸠鲁所言"动物不需寻觅肉体所欠缺的。"

## 1490

个体灵魂渴求占有天堂影子座位的非分幻想,是人类全部身体痛苦的泉源。

## 1491

如果所谓的"人的道路"是指个体生命非如此不能过,非如此不愿活,非如此不可得到幸福,那么这个个体使命就是人无法抗拒的命运,也即是宿命。如此还有什么怨悔和痛苦不能了然了。

## 1492

如今到了要靠享尽肉体盛宴,精神才不致腐败的境地,其实已经接近动物的原始状态。

## 1493

死亡让动物完成了脱离群体的封神仪式,使其不再有畏罪和恐惧感。

## 1494

人人皆知,相对于隐秘的地下血腥活动,思想的公开异见和反叛,反而会让肉体进入安全地带。因为谁也不愿承担一个谋杀的罪名授人以柄。问题是有谁胆敢挑衅自己的生命去作冒险?一个都没有。人性和文化的沦陷早已开始。

## 1495

她说,我现在还不能吻你,克服羞怯。让我先用唾液堆成雪缠绕你,抵达你梦想身体的目的地。语言的力量无往不胜。

## 1496

即便是大作家，面对他繁衍的日暮穷途的血统，也不得不低下头弯下腰，予以搀扶。

## 1497

丧钟是什么味道？混合了喜鹊和乌鸦的陈腐口臭，其貌似坚决的眼神不仅飘忽且在梦中像反复发作的牛皮癣一般无奈。

## 1498

我像交际花一样混迹于各类蜜蜂码头，仅仅因为恐惧不痛不痒的肉体再次被热血沸腾的日子抛弃。

## 1499

人与动物的嫁接，发展出了人头马、人面狮身、立体主义的现代艺术，人与机器的黏合却让人失去了四肢、大脑和兽性的尊严。

## 1500

数学与音乐的亲密源自对世界抽象本质的自然归位，诗歌与数学的亲近，则是考验想象力在自由出入猜想空间的限度，更多出于挑衅。

## 1501

如果确定宇宙存在一个最高意志，那么繁星的演员在天体浩瀚的舞台，扮演了什么样的角色？小丑、天鹅、猎物、医生还是尘埃？

总之是道具而已。但事实上似乎并不尽然，它们又是一切挑战者、反叛者及暴力的源头。

## 1502
灯光总是在不断地重复自己，一如所有的生命之源。

## 1503
噪音是一种确定边界的权利。只有死亡时才例外。相比眼睛，耳朵更容易被收买和交易。

## 1504
夜之花常常灼伤我，是因为她让我提早看到了白日的破碎。

## 1505
真正的色情美，是克服肉体的抵达。途中观赏的想象力和出其不意的惊喜让眼睛发光。

## 1506
自然之美盖过人类仿造的艺术之美，证明了在头脑竞赛中上帝的感受终究胜出。

## 1507
疾病总是在肉体禁忌和折磨中鼓励我们看穿人生本质。这也是我讨厌医院的原因。当然洁癖作为推波助澜的帮凶也难咎其责，它一直把繁复的人间看作是细菌部落。

## 1508

道德的最初命名来源于否决生命的奴性思维。其价值的三角架是，安全、歌颂、拒绝快乐和贬低本能。

## 1509

道德戒律的听筒对患肺炎的法律诊断犹如隔靴搔痒。

## 1510

整个世界被挑逗得充满欲望满足的虚荣心。

## 1511

在喟叹历史出人意外的糊涂胜利时，不得不清醒认识历史包藏的某种逻辑：那就是夹缝的挤压中，往往流氓获胜。

## 1512

至高的褒奖。她说，在你的眼睛里看到了很少有人具备的澄明、透彻、无邪、黑白分明的深海。是的，活过，爱过，死去过。无所顾忌，无所畏惧又心存感恩和戒备。

## 1513

死亡是商品，也是必备的营养品，围着它共舞的编织了巨大的食物产业链。

## 1514

最软弱的武器是人身攻击，等于抖露出自己的底牌。而最阴险的斗争是，借刀杀人并且让被害者感恩戴德。

## 1515

为什么我总在通往真实世界的路上止步？难道害怕被指责为精神病？对一个已被指涉为病入膏肓的人，再加一个病又有何妨。

## 1516

疾病让世界的一切器官变得敏锐，让价值重估发现自我，增加能量，创造全新的肾上腺。这是病痛被视作艺术大师的原因。

## 1517

一旦突破疾病坚硬的壳，百无禁忌就选择了自己的爱侣和好运。

## 1518

今天不是儿童的，都在过儿童节。

## 1519

人类似乎在机器人身上找到了冷酷、残忍、骄纵、不知疲倦、永无异议的返祖替身。

## 1520

命运感并非必然指涉生死与共的大事件。一场偶遇的暴雨，也能把邂逅的人与书紧密联系在一起。因为他们有共同的结局:落汤鸡。

## 1521

暴躁源泉：小孩子；让你给大家表演；开玩笑；随便骂人；嘲笑你；借钱不还；白嫖；把照片发给别人；乱翻手机；顺手牵羊；不熟就对你搂搂抱抱；大声叫喊；虫子；打人。

## 1522

时间只有一个缺点：永远年轻。

## 1523

幻觉，即使最有经验的舵手，也会被它翻船。

## 1524

爱情，风流倜傥的诗人，废话连篇取之不尽。然而一旦发现目标无法抵达，随时戛然而止扬长而去。

## 1525

她信誓旦旦说，只要给我一支笔就能飞翔。肤浅啊，女人像一本书，首先要封面吸引人，方可站得住。

## 1526

这是个玩笑。在大脑里为自己主宰的时代举行葬礼。

## 1527

我把颂歌背下来,交给那条蛇。它的眼睛明亮而深邃,像情欲热烈的寡妇。

## 1528

从哲学角度看,换妻与换孩子,都是可怕的热情。

## 1529

优秀的舞蹈家从来都是不穿内裤的,但她们不会让观众看到。幻想和误会是伟大的春药。

## 1530

海藻们欢呼雀跃,为"离岸爱国主义"的触须伸进大陆架,完成雇佣军的伟大转折。

## 1531

灰烬长出翅膀,点燃双眼,擦亮盲目的火焰。

## 1532

吃了药,忘了身体还有其他功能。

## 1533

审美的人,大多不具备伸出援手去爱的能力,因而当诗化的生存遭受胁迫,幻美之物不堪一击。

## 1534

个人在叙事呢喃中忍受住了千差万别的历史,这才是文学的真正价值——用不安的心跳呵护生活严酷的秩序。

## 1535

只有在带着一连串的生命疑问,叩响口齿不清的没有最高法官的真理大门时,现代艺术才真正诞生了。

## 1536

图书馆也是一个火葬场,消亡的书籍数不胜数。为什么仍要去当一具尸体呢?殡葬师正确的回答:我活过,已足够。

## 1537

通过囤积照片,测量逗留在时间的汪洋大海中浪花的重量。虽然无趣但可爱。

## 1538

怎么这么自信,除非脱离宇宙,你终归是我思想的情人、艺术的情人、肉体的情人。听起来像中世纪回来了。

## 1539

所谓先锋,不但是打破既定秩序、现有法则、固化思维及陈旧的生活方式,还要持续推翻自己、破坏自己的决断和才具。革自己的命才是真先锋,否则都是伪先锋、假先锋。

## 1540

我喜欢神话。黄金的神话。金灿灿激荡肾上腺。如果货币金本位制,全面统率道德、审美、爱情、文学、思想领域,那么如同狮身人面,必与未来的幽暗绝配。

## 1541

文学本质上是个体对群体、有限对永恒、孤独对喧嚣世界发动的旅行般的政变,是把往昔勋章的蝴蝶结错挂在雕像胸前的窘迫,是对自我作茧自缚的嘲讽的催眠。

## 1542

教堂的祷告和文学的呢喃在被时空侵占的个体生命疼痛与裂伤时,所起的作用是一致的:护士般贴心的倾听、陪伴和支撑。

## 1543

当我们不再停留在一个章节、一个单元、一段转折中挖掘箴言、意义和象征,生活反而会像一件风衣披在我们颤抖而瘦弱的肩上。

## 1544

读书如果不建立在批判、质疑的前提下,只是死读书,读死书,还不如不读。

## 1545

说与写哪个蠢?白纸黑字,罄竹难书。又说又写,万恶不赦。

## 1546

以退为进,以处子之身收缴相思之苦,恋爱中的女人都是迷人的军事家。

## 1547

天仙般的美貌,不适合人间。

## 1548

如果缺乏见证辉煌成功的时刻不算成功,那无人证明的死亡也就不是死亡了。

## 1549

公元前399年,苏格拉底从容赴死,开启了哲学与政治两厢冲突、永无挽回的缠斗。

## 1550

任何人的死亡都包含了一种与我相关的自我哀悼。因为死亡夺去的正是我们暂存于世的一角冰冷。因而死者与我们的关系越亲密越亲近,越有可能让我们陷入哀伤绝境而难以自拔。只有死亡黏合剂让散沙的人类团结一致。

## 1551

除却死亡这个零公分母,迄今还没有任何一种表演能让戏剧般的人生悲壮谢幕。

## 1552

生命的意义恰恰是无意义。否则何需绞尽脑汁设计那么多繁丽壮观的仪式供死亡瞻仰。

## 1553

陪伴我们的只有无尽的孤独。没有人替我们出生,更没有人代替我们去死。

## 1554

哪有什么正道歧路,都是奔赴死亡之路。

## 1555

当我看到父亲的遗像,山崩地裂。死亡庇护的只有他自己。

## 1556

死亡谦逊地撤退到地平线,它让人尊敬到痴狂地步的手段,着实高明,远胜对第一天堂的爱。

## 1557

死是容易的吗?古董般的珍宝没有谁可以轻易捧走,也没有谁可以随意挥霍掉她的晦涩。

## 1558

至爱间的分别和重逢,都与死亡和复活有着类似的意义。

## 1559

死亡的万分悲痛在于,独特的、不可挽回的生命与我们彻底松手告别,并且这种生命曾是我们息息相关的同类。

## 1560

让我们心碎的,都是我们钟爱的。道路终于修成了尸体笔直的模样。

## 1561

死亡把不完美的人推向圣坛。

## 1562

唯一的死亡大都不让我们做主。只有极少数人能目睹自己的死亡,宣示对身体的主权和大地的对抗。

## 1563

没有很高的报酬,但死亡仍在辛勤工作,吞下数不胜数的灰尘。

## 1564

恢复死亡健身。面对矫健优美的鸟儿芭蕾,天空没有抵抗力,它所能免疫的只是空洞虚幻的永恒。

## 1565

年轻人不怕死,皆因死太过遥远,并且认为每天不都在演习模拟死亡吗？他们知道的死亡是会醒来的睡眠，没有永恒的黑暗。

## 1566

说到不朽，两块铁笑了。"熔炉"岂是随便攀登的。即使超音速飞行器时代，"一览众山小"也饱含了无尽的心酸、悲伤和无奈。

## 1567

死亡经过九曲盘旋的绕道后，最终让我们看到虚无和上帝是同一品种，区别只是产地铭牌不一样。

## 1568

用远景勾引人质是个不错的主意。

## 1569

世界和历史都是我们想象的"他者"，在反叛的冲动中完成梦寐以求的认领。

## 1570

历史之所以常常原谅嗡嗡叫的蜜蜂，是因为她们留下的花边新闻总是让我们振奋。

## 1571

在宗教信仰缺席的国度，作家在后世的口口相传的诵读中不断复活得以永生，可能才是写作的意义所在及创造源泉。

## 1572

放下屠刀并非一定是想成佛，可能是想换工具了。

## 1573

迟到的正义不是正义，是另一种不义。是对正义的鞭挞和凌迟，是对不义额外的报酬和奖赏。希望落空的时刻也是窗帘拉下的时刻。

## 1574

鲁迅说，国亡时文人和美女往往做了替罪羊。盛世时，那些内心满目皱纹的面孔难道有过撑开春光和惊雷的豪情吗？即便有，也是一时伪装的白昼而已。

## 1575

诗人庞德的"这里有很多天主教，但没有宗教"的悖论，将依然困惑我们的指南针和方向盘。

## 1576

对动词的眷顾，揭示了东亚对关系的重视。

## 1577

艺术创造生活的一个极端例子是，立体主义绘画催生了军队迷彩服的呱呱落地。

## 1578

一块穿衣服的饱含血色尖叫的冰,与赤裸欲望喷薄的火,哪一个更能表现容器疼痛的真实呢?现实主义与现代主义的回答是大相径庭的。

## 1579

飞絮在风中不顾一切传播的冲动,和人类侵略、防御、逃跑的返祖机制如出一辙,都是为了尽可能地占有领地和疆域。

## 1580

自由主义和民粹主义是两头互不相容的牛,只有在无比慷慨的动物园恩主那里,才会找到整洁舒适的宿舍。

## 1581

所谓传奇是指始作俑者最终会让自己相信捏造的事物。通过混淆自己易逝的身份与时间作斗,增加额外的荣耀。

## 1582

我的抱负是让同类看不出我像什么。货真价实不是人类喜欢的。他们爱梦呓和荷尔蒙爆棚的勋章。

## 1583

雄心勃勃的清单中如果没有一系列羊肉串般从恶劣环境中生长出的庸常生活的意志,未来的餐桌必定是瘦骨嶙峋的。

## 1584
一个可疑者。攥住每座岛屿的波浪,祈求沉船焊接它。

## 1585
相信自己所相信的,构成了盲眼全部的视野。它的瞳孔是让所有手指都颤抖吻着苍白戒指的红衣主教。

## 1586
当忠诚从一个具体对象扩展到无限虚空的抽象,牺牲非但若漫画,更似儿戏般轻佻。

## 1587
在制服和军靴对地下通道的流亡保持温度计般的敏感时,黑色雨伞却撑起了月球世界难以置信的温暖寂静。

## 1588
人心在正义来到之时没有立锥之地。可谁去定义正义,为天鹅之歌劈开野蛮琴弦提供充足的音符。

## 1589
牧师长袍和乌托邦皮衣气质是一致的,都是病态意志被收缴后的衍生品。

## 1590

我对人类的失望是，忏悔并没有减少受苦的总产值，反而每天增加了挤奶般的新定额。

## 1591

每个空想家仅仅充当了邮差的命运，把格言般无用而空洞的思想从此岸运送到彼岸，记录时间苦役般的磨损。

## 1592

天空盲镜的碎片中，每朵跳伞的云都自认为是黄金的太阳。

## 1593

被搁浅的仅是被践踏被肢解的尸首。历史正义之锚，在血流成河的岸中沉浮，宠爱得一刻都停不下来。

## 1594

我感到了侮辱。出土的太阳文物，不过是由氢、氦、镁、钠、铁等普通得不能再普通的物质构成。而非星辰怪兽，被一个个核反应堆所簇拥所环绕。

## 1595

他是不可战胜的，更是永垂不朽的。但有一个致命的弱点：失常的忧郁。

## 1596

他们在纸上写下火焰的热烈。沉醉于相互吞蚀,彼此成为寄生虫。

## 1597

显微镜下集织工、乳母、陶艺家、投毒犯、诱捕者技艺于一身的蝴蝶1毫米的大脑渐渐被打开,像一张拙劣仿照人类的恶魔的面具。我惊悚堂皇的美丽如此脆弱,竟经不起一星半点的检验。未来,也会如此这般扮鬼脸鞭挞我吗?

## 1598

"摇篮、墨水瓶、行李箱、胶囊、珠宝盒、信箱、骨灰瓮、灵柩、煤气罐、法庭、祭坛。"这些人类自己制造的容器现在轮到它们贴封条了。因此讨论天使的性爱,也不是不可能的。

## 1599

跳蚤不仅是病毒的携带者,还是人类文明和文化的陪伴者。这不是黑色幽默,是我们的一种宿命——一如寄生虫与宿主。

## 1600

要克服这样的事实是困难的,天使和寄生虫都没有肛门。

## 1601

盗火者,其实是把自己长期流放的血偷窃回来,收藏到灵魂的深处看护。

## 1602

蓝色是奇迹之美。偷食禁果的美。

## 1603

人类能否承受住在通往濒临灭绝的幸福前,给予机器傀儡庄严生命的同时,也让自己成为时间的幸存者。

## 1604

无意中读到罗马尼亚伟大作家和哲人齐奥朗的随笔集《思想的黄昏》,拍案叫绝。通篇闪烁诗意、深邃、超现实的惊世骇俗之光芒。仿佛重生,让我找到了"深入骨髓的疾病在祈祷的微弱歌声"的知音,同时更坚贞我远航思想峰峦的以陡峭时间冲破死亡界限的热情。

## 1605

人以谬误洞察鸟对歌唱的愉悦和飞行的热情,恰恰是为了掩盖自身在大地上没有自由和快乐的可悲现实。事实是,鸟鸣更像一种电子警报器,表达着对入侵者的防御。而飞行也仅仅是出于寻找宜居地的迁徙,决无痛苦或困倦之情的累赘。

## 1606

眼泪吊在空中,只要不坠下来,天堂的大门仍有可能为盲人洞开。

## 1607

小女孩问我写作的意义,我一时语塞。写作有何意义?连人生都没有意义。但倘若定要说出一个理由,那就是写作在过程中会愉悦心灵,适时搂抱当下,并可能与未来伸过来的红丝带握手拥抱,造成一个复活的假象。当然它必须建立在这样的前提下:写作是欢乐的而不是痛苦的,否则必然难以为继。

## 1608

眼泪的磨盘为马在妥协的世界,找到了一条康庄大道。

## 1609

诗歌的悲伤和音乐的悲伤是不同的。一个要克服时间,一个要唾弃空间。

## 1610

音乐中的宇宙特质,让天堂的荒芜总能奏效。

## 1611

但丁在《地狱篇》第32章中说:我会从我的想法、我的意念里挤出果汁。意思是,形式是一种被挤出的事物,而不是可供掩盖的事物。据此证明,没有一种形式不是在内容中自然天成的。除非它本身就是形式。没有内容的形式有吗?诗人有时也是很吊诡和八卦的。

## 1612

瓦格纳的音乐中有激荡人心的昂扬斗志,这正好被某种国家意志所利用,但我喜欢。难道也是被什么力量所蛊惑吗?最终是音乐的抽象的表演征服了时间,并超越了世俗的抵抗。

## 1613

人类长长的书单里,永远有前方两翼的匕首对准你闪光,要求你在如履薄冰小心翼翼舞蹈的同时尽可能多地出卖自己,铭刻卓尔不凡的华章。

## 1614

未来仍会有伟大艺术吗?最乐观的回答:只有为顾客定制的算法表演。

## 1615

"妻不如妾,妾不如偷,偷不如偷不着。"文学情人的魅力,可能也正源于此。

## 1616

抽象的事物最高级,因为弱,不攻击,不发言,最具风度和魅力。

## 1617

抽象的音乐并不意味不会施暴,它的沉重和狂野胜过雪落下的刹那寂静。今夜我头顶双重阴影,诱惑心脏病发作的钢铁的爵士乐舞场和窗外月光砒霜飘进来的窒息思想的呢喃。

### 1618

德里达有言："在翻译之前，一切文本皆处于哀悼之中。"引申之，一颗心与另一颗心的交融，一个星球与宇宙的吸引，何尝不是另一种的翻译和再生。

### 1619

诗歌的胃口都是被没有身体的头颅败坏的。他们自以为是的凌空高蹈，除了给轻薄无知和荒诞荒芜留下把柄，并不能为厄运和苦难带去慰藉。

### 1620

神性的昏厥在兽类身上没有终点。

### 1621

当俗世的性爱找到出神的恍惚，兽性废除眼睛敞开了对圣徒无条件的认领。

### 1622

把死亡风格化的，只切除了死亡的物质状态，而无法解除死亡的精神形态。因为死亡的恐吓手段是恐惧。恐惧赋予人的存在感。

### 1623

只有人能感知切肤之痛的死亡纳税权,动物没有,因而无法捏造自己的命运。

### 1624

常人对肉身没有困扰,也缺乏戏剧性冲突的好奇。但艺术家不同,身体的安慰和安详,抑或死亡的宁静,与其有浑然天成休戚与共的命运。大体上说,不存在只死过一次的艺术家。否则只能被称作匠人。

### 1625

做上帝的新娘更令她们欣喜。

### 1626

上帝向凡夫俗子告解的时刻,定是人类病毒的完美凯旋。

### 1627

当我意识到离不开避雷针为我赎罪时,贪恋尘世短暂的个体权利就属于一个男人的懦弱了。

### 1628

我更喜欢所爱的上帝是私人订制的,他只对我的伤口耳语:"你是我的全部。"

## 1629

羁绊于现世的帷幕,即使是浩瀚无边的宇宙也会变成败坏胃口的深渊。

## 1630

引发信仰雪崩的,是把日常生活纳入建筑学范畴的教会。

## 1631

天使的堕落是有限的、个人的,比起人类大规模的形而上的叛变,不过是一次失足的演习,仍有挽救的希望。

## 1632

疯癫与上帝的决裂,是创造最后纵身一跃的独处。

## 1633

饥饿一旦演变为忏悔的形式,丰收就给毁灭找到了一条源源不断获利的坦途。

## 1634

圣徒和罪犯均看不见自己,因为他们的眼中没有现实。

## 1635

所谓永生,即是安享刹那的颤抖,这点觉悟蛇远比人类深刻。

## 1636

没有人知道自己是刽子手，把泪水挤作了一团。

## 1637

为什么不把清晨重过一遍，扛着梯子走路，修补天空熄灭的灯泡。以一粒粒沙拧干太阳光，结绳伤疤。

## 1638

创举：她让暴君弄丢每一个日子，把自己立碑为受害者，使张口结舌的嘴一路贬值。永恒的癔病，始终与闪闪发光但血迹斑斑的自我弃绝的屠刀般配。

## 1639

天空的垂钓者，不受束缚的边界，让咬合无法度量。

## 1640

一条尘埃不知的东方之路，列队迎接马蹄飞溅的逃亡。恩赐的虚无正好是患病的目的地。

## 1641

与上帝的邂逅，在灵魂自我放逐的遗址之外。代价是身披赴极刑的十字架。

## 1642

减少"他者"所有形式的痛苦,包括对动物,应该是一切人类遵守的铁律。

## 1643

人类春光乍泄一刻,可能是机器人伤心学到自由意志之时。

## 1644

每一种历史冷凝的仪式,都与偶像崇拜一样,有误解和紊乱、滥用及透支的威胁。

## 1645

偶像对雀跃的荆棘有微妙和邪恶的欢喜。

## 1646

对某些动物返祖的恐惧,可追溯人类的身体软弱。

## 1647

我们似乎离终点越来越远,突然在某一处掉头而去,正接近开头。或每一处都是起点,寻找裂变的可疑地层的共同源。

## 1648

拒绝和放弃是心智成熟的表现,在责任与能力均未准备好时,盲目迎接一个坚如磐石的任务,犹如用轻轻的一吻压垮人造的天堂。

此时，我理解了上帝作为旁观者的困境。

## 1649

济慈所谓的"消极感受力"，道出了诗人最无现实诗意的实情。因为无我，正需想象的泛滥诗意点燃人间悲欢离合的盛宴。

## 1650

不愧是受过教育的，扔进废纸篓，不仅不质疑多余的解释，反而为了赎罪，不惜给自己抹黑栽赃，严重败坏"有权沉默"的游戏规则。

## 1651

基督教中的清理、羞愧、忏悔之三重境界，不是人格的压抑，恰恰是自我的开放和完善。

## 1652

我最近常常叹气、心灰意冷，打不起精神，这是末日厌世的颓丧，很不该。望着自己制造的一大堆无用的文字，听着经济下行、人心不古的世道传来的歇斯底里或魂不守舍的噩耗，竟生发出遗民的幻觉。但静下来一想，可笑之极啊，如此抬举着自己，谁的天空让一朵浮云有过苦守的资格？即便是雄才大略的苍鹰。我告诫自己要克服孽障。但然后呢？

## 1653

我的上半生已证明太另类不堪。该婚时不婚,该育时不育,该成就事业时浪迹天涯,而在必须腐朽时却春心勃发,受虚荣的功利心驱策妄想改变自己,改变国家。一个脱离轨道的人焉能悔过自新,不再深入歧途?

## 1654

传记作家在叙述时,往往会忽略主人公懵懂无知时脱口而出的志向,以为那是童稚的胡言乱语,不足为凭。其实这是一叶障目没有看清本质。古人"三岁看到老"的智慧在于,把初心视作人的启程地与目的地。大凡对人类有过大贡献者,无不是少年时立过大愿,后又身体力行、终生不懈的奋斗者。相反,欺世盗名的窃国者、独裁者,早年也必是劣迹斑斑,恶贯满盈。

## 1655

我们并不比古人聪明多少。大数据下的"透明人"干的"掩耳盗铃"的营生不过是一万步与五十步之区分,一如我们看"皇帝的新装"那般,不同的只是替身多了,一时眼花缭乱,但依旧还是那个走秀的眼睛发光的利益的欢场。

## 1656

对于我这样恋床叫不醒的人,早起意味着什么?证明肉身衰老真正地开始了,而不是心灵的佯攻,替朝露作一个启蒙和导航的表演。认识自己很难,这可能是我与余生的自我发展出真正友谊的开端。

## 1657

荒诞在当代找到了扬眉吐气当家作主的感觉。这是以往的年代匪夷所思的。而且越荒诞越奔跑,越奔跑奖赏的掌声和勋章越丰沛。

## 1658

保持了少女心,但容颜老去的女性,能否俘获年轻男子的心?这是值得讨论的问题。年轻男子之所以需要年长的女性牵引,正是因为她们身上蕴藏的丰富多彩的人生经验且鲜活地与时代紧密拥抱的特质。打个不恰当的比喻,拥有性感、活力,有当代感磁场的女性,才能吸引男人这块生铁持久的依恋。如此,即是超越了时间与时代的局限。

## 1659

我做了一个梦。承包了故乡的社会建设改造方案。我按照自己的理想,设计了人应该拥有的思想乐园、工业园区、学校、教堂、道路、公园、医院、商场、大剧院、议会、广场、美术馆、银行、体育馆,众多的下水道与红灯区。他们说,幸亏这是个白日梦。

## 1660

我应该检讨自己的方向感。一天内两次丢失目的地。忘了为什么出发,尚情有可原,因为并非人人都是先知圣贤,但倘若常常回不去终点,要么是去了不该到达的终点,要么终点是潦草的、模糊的,甚至本身是错误的。

## 1661

昨晚半夜来电,不敢接,怕生出幺蛾子。果真一早,宇宙真理部骑墙办以不容置疑的口吻通知我,务必在今日 21:00 前检测完核酸,否则根据元老院法典与突发事件应对法治罪。庆幸未乘飞船去邪恶美丽国,只是一周前乘火车途经了一会儿上海。这是我一月内第三次核酸。他们说习惯就好了。我为什么总是不服呢?

## 1662

精神障碍的一个特点是防卫过当和焦虑过重。稍有一点风声,便草木皆兵。我对女伴说,请原谅我的过度恐惧。她说,我接受你的借口,但以后你也得接受我的借口。看来是个狠角色,时时不忘平权。我习惯了"只许州官放火",一下子适应不了。

## 1663

时代常常以断崖式崩塌的方式,警告人类的恣意妄为。有无班可上,居然成了幸福生活的风向标、测温计。荒诞也降低了门槛。几乎天天加夜班的我,不敢也不能说疲惫。被讥讽作秀倒是其次,万一被"设计"炒了鱿鱼可是摊上了大事。

## 1664

偶像是不能结婚的。除非他解除与铁粉、摇摆粉及僵尸粉想象所生发的千丝万缕的关系。否则由共情之,必转化为共诛之。偶像一旦成为偶像就无法成为自己,他是自我的异己、敌人和殉葬品。尽管这是偶像始料未及的,但又有什么办法呢?上了利益捆绑贼船的，即便想脱身上岸，也是难于上青天。这亦是历史呈螺旋型波浪式发展的原因。

### 1665

不能盛装登场，起码要轻装上阵，精神抖擞。她适时表彰了我，说除了广大的胸襟与才华，还具有卓越的审美能力。她握紧我的手，十指相扣。精神奖掖与肉体安抚兼顾。这是其独特的魅力。我瞟了她一眼。"哇，这么快，就骄傲了。""不，是有了嫖的资格。"两人开怀大笑。这是棋逢对手的欢愉。不是消耗，而是相互滋养。

### 1666

我们赌明天。她说感觉为何总是那么准呢？因为未来坦诚相见。我纠正道，是展示了赤裸流氓的天性。

### 1667

情人眼里出西施。她说我的身体匀称矫健。我上小学时，曾被江青所办的杭州舞蹈学校初选为学员。后复审因腿短未超过上身长度被淘汰。造化弄人。如果当时选拔成功，我可能今天是另一状态，可能因为株连，与野兽为伍。缺陷也是美。像我现在长出的第三条腿走路的思想。

### 1668

一次生动的普法课。深夜十一点。一干交警把我的车拦下，查酒驾。我摇下窗户。吹气。瞬间，测试仪灯亮，笛鸣。"请你下车。"

我滴酒未沾，必有诈。不由分说，他们拿出另一仪器让我含化，继续吹。连续四次，未测出酒精度。同伴果敢，见之他们不肯罢休，迅速拿出手机录音录像，并要求说明第一次为何报警。我们的不依不饶，让他们心虚了，慌忙解释可能是车内香水、酒精湿巾等逸出的味道所致。KPI内卷，实在荒唐之极。下一个恐怕是不许"屁驾"了。哦，不许放屁，也罢。

### 1669

当代外交艺术：受得了，做爱；受不了，骂街。

### 1670

遵循内外有别原则。性爱检疫局查验成品质量，发现表演的女局长反应过度，严重内伤。特判定，私了，责成男主角赔偿，结婚处理。

### 1671

"太子湾"。传神的语言组织艺术。置换为太妃、王子、皇后皆不完美。像妙不可言的命运。

### 1672

一条鱼。因为昂贵的价格，被吃成了标本。

### 1673

睡不着，就流汗。津液总要流向一个地方。

## 1674

贫贱夫妻百事哀。为了办所谓的大事,提前宵禁。黑暗中,两人山一样阻隔。

## 1675

乐此不疲,以群众运动之盾阻群众运动之矛。家长们抱团,抵制学生打疫苗。内斗的春药致幻,即便拜菩萨时也身带戾气火药味,缺乏对人、物基本的尊重与友善。

## 1676

理性的半夜鸡叫让感官自以为找到了白日梦的知音。幻觉的诱饵使欲望意难平。

## 1677

姓公还是姓私,争了几千年。但凡公大获全胜的,私必被浩劫。而私占上风的,往往官不聊生。

## 1678

起了个大早,也挺好。人总是贪恋各种形式的床笫。心理上以为困难难以克服,故以拖延奖赏自己。

## 1679

如释重负,纠正了一起未来可能的纠纷。纠错是一种美德,但如果不与反思、忏悔联动,则是劣质的闸阀。倘若纠错一直在路上,那么不仅要质疑纠错的动机,更要检验纠错的制度。从来没有一个只问结果、不问过程的机制是会成功引领美好生活的。

## 1680

"平庸的恶"在我们的时代找到了数不胜数的代理人。二年前红粉们网暴作家方方日记黑暗武汉疫情的荒唐喧嚣,今天居然在西安封城"吃不上饭,救不了火,眼睁睁看着心绞痛病人拒诊八小时死去"的荒诞剧上演时,全体知识分子与民众合力选择昧着良心闭嘴。但凡有一点人性,都可以阻止僵化制度渎职导致的悲剧降临。

## 1681

"都把我当成救世主了。""如果你不管我,我就去死。"她确定我有稻草可以救她。否则就是见死不救。凶狠啊。如果我是上帝,确实应该当仁不让,全力以赴。可是她不知道,我也在溺水中,急盼一根稻草救我。大家都需要绳索时,上帝是不存在的。现在我理解了尼采"上帝死了"的大悲哀。

## 1682

以前总觉得"兵荒马乱"这样的词,只是闪烁在世界历史疤痕词典的夹缝中。现在发现它很快将变成现实。果实怎么不经受血腥的洗礼就轻易得手了呢?我竟然怀念起冷兵器时代,人人大刀长矛,抑或赤手空拳。拼的是血性、忠勇与亡命的潇洒。

## 1683

六点多醒来，竟无睡意。干脆写几则文字暖身。为创造一种有意味的文体兴奋。两人同时隔空写作，然后把同一天写下的文字交配合体。思想的变革最为重要，否则何来创新。一如新冠已被我在大脑中删除。我出入公共场所、电梯、公用洗手间，不戴口罩大摇大摆，如入无人之境。我这么怕死的人，怎么有如此的胆魄把虎豹之师的新冠灭了。因为对自己康健身体的自信，也是科学地分析了病毒的生存方式。我独来独往，寄生于一个移动的黑匣子中。我就是愤怒的背着火药桶的病毒。伺机攻击陈旧的不再变异的同类。

## 1684

昨晚两点才睡。被楼上邻居的流水声搅得心绪不宁。除非与水作爱，才长时间不肯停下来。我好奇，这个女邻居长什么样貌。难道身体不摩擦，人心就荒芜？千万不能让药引反客为主了。警惕着。

## 1685

今天下午爬山。看到松鼠在树上欢快的跳跃，毫不避讳路人。我疑问，同为鼠族，老鼠人人喊打，为何松鼠广受欢迎？女友曰，老鼠食肉动物，与人争食，而松鼠依靠植物为生，与人无涉。生物链的复杂性与多样性保持了物种进化与和谐共处。感悟：家庭也要坚持生物多样性原则，否则也是一种专制，一种垄断。

## 1686

他总是说，每天缺觉一小时。久而久之，形成了休眠火山。心理暗示的伟大能量。太爱肉体，就是要把自己架在火堆上烤。

## 1687

四年总结：忠贞奖；奇袭奖；勃发奖；破坏风化奖。世人分居的理由是身体太脏。而我们的不满是黏得还不够紧。

## 1688

她说，那小东西仿佛又长大了。似乎要分流。问突变，是外在形体还是内在实质？答：互为融合。即便是批评，也可以绘声绘色。

## 1689

企业家考虑的是怎样预防系统性溃败，而商人想的仅仅是不要出现业务点风险。这是数学与物理的区别。

## 1690

新冠是测试剂，暴露人性。蒂娜从洛杉矶欢聚回来后，她男朋友得知她的两个闺蜜皆染阳性后，严禁她进家门，坚持要她去住酒店。这还连疑似都不是呢，平时的如胶似漆的热恋劲一下怎么消失了。为了自保，置恋人安危于不顾。关键时候，方显人之本质。可见听其言更要观其行。

## 1691

人性是漆黑的深渊,她不停地叹息道。原由是她留美的女儿因患新冠呈阳性,自己在外隔离,住宿酒店期间未接受同室让其搬家的无理要求,竟被室友拉黑了。她的侄子也是如此,自检发现阳性在家隔离后,因不同意合租的室友限期内让他搬离宿舍的通碟,他万里外的上海母亲,在不胜其烦每天接到室友母亲的电话纠缠后,不得不承担室友宾馆住宿费的一半(室友的父母一个在中国广州的政府部门工作,另一个在当地法院做法官)。我的问题是:当患病时,有没有权利保留居住权,谁有权让居住权放弃?东亚地区薄弱的法治,很易将其落后的人治意识带到其他的国家。这是很可怕的。

## 1692

人生要么享受正常的结果,要么忍住没有预料的后果。

## 1693

开车看到一个标语:铁一样的信念,铁一样的意志,铁一样的纪律。没忍住喷粪:某些螺丝钉一到挺身而出时刻,就两腿松软,瘫痪在地了。何来的钢铁机器。一群脓包罢了。

## 1694

上帝到底存不存在?证明一个无法证明的东西,与对已经知道无限的天体设限,都是荒唐的事功。宗教本质上是情感的需求,无关常识、逻辑、理由和科学。这也阐述了大科学家都信教的原因。

## 1695

一个基因科学家说,男性创造生命的作用,几乎微乎其微。

## 1696

在生命的轮盘赌局中,个人总是赌不过群体。因为个人坐庄的机会明显少于群体社会。况且个人坐庄时还时常要输。即便是那些坐庄长一点的独裁者也不会例外。赌博拼的是实力与概率。谁拼得过金身不坏的时光呢?

## 1697

哪里有婚姻的花园,哪里就有对爱情、甜蜜、欢乐、宽容的起义。

## 1698

产生新思想,有点像军备竞赛。没有实力支撑,都会被认定异端邪说。

## 1699

对于大自然而言,种族自保和繁衍是头等大事。除此之外似乎没有特别紧要的事,因此智能大都被用到卑鄙的斗争中去了。当然,这也是无奈之举。因为大自然为防垄断,为每个物种设置了天敌。

## 1700

人人以为看见了未来。其实不过是看见了被欲望拖拽的未来的幻觉。即便是先知，看清的至多是一小部分未来的碎片，否则就解释不了历史为何总是以桀骜不驯、反复无常的面目折磨后来者。

## 1701

有人说，双性恋，一个性别越界的荆棘。上帝走神时创造的一个礼物。为什么要介意某一时刻把自己装进一个女人身体或男人身体呢？装进女人身体里，就爱男人；装进男人身体里，就爱女人。无人可爱时，就活在自己的废墟里。我倒是期待，上帝不创造误会时，我们自己就去创造一个美好的王国，一个集爱欲与灵魂多重交响的新伊甸园。

## 1702

宠物大多与其主人接近。要么是面貌，要么是气质。快分不清我们是投食的宠物还是被喂养的观众。原以为是物以类聚，现在看来则是完全融合。"宠物人"，狂欢于一团狭隘的监狱中，不能自拔。

## 1703

我们这一代在打砸抢的环境中出生，到老了依旧逃脱不了打砸抢的轮回。以暴力始的，最终也会亡于暴力。这几乎成了历史的梦魇。

## 1704

已探知的物质只占宇宙的百分之五。因此未知的世界才决定了宇宙的走向。超微观决定微观，微观决定宏观。我们是一个受精卵的细胞在三十五亿年前孕育的。那不过是一团物质而已。

## 1705

零零后都不做爱了。那玩什么呢?游戏?元宇宙?总之是空对空。属于灵魂一类我们无法认识的暗物质与暗能量。我为自己仍奔赴于物欲与爱欲的战场羞愧。

## 1706

她突兀道:"如果是我,也干。"一头雾水。这是她的风格。稍微停顿一下被闪电劈开,就习惯了。她继续道,看了访谈后,我觉得她的选择是对的。"为什么不干呢?一个荒芜的草绳突然缠绕了云端。自此不再为物质忧愁。在自己的空房子里悠闲地弹着钢琴。听白发苍苍的历史叙说他的英雄故事。故事里有苦难、沉痛、沧桑,但更多的是骄傲和豪迈。一股黑暗中的溪流冲破重重石头,汇入江湖,尔后升腾至云海。""诺奖得主,史密斯夫人。"说到这里,她提高了声线。"哦,哦。"仿佛她是她,刚吃饱青草,打着饱嗝。这是爱情?也许是。"不劳而获是大多数人的梦想。"我确实难以反驳她的观点。但总觉得哪里出了点问题。我问我的马:"腐朽的肉体还能称之为肉体吗?"曾经是。"曾经是诗人,顶多是属于过去时了吧。"我嘟囔着:"为什么不是飞鸟与天空的关系呢?"那才是我所神往的。马一脸不屑。

## 1707

丧失自由的极端寂静时,充斥在记忆中的无用信息才会被删除。

清空后的大脑，会把过往遗忘的痕迹电影一样播放出来。所谓历历在目是也。

## 1708

莫言说，比起风景这边独好的人间，人生的小苦小难算得了什么。

## 1709

总有晚熟或异端的人，被认定疯癫或猖狂，殊不知正是天才的潜质让我们这些常人蒙蔽双眼，活活将光芒掐死在黎明前夜。我也是那些同谋之一。

## 1710

如果只有一个人的永生，后果是不堪设想的。试想，在你前面的，在你后头的，都被时间锃亮的镰刀收割完毕，剩下孤独的你在宇宙漫游。如此，恐惧死亡与恐惧永生成为同门孪生兄弟。

## 1711

白日梦。"得知被永生，他的身体惊得被掉在了地上。没有弹簧的头颅僵硬挂在一具钢铁的衣架上。"我们总是喜欢重新论证已经证明是错误的东西。

## 1712

"驯化一个先知还是培养一个仆人？"如果十二点第一小提琴的指南针还未准时鸣响，我心的乐队又将哭出来一场暴风雨的音乐会。

接下来会是迷茫的每一天。

看上去似乎为了"肃清恶意的返乡"。但他说,正是不能描述的后台保护了你的泌尿系统紊乱而不崩溃。这也是时代的土特产,将全面恢复青草与泉水的外交关系,扩张供销合作社的版图,以免斧子误会眼睛美丽的火花。

## 1713

意识是一系列物质的集合体,也是一种物质。因而真实的感觉比真实的发生更令人激动。试想,这个假设如果成立,屋内的温度独一无二,剥光衣服的身体被磨成镜面,已然性高潮,呈现出化学特殊的属性。那么,洗脑何需像现在繁文缛节,补充它的催情剂和兴奋剂呢?可能,物理发生的质量尚未达标,压制了"蛋壳上的散步"。

## 1714

人与其说是被思维支配,不如说是被微生物的菌群控制。菌群的欲望和喜好决定了人的身体供给。菌群与人和谐,身体康健。反之与菌群的谈判破裂,身体就出现障碍。这也是夫妻相的原因,即双方的菌群趋势达成了空前的统一与平衡。

## 1715

互相熔断航班。都不接客了。大概率会长满虱子,隐藏鱼尾纹和粉刺,筑起一道防御工事。

外部世界在皮草上花费不菲,可以节约没毛的猫映照裸女的灯笼。未来巡回演出的僵尸必是通过强迫症的数学般精准的仪式，将祭坛固定在纸质的眼球上。

## 1716

同样对"珍品"进行了处理。告诫她，任何胆怯的小动物都能让野花凯旋。赝品会混乱缪斯稀有的偶然性。

## 1717

塞进什么样的私货，能让"人的意识处于崩溃边缘"？他以很经典的措辞谈论这座花园，"得益对大海的占有，同样它的毁灭又因为对大地的掠夺。"丝毫不掩饰海盗传统和左倾政治激素混淆的自豪感。那时他还是一个学生，已经确定要继承精神分裂的祖先的血腥衣钵，并且还要发扬光大。

## 1718

这是我见过的最优雅的谢幕。在观众经久不息的掌声中，舞蹈演员们飞燕的身姿始终保持着矫健。我真想冲上去，加入她们的队伍。

"你有雨伞吗？"有！"你会发电报吗？"莫尔斯，我知道。父亲年轻时常玩的。血缘原代码，也属于铜管乐器，声音嘹亮。"最后一个问题，你参加过学潮、工运吗？"

20世纪80年代末，我的软肋。别人用身体挡推土机，我却穿着保安服、抡着电棍维持歌舞厅的口粮。牲畜不如。杜撰历史。"不敢，心虚。"那些证人还在。再过些年就敢了。不过那还是人家的私事。

跑龙套的资格都没有，妄谈什么通行证、特供、地下通道。"书中自有黄金屋""书中自有颜如玉"。陈腐的条例、法则、铁律。竟然不知道，赝品的革命，可以走捷径，鸡犬升天。

### 1719

人类基因有自我意识吗？不知道。从负熵空前的盛况推论，应该不存在。

### 1720

孟德斯鸠所谓的"十恶"，在今日必须扩大检查范围。人类社会的恶，随着发生源的岗位设置剧增，利益的不可计量，携带恶魔病毒感染的几率已超过本性之良善。

### 1721

计算没有智能，算计才有。因此 AI 打败人类的可能性不大。

### 1722

十几年不见，谁把她运到天空呢？

照相机式的抽屉，过滤掉了多少幻想的细节。物件与装饰叙述详尽，对爱情场景、心理的描绘几乎缺失。物质机器只记住了咔咔咔开裂的声音，而全然不知螺丝钉青筋暴突影响整个航程的严重性。犹如一对情侣在早餐期间创造性的昏迷，让我们时代最有才华的领袖都束手无策。

"那时，她多么高大，骑着最奢侈的哈雷摩托拉风，远远地把我们摔成了一个个伤员。"现在她回来了，出卖着土特产，由迷宫的歧路引入，一步步走向漫游的尽头。像打嗝的标点符号结出果实。说到底她还是一个人啊。

## 1723

想去爬山，突然下雨了。只好在楼下原地打转。时机，永远是时机，稍纵即逝。

## 1724

不在她身上留下鲜明的印戳，就不可能用伤口的药引制造深渊。美的暴力与壮阔对没有肉体缠绕的他者是绝缘的。虽当初万劫不复，但日后定意犹未尽，意味深长。

## 1725

那么年轻，却不能脱颖而出。

## 1726

如果说"狡兔三窟"在农业社会，它的安全性已经足够，那么现在必须由海陆空三栖全方位保卫方得心安。世道大变，初心焉能持之以恒。想想某些谎言，不是蠢，而是恶毒。

## 1727

大自然这个造物主，既是创造书写交配系统的程序员，也是毁灭捣乱这个系统的黑客。人类的神话仅是每一个民族交配系统的注释文档。

## 1728

赝品的发扬光大,常常会遮盖源头。诸如体育,原意是开足马力繁殖。体是裸体,育是生育。两者结合,就是祈求宙斯把神奇伟大的生殖能力,重注他们的身体,让他们重获强健地向天再借五百年的蛮力。

## 1729

近期忧思深重,肝火旺盛,喝了大量的水以期消融,但仍未祛除病患。

问百度,答曰:"体内郁结了堰塞湖,金钱草可除之。"于是在同仁堂买了一屋子的野草,堆积于室。引邻居抗议:"自己喜欢吃草也就罢了,为何要把我们一同绑架,奔赴毁灭。"即使都是造物主创造的黑客,思维模式截然不同。我眼中看见的仅是药,他们大脑的程序闪现的却是纵火的器械。

## 1730

梦中,我的情人们破天荒集合在一起,互诉衷肠,共谋联合体的未来。我受宠若惊,倍感温暖。

这些年来,她们都是指南针和路标,告诉我,你要怎样怎样地生活才是对的正确的。"你们不是我,如何知道我内心的海深藏的沉船和火山。"即便我是你们虚拟的永不衰竭的天堂般寄托的阳具。

## 1731

昨晚几次被误机的梦惊忧,怎么会这么仓皇?谁要把我扔下呢?假如属实,何尝不是好事,另辟蹊径,开出一条新路。最不堪的是永远走在所谓的"反思"的途中,重新把走过的路翻过来再走一遍。如此,我们不就是永远走不出非洲大草原的那只猴子吗?

## 1732

每天都生产层出不穷的发明:"恶意返乡""宇宙聆听"。不明白把全部垃圾放出来,实验学校的景观毒气室如何收场。达成一致的退化,埋的草就自动繁丽变成了妙龄少女披肩的长发?癔病不用入戏,一登场就是中世纪伟大的演员。难怪连他们的母亲都自叹不如:"这孩子不会死了,没有脸,谁都是他的替身。"

## 1733

代沟深厚。他把母亲屏蔽了。窃喜中有玩世不恭的愧疚。"解放自己真的解放了全人类?"唯一可安慰的,不用被金钱狂魔按时催收良心券了。接下来做什么工作呢?高尚的事业。"有吗?"想到春节将至,又要被疫情加重。叹息道:"关了一扇天窗,却堵不住任何一个漏洞。"

## 1734

当不成花魁,戏还得演。日子一长,假戏真做,演成了自己认可的主角。书记。书记员。我一想起他的苦笑,就原谅了他。哪样的人生不是演嘛。

## 1735

乱世也有佳人。她说,现在外部环境恶劣,既不敢出去,也不能进来,正合适在家泡脚,康体养心,有了读书的时间,还不花钱。她莞尔一笑,当然,稍微需费点儿水电与思想的人工。我觉得更妙的是她别在子宫里的勋章,长势喜人。"我有十五个孩子,但仅动用了两个老公。"天上的星星,深得黑夜垂青。

## 1736

坏消息是,远方来电,"快断粮了。"我心肠一软,立马把仅剩存的两片叶子寄了过去。我妈以前总说我没原则。当面讲,不承认也不爱听。事后想想漆黑一团。造化弄人。20世纪90年代当地的第一好家庭,三十年后要靠催讨出借的氧气瓶为未来输血。查根源,挖掘沙子偏离的小铲子。截获家庭"无组织无纪律,缺乏凝聚力"的病因电磁波。我们一干绕着大厅转了十几圈,依然没有抓到迷幻入口的小辫子。

## 1737

银湖公园,对面就是生产精神病的小酒馆和铁笼子,呕吐黄昏阴郁的泡沫。"两害相权取其轻。"保他的肉体还是保他的灵魂?医生机器般不近人情。命令家属签署责任书。真让我大吃一惊,祈祷了一夜,忽然从手术台跳下来。"我不愿对自己这么残忍,活得像懦夫。"预先清洗了座位,一点不像个四足爬行动物。他的生命里有钻孔的蚂蟥。

## 1738

像一辆灵车,跟在新娘后面。语言暴力深谙自己的软实力,它一只脚插在道德与法律的边境线,另一只脚腾空,若一根避雷针,预防着反应过激的乌云舆情、最大的军舰鸟降落。可进可退的遗传策略,幸福地照料着感官欲望的放纵未满足的手术刀。

## 1739

美的污点,在特殊年代会发酵,肿胀为巨大的伤口,引爆身体内的小石子决开堤坝。"危险,严禁进入。"但这种警告,并未能阻止下游地区的农作物展开光合作用的盲目追求。桎梏甚至是越狱的引擎。我的二舅年轻时风流倜傥,阶级黑暗令其提前把青春奉献农场。物质贫困,精神要求裂变,他从牙缝里挤出的口粮购买的年复一年的《大众电影》杂志,第一次让我的眼睛大规模瘫痪。20世纪70年代末期,曙光初现,我十七岁。"人怎么可以这样美!"超越政治、民族、地域、肤色,不舍昼夜。美闪电般的丧心病狂的诱惑一旦扎根,瞻望岁月,切除它的暴风骤雨,也只能眼睁睁看着不明飞行物的朝圣者,与其肉搏长期合谋,共生发展。人生的这种转折点,不分年龄、阶段、频率。第一次发生在我舅舅身上,另一次则无私地赐予了我。基于毁灭的封闭的环境,不能让个体独特的教训共鸣,那种勾人心魄新鲜若初夜的火焰后遗症,恐怕将永无宁日存续下去,寄托于人性的派出所。

## 1740

一只鸟看不见自己,也不知自己的性别。直到有一天,一只布谷鸟来到面前，他突然复仇似的叫了起来："我找到了，""快给我生个孩子。"

岁月深刻培养的偏见，要么无情，要么无趣。在黑暗隧道的光芒万丈中闭合。时间杀手铜的乐队，前世、命定皆是安排好座位的吹鼓手。而他不出示任何证据、暗号，直逼墙根迫她就范。飞禽熔铸猛兽的力量，是谓航空母舰。她被降服了，不由自主地爬上山顶，如复活的女巫，为新长出的花浇水，补课。不一会儿，女布谷鸟像男布谷鸟的回声，情不自禁地煽动起翅膀。似乎要把所有的歌声比下去，两只鸟卯足劲儿歌唱。似乎天堂不知道上面正走着两个赤脚的无比合适的天使，他们就活不下去。

## 1741

除夕将至，道路被大水冲过一般，非常惬意。我突然觉得应该"对荒凉保持必要的尊敬和忠诚度"。我们大多数人都不明白正是中央的洪流遮盖了我们的边缘，凸显了人类的缺陷。然而有什么办法呢？"回家，堵车，爆胎了。"值得大惊小怪吗？又不是堕胎。以时间换空间，以谎言换安宁。极其混乱的矛盾。如果不设置类似责任、利益、义务、权利等交换系统，碎片的世界是一个蓬勃少年。

## 1742

今天大扫除，洁净优雅的花草问我：何谓对，何谓不对？我一脸惊愕，连忙说："当司令好，佩手枪，骑白马。"地下状态下，白痴军队的统帅，统计局张贴的对联都是浑身发着光的，强调敌人与阴谋，唯恐屁股焐热的座位松懈斗志，留恋于温柔乡不能自拔。这不，连真理自信的早晨，也被忠诚和誓言的泥石流的托孤仪式征用，产生了与量子纠缠的先知不可测的自我怀疑，推翻了演员与观众设定的共同高潮的快感模式。如果真想有未来，必须发展出生机勃勃"有礼貌的联盟"，在区块链协议中推广更符合人性的既约束又自由、既合作又独立、既自洽又尊重的伙伴关系，突破"皇帝新衣"的智障。我想象不出，一个与我无关的时代，一个与我无关的生态和文明，不会是一个接一个的暴政对个体美好命运蹂躏的完美凯旋。

## 1743

下午特为去公司，与员工话别。文明真是可怕的东西，设计"天堂""中心""时限"，但同时又让你在幻觉的现实几度服丧后正常地运营。再见，曲终人散的二手市场与喜庆日，有共同的十字架足够他们过新年了。

## 1744

早年，长期失眠，便不断换枕头，以对抗时间无尽的煎熬，直到家里形形色色高低不一的枕头堆积如山，买不到新花样为止。确实是思路狭隘，当初，为何没想到换个脑袋呢？我们的医疗技术又不是哺乳期，已经非常成熟，至少洗脑术万无一失，登上顶峰，完成了预言式的承诺。

## 1745

"为何只隔离十四天，而不是一个月呢？"

"我也说不清楚，不过每个事物都会有自己的规律。"

"请举例。"

"譬如通奸者最怕突然袭击。"

"这两者有关系吗？"

"有，通奸造成的心理压力是因为未知的不确定性。而隔离是稳定状态，无论多么不愿意，都必须在房间待着，像一个固定的螺母。"

"这涉及自由、国家体制，不在讨论范围。"

"那我可以问一下吗？如果你被隔离了，我也要被隔离吗？"

"这是你想说的重点吗？"

"难道我希望你隔离？"

"干嘛不量一下体温？"

屋子里发出一股硫酸味的火光，对牛弹琴地燃烧着。仿佛要把两个戴面具的人烧灼。

一切都结束了。心上人。

## 1746

"美丽的往昔已被玷污。"一切都通货膨胀，只有心灵的通货紧缩、摩擦和压迫像发电厂在脚下幽灵般涌动。依稀豪情万丈的年代，没有思想瘟疫，只有各种新鲜的杂草，忙碌着，将生活资料的重心，从国家公园盆栽到室内床笫。他已经走出了天堂人造物的阴影，径直奔赴起了老茧的殉葬地。混账的年赶紧滚蛋吧。

## 1747

如果没有灵魂，肉体就是个寄生虫。谁喜欢低级趣味呢？于是发明了各种灯笼。"这是你们艺术家的灵魂，在叶脉上一清二楚。难道你没看见？"我当然不能承认我没灵魂，只好说，那个好像是西班牙人，披肩的长发遮住了他的金矿。"唉，碰见了无耻的高级黑。

### 1748

有儿子，没孙子，等于没有孩子。这是黄色人种的产品质量鉴定书，因为香火最终还是断了。人啊，为了提供活过的证据，千方百计要在废品收购站的垃圾堆里，找出一张破碎的废纸或一滴无色无味的水珠。

### 1749

够荒诞的。他每天维持着好丈夫的形象，无微不至侍候患老年痴呆的妻子。而妻子早已不认识他了。她只会喊"良君，你好"。那是她情夫的名字。

他叹息：年轻时如果有一场事先张扬的"凶杀案"，该多好。可以留着丰沛的蓄电池帮他翻越一座接一座的大山。

### 1750

当人类哭泣、亲吻和祈祷时，总会闭上眼睛。那是因为在最重要的时候需要与内心的齿轮咬合，支撑生命的引擎，而非假模假样露出大腿白嫩嫩的水花。

### 1751

当身体与灵魂都处于通货膨胀时，人就会极端固执和愚蠢。梦想的可悲之处是，总认为自己会永远执政。其实它的有效长度不过为出生到童年的一公里。

### 1752

很多时候，源头的混浊和近视眼，会激发枝繁叶茂的岐路的雄辩的激素，并将源头视为赝品，且弃之。今日登万峰山，拜谒雄狮铜像，悲哀。不能仅仅责怪猴子摘了桃子。罪，个个有份。

### 1753

洗车，大汗淋漓；登山，大汗淋漓。劳动的珍珠如果不是被生存的绳子勒紧，挤出血来，是美的。

### 1754

似曾相识，开头总是那样的："听说你不爱我了，有了别的癖好。"不过这不要紧，只要把身体、灵魂与脑袋翻转过来，你就会开天眼发现"逃跑的鸡蛋都臭了"。把上帝和宇宙都哑了，够决绝。

### 1755

关注点在哪，成功就在哪。一条漏网之鱼，在深海的边缘潜游。有关方面的成果是那样报告的："持续对有形和无形的网保持警惕。他决心破除魔咒。"人类说过，鱼的记忆只有七秒钟，且有效区域仅在眼睛、触觉和味觉够得着的城乡接合部。

### 1756

重铸信心，难。许多的沉默都是不能比较的。如果想把最好的挑选出来，你得亲自来分类。垃圾产业现在是最有教养的风口，连尊贵的证券委员会都不得不仰人鼻息。不过，在我看来，下一个风口必是剑和喷发的火山。

### 1757

衍生品的次生灾害，比源发性的灾难危害更大。前者的损失是看不见或难以统计或不予关注的，是脑震荡级，后遗症大，时间久远。而后者的损害尽管很惨烈，"爆炸，火光冲天，灰烬。"但是一次性的，且会在反思的集会上提供不让悲剧重演的可能性模型。

### 1758

一觉醒来，发现车牌框内的数字和字母莫名地消失了。经多方勘测、鉴定，排除"他杀"。奇迹发生了：车主决定停止侦查。他喜悦的神情，仿佛接通了高潮中上帝的电话。"你被选中了。"一匹脱缰的野马，在旷野奔驰。"自由的令牌。"他脑洞显示屏闪现出各种嫁接的假肢。如果条件许可，个个都是"无症状阳性"的携带者。

### 1759

提前过上了老年生活。泡脚，护腰，敷肩。不甘心又能怎样，如同黎明出生的孩子，睁眼看见的是日出而非夜晚的黑暗，而她看到的余生只有夜晚。"严禁不雅行为"，那种所谓的色情涂料，以前是公开涂抹在街角墙头的，合法贩卖，也没出什么人命要救护车急救。不过为了让警察署放心，她拍了视频。花木和小动物们各就各位，井然有序。风水先生说，环境洁净有利健康。她持有不同的"政见"。

长寿的秘诀要追溯到父母交欢时刻的心情；容貌姣好是最大的生产力。如今她格外相信洗澡不是件容易的事，重要的是如何预防摔跤。在哪里跌倒就在哪里爬起，神话我们就当作笑料听过罢了。人生哪需要什么优雅教育，都是用本能作向导，"过稳定的性生活，但行为、思想却是无比自由的单身汉。"

## 1760

老毛病犯了，想找回按摩师女伴的触觉。无奈肉体的印刷品堆积如山，一时下落不明。邮递员问他，这么重要的东西为何不记挂号信，留下戳记？"省钱"，他没好意思说出口。节约有时不是美德。穷也要穷得有志气。他在报纸的广告栏登寻人启事，但始终描述不出她清澈的印记，是玫瑰花、深坑还是一克拉毒品？他摇摇尾巴，"蜻蜓点水"。大雨滂沱，天空判了他不及格。他得重新回炉成为一块铁。

## 1761

已经不是第一次入梦了。那么恨他，诅咒他，鞭挞他，撕裂他。但依旧茁壮。不得不说是个人物。记得早年听过他一次报告，脱稿，没喝一口水，不咸不淡地讲了二小时废话。镇定自若，完全不顾听众的感受。"百足之虫，死而不僵"，风水师当场决定离境。"见过不要脸的，但没见过没脸的。在台下时为台上的人热烈鼓掌。上台后，让台下的人永远鼓掌，直到双手溃烂。"

## 1762

如何举重若轻？我经历过好的时代，在那个时代我没有感觉到快乐，现在我反而快乐，有时还太快乐。只能说明我适合坏的时代，或者可能适合更坏的时代也不一定。

## 1763

兄弟阋墙，送了一箱冰毒。修身养性。

## 1764

恐怖分子与民族主义者并非敌人，而是手足，因为他们同宗同源。金钱可以很好地授予身份，给予安全与平静。但是对于一文不名的人来说，只能走进虚幻之境：致敬，成为一个民族主义者，同时同步创造出一个敌人，通过假想来构建免疫力，获得有意义的身份。挥之不散的恐惧不知不觉唤醒出一种对敌人的渴求。敌人能快速给人以身份，哪怕是幻想中的敌人。全球化，让想象诞生想象的空间，并带来真实的暴力。创造永久和平的贸易精神才是一条活路。

## 1765

死亡被称之为无的圣殿。是生命的不生产。追求长寿的企图，摧毁了真正意义上的生命活力。为生命而否定死亡，那么生命本身就变成了有害物，他会印证暴力辩证法。能够赋予人活力的，恰恰是否定性，如果心灵只充当肯定者，对否定者视而不见，心灵就不会有力量。

## 1766

他身板结实,面容憨厚,一副笨鸟的样子。一开局他就说,我只有一条底裤,任你们处置,但结果总是他赢。因为他改了规则,友谊第一,比赛第二。长了绒毛的实力被同情心绑架,让竞争对手自行修改角色,退出角逐:焦虑不是赢,而是如何输得出其不意?输得有创造性且不显山露水。每到那个时候,他就会像蓓蕾一样绽放,翘起他薄嘴唇上的八字胡须,用蚊子的声音颤颤巍巍地说:"鸟,真他妈的棒!像足了上帝的面庞。"

## 1767

小侄子在英国留学挺带劲,每天似上足的发条,一扫他在中国阴雨天气的萎靡。同一具肉体换了电脑软件,效率就发生了革命性的改变,这是中风的先知无法想象的。"请注意,耶稣是存在的并且名列排行榜榜首。""总得有证据才行吧?"有一次让他演父亲在家的小品,他一摔门就再也没有回来。天才之作,导师大加赞赏。殊不知这是他故乡的真实写照。人人都是祖国偏头痛的陌生人,没有舵手引领内心的星辰大海。丧失质量的漫长生命是无效的。而在异国他乡他的每一个细胞都飞翔着,被无限赞美,报告着崭新的道路。恭喜他,驻足于一叶天空的风帆。但他告诉我:"我仅是生命历程的中间商。"

## 1768

"是啊,我们犯下了同样的错!"人人脸上有牢笼,人人却不懂得如何拆除束缚的栅栏。不幸的动物啊,眼睛半睁半闭,露出一丝缝隙供光芒穿过。这样宽厚的胸怀在尸体中是难得一见的。

## 1769

叶子掉了一片，啪的一下就无声了。时间消磨了一切。穷，美不胜收，简直与儿童画毫无意义的注脚媲美。但这却是黑洞的引力。被乱涂乱抹习惯了的疯人院女人笑了，从来没有这么多镜子照耀过她，为她没有牙齿的雕塑般的肖像权争夺版税。如今她是一个有价值的人了，匿名的铁链和盲盒销毁了发票，口齿不清的秩序的春天在诱饵经络疏通的听证后，以其混乱必修课的门槛，再次证明向谎言的乐园低头的必要性。合谋的火热跳动的轴心重新找回了表演的舞台，因为死亡为我们依次排了队，把伦理、道德、哲学、语言、美学统统扔到一边，运到了焚尸炉发电。这是一个物的时代，意味着不是在此处、必是在彼地平白无故地消失，用不着费太大的力气。

## 1770

都担心经济的善变性。"最坏是什么？"我不是外交部发言人，有绝招。我至多猜测出一个鸡眼长在心里，但"是黑是白，是激进的肉还是保守的疏菜，是青年同性恋还是雌雄同体的博彩公司"就不如伪装完好的土拨鼠看得清醒。"代孕牌照会放开吗？"问得及时。人贩子结盟，一切皆有可能。我在国外留了一点种子。数字货币与保险也有投资。实际利用了"鸡蛋不放入一个篮子里的"逃跑主义的政策洼地。当然按兵不动也不能说不是幸福的出口，想得太复杂反而会妨碍医生最佳手术的路线图。"小宝贝，放心，天塌不下来，即使塌了也有我在。""桎梏，成熟的标志。"这是听过的最温暖人心的世界杯情话。结局不会说出，也不可能讲，泱泱宇宙当务之急是花大价钱买来杀气，把不利于花草、云朵、鱼的环境切除。毕竟大团结才是产品的核心竞争力。

## 1771

他吓了一跳，被梦中一模一样的声音追踪。"醒醒吧，你逃不了了，趁现在还有力气。"水流哗哗哗，谁在深夜一阵奸笑。既然是生产如来佛掌心的厂家，怎么还需要"有洞穴就有资格做爱"的恐怖主义作教材的代理商？法律的灰色地带往往是色彩斑斓菌群的中兴之地。生存，麻烦的制造者。现在被拆解为色情片的某些部位，精准引流，孕育出一大堆无准生证的孩子。甩掉了杜撰出来的无性繁殖的贩卖春天的帽子。"隔离监狱，全景监狱"的免洗型凝胶已没有任何障碍阻拦流水作业了。奇怪的是，被阉割的耳朵，怎么还能听见风擦伤的呐喊的飒飒鼓点。

新自由主义学说路牌：表现出来的自由是一种充分利用压榨和剥削的广告宣传。

这张声嘶力竭的、扭曲的、破坏的不符合大众传播的脸，他太喜欢。疤痕与疤痕修筑着工事仿佛在共度良宵。噢，升级版的拉皮条工作台。人偶玩具娃娃。明显的降价后，销售量大增。他爱上了她，爱上了她淫荡的勇敢和认真劲。现在人人平等了，都蹲过笼子，像在教堂唱过颂歌。回来吧。慢慢地，谩骂与斗殴停止了，松弛的结果是，橡皮接缝中她的脸一部分掉了下来，仿佛一个高难动作突然出现了事故，幸亏被他迅速拿住未撒落在地。如果说无意的否定不算压迫和侵犯，那么迁就和赞同的抑郁就是自残行为，像极了恐怖主义以特立独行的完美绩效考核的体系对抗全球化的散漫的小股游击队员娱乐。恐怖分子是背负炸药包的自恋者，恐怖分子按下引爆的按钮，等同于按下写真艳照的快门，替上帝奖励了自己。"我不会再愤怒了，因为射到铁塔公司的射线未伤害焊接的骨头，却伤害了我的心肝。""也许是该重新考虑这个立场的时候了。"十字架的荒野。封闭式施工让他大开眼界。她被他们拥抱得团团转，大汗淋漓一心一意要通往那蜘蛛巢的幸福小径。

## 1772

吾弟半夜跨文体写作，酒后呕吐诗句："大海是我的床，孤身一人，好寂寞啊。"我表扬他有奇特的想象力。极大与极小，动与静，表达了安定的大意愿。人生，哪一段旅程不是需要大剂量的风暴的镇静剂给予疗愈？我试着改变一下他的方向："大海我的船啊，我射出的每一枚孤独的箭，能否击中命运桀骜不驯的尸布，归来吧，俘获我粉身碎骨的床。"似乎太文艺腔，没有他的铿锵有力，且有文本重生或再生文本的巨大风险。杜撰历史应正视人心不古的归零后果，低估时间拨乱反正的威力。

## 1773

她说人类并不是她的亲人，虽然有着不可切割的血缘关系。大自然的语言，鸟儿的欢唱，羊的咩咩叫，或垂柳的犹豫不决，更让她亲切和温暖。人心拍卖公司此起彼伏的槌已弄脏上帝洁净的眼睛。

## 1774

建议把今天定为殉难日。因为他们的狗都叫了，而且相信叫得如此真切和富于弹性。

## 1775

接吻时两个人都走了神。他们一直都很会说话，不管在什么场合。当时的情形可能是脚崴了，分不清是白手套还是防蚊的帐篷。

## 1776

一起刑事案，被定性为婚内斗殴。而另一例头疼，却被拔掉了全部牙齿。断头台本是古老的技艺，与篮子里的血没有任何关联，荒唐的是刽子手提前把气象预报的石灰暴露了，让发馊发绿的唯一证人照耀出包装过度的法医原产地证明的欺骗性。最后，谁都不干了。

## 1777

知识分子的集体沉默由来已久，保持了当下的利益，但也为未来的替罪羊找到了陪葬的豁口。为他者争自由，就是为自己争自由。"指鹿为马"的效果，不是让你信，而且让你服。它比之"皇帝的新衣"更恶毒。

## 1778

所谓人类共同体，即是任何人的悲欢离合、爱恨情仇、生老病死皆与我休戚相关，因为我是人类的一分子，而无关乎种族、语言、肤色、社会制度及意识形态。否则，即是伪造的，可随时篡改、撤销的宣誓和法律。

下卷 耳语的天空

1

"为什么写作？"这是一个无聊并已经被时间反复用滥的话题。基本没有新意。它之所以仍频繁出现在排行榜上，是因为作者和读者都需要维持一种谎言跷跷板的平衡。为自己写作，必然会遭至读者愤慨，并引发追根刨底的对隐私的伤害。但如果你申明出于社会政治正义良知的需要，他们又一定认为是言不由衷敷衍了事。因此在写作者与读者不遗余力的拉锯战中，谁都知道无论谁胜利都无疑是白日梦。

2

文学本来就是小众的寂寞的活动，可大多数作家却活在集体狂欢的臆想中，总想天真地创造出饮食男女那样旺盛的大众需求。这种荒唐荒诞的想法至少让文学的价值变得更加廉价和无耻。

3

奥登说，数学家是如此幸运，把谁都看不懂的天书般的公式当作标准件，大批量生产。即使有人感觉不对或不满，也不会提出抗议和挑衅，因为害怕被人发现无知而不敢造次。而诗人就没有这般幸运了，只要读过几天书识几个字就可以随意指手划脚，指点江山，应该这样而不应该那样，严重的甚至控告你晦涩、灰暗、有毒。仿佛罪犯或奴仆。因此我从不敢说我是幽灵般穿越黑暗的诗人老鼠，只告诉人家我是衣着光鲜的宠物型作家。

#### 4

大多数的读者都希望作家是被驯服的驴,完全可以按照他们的意见改变行程。因而当看到一头狼或一只狮子从后视镜中出奇不意地偷袭,立即会把作者与作品一起枪毙,送去焚尸炉消灭痕迹,以逃避看守不力的责任。

#### 5

写作是对生活经验的反刍,是改造和回溯、分离与鉴别的持续消费活动。

#### 6

文学的特质恰恰是羞怯。滔滔不绝或对答如流的口才只能是泄洪,不可能有思想的暴动和艺术的奇袭。大艺术家都是木讷和寡言的,只有批评家才可能口若悬河,掌声雷动。

#### 7

诗是情绪的侦察兵、语言的荡妇、真实内心的守护神。是散布不祥之声的乌鸦,也是传播爱与正义良知的夜莺。是上帝派遣的精灵,更是鞭策自身的刺猬。有幸成为一生的诗人,是上苍的恩赐与恩宠,应万分珍惜,更须如履薄冰,若头顶荆冠。

#### 8

诗人靠吸食什么毒为生?死亡、黑暗、爱。无用的发言权。诗人是风暴眼的挑逗者,他只揭露而不负责善后。

布罗茨基说，诗人的天堂要比上帝的天堂有趣得多。这是因为诗人的慷慨让幸福乐园不显得拥挤和单调。此话只说对一半。诗人的天堂是脱离现实的幻想营造，因而非但慷慨更是无比瑰丽、自由和空旷。

### 9

诗人要做合格的"中介"，努力在作者与读者锚定的地点靠岸。不过需要澄清的是，诗的作者并不是书写的诗人本身，而是超越自己的一个想象波浪，并且这个想象越远离诗人自我，产生的诗歌魅力就越壮阔和生动。

### 10

在主义盛行的语言通胀年代，免遭语言伤害的最后途径是设法打造属于自己的语言独特性和独立品质。但同样的危险在于，成为异类的语言肉身，随时会被雷同的合唱的声音口诛笔伐，甚至排斥压迫消灭。

### 11

诗歌作为语言的最高形式，如果不在塑造心灵的独特性时与世俗作肉博，那么它穿透黑暗路线图的路标，不过是其另一种类型的画地为牢。

### 12

诗在保存心灵栖息地的紧张中，起到了护城河的作用。让溺水者从此横渡。

诗人必须要有自己心灵的加速器,把尘世的杂质远远甩掉,否则必定会被现实的离心力卷走,丧失自我。

### 13

诗歌的晦涩和时代的晦涩合而为一时,结结巴巴的无奈就不再是背景的噪音。词语的晦涩并不否定内心的清晰。它不同于混乱,掩盖无序的伎俩。

### 14

用箴言概括世界的是先哲。诗人不是,他是星光对天空的深情絮叨。

攻击诗人狭隘的论调,可能与诗人们焦虑不安的心灵有关,他们把诗当作了类似性交那样的泄欲工具了。

### 15

所谓好运即是风暴挟裹之处,恰好也是你的心灵愿意或希望去的地方。大多数时候人类都是被偶然的漩涡不由自主卷走的。因此在命运的瞬息万变中,当偶在的溪流不是非常湍急霸道,而是平缓轻盈时,我们唯一可做的就是,依据自己的智慧、学识、经验判断决定是留下还是离开。这也几乎是自由的精髓了,它不允许你随心所欲做什么但是可以让你选择不做什么。一首诗的命运也大抵如此。

## 16

有人在我的诗歌中看到了无数伤口,以为我必是个遍体鳞伤的人,见到我本人红光满面、生龙活虎大为惊悚。现在我公布答案:我是人类主义者、世界主义者,因而痛苦是人类的、世界的。

## 17

白日梦是诗人的私有财产,赋予了中断时间的创世神话。

## 18

诗人依靠武库里的核弹头语言获得无与伦比的自信。否则他仅是个耍机关枪扫射词语的满身湿漉漉的散文家。

## 19

柏拉图把诗人驱逐出他的理想国,认为艺术家不过是对模仿的再模仿,距离理念世界的高级存在甚为悬殊。那么雪莱振聋发聩的"诗人是世界上未经公认的立法者"的自信底气来自哪里?普遍地看法是历史主义和进步论的世界观改变了对艺术的认识。艺术不再被命令向自然的主子膜拜临摹,而要求独创别开生面,从匍匐的沼泽中高蹈,去照亮内在于外在的世界,驱逐照相机式的记录。艺术的自我表达表现表演之需要,召唤深层实在或天才或神的旨意的风筝高飞,从而赋予了诗人缔结新世纪的至高特权。

## 20

布莱希特的诗歌伦理"先有食物,然后有道德"的命题,究其根本是偷袭了人类的政治性目标,即把作为有机体的身心健康的有意义的人降格到仅仅满足基本物质必需的动物。人类发展史证明,艺术起源于劳动、游戏和神秘。

## 21

一个诗人如果不关心人类的整体命运,不关注政治、经济、科学、伦理诸多领域的发展,不关切金钱的作用和无穷魅力,就极易在自我设限的激进幻想中迷失,在轮流扮演的痛苦忧伤、平庸空洞的角色中瓦解乌托邦白日梦建立的现存秩序,从而放任雷电风火的屠杀在诗歌中的狂飙突进,营造无比恐怖的暴力梦魇。因此纯粹以诗歌为职业的所谓诗人实际上是不可能书写出真正意义的诗篇的。

## 22

世界性诗人意味着必须站在整个人类的立场和人性的立场瞭望世界,而不是以一己一族一国的身影代言。人类命运共同体应该在诗歌中率先实现。如果这是可能的话。

## 23

如果一个诗人身上依然弥漫着不妥协不和解的决绝愤怒,起码血液里尚铭刻青春不熄的野火。难道还不够吗?于我,仅为这点已对上苍感激不尽。

## 24

没有一个心灵,可以同时获得饶恕和出卖的平衡。出卖总是大于其后果本身。而饶恕黝黑的颜色再怎么洗刷，都会留下侮辱的斑痕。唯一能祈求的是疏于照料弱者的上帝，不会将这种层出不穷的事故定性为不慎踩空了楼梯。

## 25

我个人的诗歌理想是，建立一种既是私有的、开放的、魔幻的、戏剧性的、超现实主义的同时，又能引起众多读者共鸣的生动鲜活的有艺术趣味的诗歌。

## 26

诗歌作为最纯粹的语言艺术，其思想隐性的重要反而超过了其他文体对思想深度的要求。这是因为如果语言不是思想的肉身，而仅是思想的外壳时，语言繁丽神秘面纱掩盖的魅力就荡然无存。因而可以这样下结论：当我们面对一首诗歌的语言时，必然是同时面对这首诗歌的思想。反之亦然。两者不可偏废。

## 27

诗歌是浓缩的艺术，是节省的艺术，是丰沛的艺术，是跳跃的艺术，更是歧义丛生的晦涩艺术。试图在诗歌中找到宣言或宣战般的言说方式是极其不明智的。

## 28

语言的含混、模糊、柔软、不确定性是抵达真理的拦路虎，但对诗歌却是个福音，为它的张力提供了足够广阔的空间和视野。

29

当诗歌顺从时间的流逝，而不是饶舌地抵抗，至少它还可能是它自己，在雄辩的修辞中适应生活的意外和惊喜。

30

语言的陌生、阻隔、荒诞、自绝后路，如果对应于社会的动荡、溃烂、瘫痪、毁灭，那么这种形式与内容的相互拥抱倒是开创了个人历史观雄辩的先河。

31

现代诗歌的晦涩难解，捅开了读者认知的马蜂窝。传统诗歌中心灵确认的与时间、空间、光阴、远近、美与丑、善与恶、自然季候及景物等对位的路径，统统被改造，甚至自我的心绪体验均被抛弃。原本清晰可见的现实逻辑关系、秩序、内在统一性、正常的衔接、排列、方向感等代之以由词语自动推进的超现实观看。诗歌变成了一个实验，涌现了不是由意义操控而是词语自身制造意义的组合。反常的写作，开创了独断专行、无所顾忌内倾化的幻想超验游戏宇宙，同时要求读者从习惯满足的阅读方式和趣味中挣脱出来，挑战更多诧异然后惊喜的标准。当然也必然发生谴责、阻挠与对抗。

32

对诗歌"晦涩"的质疑和指控由来已久，主要借口是诗脱离了预设的"诗言志"抑或"诗抒情"的白开水味道，而放任诗的杯子加入了酒、咖啡、果汁、夜晚、幽灵、刀剑的混合物。诗的独特性来源于复杂多变的人心和飘忽不定的思绪，而不仅仅是作为重要载体的语言。尤其在现代，为了逃避外部政治监控和已经习惯的自我审查，不得不"王顾左右而言他"。因而走向"晦涩"是必然的趋利避害的无奈选择。

## 33

作为一个存在的身体，保持与世俗的抗争又不让肉身遭受折磨，是需怀抱高空走钢丝的绝技的。这也是我的诗歌选择晦涩、象征、荒诞、梦境、超现实变形、思维逆向的一种自我保护策略，也是忠于诗歌作为最高级艺术信仰的必须。

## 34

传统诗歌对有意义的写作的定义，是把语言当作运输思想的唯一工具。即全部的关注点是如何把思想之鼎清晰、准确、安全押运到目的地。这是古典主义的尘土路决定的。但现在是破碎的、脆弱的、没有边际的信息化世界，而且正迈向即兴、刹那、瞬间、直觉、无意识的量子力学时代。因而诗歌的价值体系必然转向，嬗变。承认诗歌写作的无意义，必然将诗歌的终极关怀指向语言，即语言本身就是内容，就是诗的主旨。因此诗歌必然是开放的结构，不会再沉醉迷恋于伟大、崇高、辽阔等虚设的封闭黑洞而不能自拔。

## 35

语言是诗人的谋生手段，通过颁布律令和毒素，供养另外一个不为世俗接受的心灵。

### 36

诗为自己的心灵而写,不为听筒和体温计左右,一旦呼吸和声响产生了不该有的回声和杂音,那必定是炉渣冲出了熔炉。

### 37

诗有自己的民主主张,它通常沿着荒诞的小径将巨石举起并击碎。诗人的心灵故乡,让风景别处的诱惑成为尖锐的对立。这种不真实的陪衬,抵御了风景登堂入室的努力。仿佛一切都是摇篮的变体,或不成功的变体。

### 38

诗人都有脑溢血气质,一旦度过了与阴影的对峙,他的克制与严谨,会助他的词语走向深刻和广大。

### 39

诗的真实永远大于经验的真实。诗歌是感官喜悦的按摩师和灵魂健康孕育的助产士。

### 40

隐喻是每个诗人都躲避不了的抒写方式,不同的是根隐喻或中心隐喻的不同,在原始的隐喻中几乎触及了其深层的心理意识,挑选或拒绝什么。东方诗人都极难面对时间、死亡、衰朽的存在恐惧。这种情结,在我个人的身上尤为显著。

## 41

唯一要区分的是诗与非诗、好诗与烂诗。警惕戴着哲思帽子、包裹抒情围巾、穿着蕾丝长统袜的散文杂文论文。让我们震撼的一定是：全身漆黑笼罩的仅露出一双美丽眼睛的阿拉伯女人；断臂试图抓住的一抹蓓蕾；闪电诞生时的刹那凶光；全能全知的上帝对血腥的若视无睹；婚床上的一剑封喉；临死前对暴君的跪求和赞美。人性、人道、人情是唯一的世界语和通行证。以原子弹的安静统摄肉体和灵魂的骚乱和暴动。

## 42

找到一种诗性的日记体写作方法，是上苍恩赐的幸运。我的苦恼是，何时发明出脑电波即时书写工具，让我飞瀑般狂野奔流的思想不再在现实文字转换时丢失。

## 43

诗人的创造力和胸怀的容器大小有关。力量不足应该去向大地、天空、海洋、爱、虚无、悲怆去借。可怕的是力量不够还要将之扣留截留，用在毫无用途的虚荣和骄傲上。

## 44

诗人与他的作品是孪生的。他痛，他的灵魂不会愉悦；他灵魂激荡，他也必不能守株待兔静等岁月和睦。把世界与自己剥离的诗人，只适合住在精神病院。

## 45

我全部的诗歌都是献给愤怒的,但那个愤怒不知道,多么妙不可言。

## 46

在有难度的诗中,骡子与火车头、螺丝钉与工程师、巫术与灯塔、天空与洞穴,都是可以相互依存的,它们共同的汇合点是想象生活密码的活火山所喷发的随机性。这种私人领域的隐秘性解放得越彻底,诗人心灵释放的孤独就会越强烈。因为过度悲观与过度乐观只是朝向公众开放的一面时才显现。单向度的诗让诗人很容易在咖啡馆找到合适的位置,但这又是他们所不屑的。因此,在复杂的世界中,诗人的迷失是极正常的,如果没有宽恕的大门向其打开,夭折、发疯、自杀或放弃写作只能是他们最后唯一的归宿。

## 47

"受难"是诗人们竭力躲避的主题,以便与公众拉开距离,同时彰显对于崇高的不屑。但他们却常常难以避免"展览自己的创伤,把自己赋予受害者的地位"。这种心智的扭曲,并非是他们的不成熟,或内心的渴求,而是一种误区,以为个人的痛苦才是加入人类合唱的通行证。伟大的诗,都是举重若轻的,把对世界的敌意转化为悲悯、宽恕和深切的关怀。

## 48

诗歌最出色的表现,应是把"现象世界的内在本质"的时间偶然性，转化为重构时间的努力。时间飘忽不定的命运感，决定了诗歌只有在诗中立时才能克服时间的宿命。因此，回归诗的语言属性，让词语推动诗的发展，而非被诗人的话语和喉舌操纵，更能进入一个形而上学的与时间片段融合的新世界。

## 49

诗歌的功能，已被拙劣表现的政治所利用，以美育的幌子要求诗提供一个善的摇篮。这是最大的恶，否认人性本恶的现实存在。只有洞悉了人性的恶，在废墟和碎片中检阅天空漏下的光芒，诗才可能抵达善的彼岸，接近真和美。

## 50

诗歌的疼痛部位是诗人齐腰深的浸透了爱的泪水。

## 51

对于大多数作家，超现实主义几乎是不存在的，因为他们只是忠实记录了现实赤裸的身影和鞭痕。

## 52

诚如奥登所言，作者与读者从来都不是同频的。即使是翻译作品也概莫能外。因此阅读过程中的丢失、误会、失真、错误、重新阐释都不可避免。这既是文学的魅力，也是读者充分发挥想象力的乐趣。当然也存在把普通作品无限放大成伟大，而把伟大的作品暂时埋没的现象。不过又有什么关系呢？最终时间会自我纠错，回归本来应该就有的价值。

## 53

奥兹形容诗歌翻译像一个家庭笑话，如果你不是家庭成员很难知道某一句话为什么引得哄堂大笑。因为诗歌是依赖语言和文化最亲密的代码。我们现在的译笔漏洞百出的原因，大多源于仅仅停留在对文化表层语言的解释。

## 54

把母语作为外语来创作和翻译的诗人，与其说是对语言的反抗和背叛，不如说更是对语言的一种破坏和重建。犹如铁树开花，地底黑暗狰狞的面容突然露出光明的额头。这种唤醒的新鲜若朝露的个体祈祷的喜悦，才是心灵奇迹最有力量的重塑。

## 55

诗歌用词的模糊性、歧义性使诗歌获得了空前巨大的野蛮生长能力。这种特殊的变形金刚游戏，使翻译变得异常艰难。最终传达给读者的只能是骨架和大小不一的骨头。因此诗歌翻译被称为丢失的艺术，当然它也为翻译家留下了数不胜数的活口，供他们无限讯问。

同时诗歌因翻译的互不兼容及不合作，扩大和丰富了诗的原作，有的甚至超越了原作。

56

诗人的异乡,更多是内心徘徊后的挑战。过去熟稔的习惯的云朵、树木、气候、房屋和天线都不见了,你得重新征用好奇心去热爱新的面孔、语言、风景、气象,甚至你往昔冷漠、厌恶、憎恨的事物,完成生物学意义上的租赁。但正因为如此,心理转折后的诗人可能会成为另外意义上的诗人。由灰色嘴唇雾蒙蒙的清晨,嘟囔出火烧云般嘹亮的金色白昼。

57

诗人都是极端个人主义者,原因是将孤独和孤立永远作为助燃剂,依赖内心的空气升腾。在其思想的天空中,那笼子不是一种物的羁绊,而是空间的无限侵占。虽然局限,但一定是真诚天真的。这也是大多数诗人可以互为挚友赤裸相见的依据。这在小说家或画家那里是不可思议不复存在的天方夜谭。

58

"劳动的斧子"在诗人手中不是工具,而是自洽的砍伐自己的景观。因此伤口、伤痕、废墟、遗址都是被其当作旺盛生命力的颂歌向世界作出的遗嘱。忠告浩劫的世代与大自然:决不屈服。

59

诗歌这种知音的屠刀,只为刹那的心灵开放。

## 60

迄今为止,我们仍未发展出脱离作家社会属性的阅读技术与脱离自我臆想的艺术直觉。艺术说到底是"看见"正在发生或将要发生的事物,是一种与现实保持距离的猜测和侦探。

## 61

诗歌中宗教符号的通货膨胀,导致了宗教情感的滥用。宗教信仰与宗教术语是完全不同的两种指向,前者产生救赎命运引领的指南针,而后者仅仅是制服、面具和回形针,在需要的时候才戴上和捆扎。要注意诗歌中的祈祷,它不是要让鸟瞰万物的上帝解除困惑,仅仅是向上苍提问,而回答者不过是与现实无关的空洞的耳朵。

## 62

何谓诗歌悲剧式人生?终身佩戴负罪的荆棘,仅能在暗夜的枕头偷偷抽泣。而一旦走上舞台,必须面带微笑,对着冷漠的观众扮演圣诞老人的形象。复杂的心灵大抵是不易理解的,大众所接受的是明白畅通的表象。人人都想成为他者的老师和导演,而不希望变成学生和演员。

## 63

诗之语言与国家教化的语言在时间中逗留的长度是不同的,诗通常会抵达人心的一角,更持久地与未来的眼睛和耳朵相遇,在此意义上,诗的语言改变是深入骨髓的,有可能让光芒焊接的骨头更挺拔更坚定地站在人性的彼岸。而国家的语言往往随着一个时代的消逝而沦陷。

## 64

人与制度的迎面碰撞，既是钢性的也是柔软的。在制度未彻底摧毁个人的肉体时，个体自身的柔软可以开拓疆域。譬如在人性的了解、理解、研究及洞悉的过程中，可以注入关怀的光辉，让苦难与悲伤覆盖一条薄薄的温情的披肩。东欧文学在戴着镣铐跳舞时所表现出来的优雅和轻盈，恰恰是制度无法毁灭的。制度总有遗忘的边角和地道，纵深挖掘它们的丰厚，起码也是邂逅人生另一幽暗地带的安慰。

## 65

对某些诗人，死亡是蓄谋已久的桂冠。

## 66

在法治溃败国家的道德谱系中，不存在高尚与卑鄙的游戏规则。些微的差别只是更对或更错一点。明白，知道，嗯嗯，这些模糊的嗓音才是暗语缔结的通行证。倘若谈论超出河床规定的泛滥洪水，那么他们一定会说，那好吧，都见鬼去吧。

## 67

极致有两种，将细小的事万般扩展，雕出花来，美丽若细菌与病毒；另一种则是把庞然大物简化如一道符咒为我所用。人生的乐趣也莫过如此罢，翻江倒海，飞檐走壁，穿梭于天空与大地，混迹于天堂和地狱，让思想无限驰骋，打破一切垄断。这是我选择写诗的主要动因。另据考证，大独裁者和巨贾皆好诗这一口。

## 68

粉丝经济的繁荣，是巧妙利用了人性的某些弱点。如喝牛奶非要见一下奶牛或自己养一头奶牛。这也是多数艺术评论之所以难逃其平庸命运的原因，跳不出常规思维。我始终坚持，文本是检验写作者的唯一标准，别无它途。借用布罗茨基评述茨维塔耶娃的话作为印证：诗人的身体、经历与阅历、生命体验、生平虽是吸收后座力的材料，但非主要的重要的材料。炮弹是依靠材料产生的动力才飞向远方。因为仅仅是传记性的疼痛，而非普遍的人性呐喊，是成就不了伟大的诗篇的。而且诗歌就技术而言是一门深奥的终身需要学习的技艺。

## 69

人的五官中设置了两只耳朵一张嘴巴，目的是让人多听少讲。落实到诗艺中，让客体的意象自己说话，娓娓道来，裸露心迹，尔等策应。最不好的是那种嘴巴主动跳出来请缨，到前线做突击队尖兵，充当思想宣传的喉舌。实在忍不住要呼喊要尖叫的，建议折衷，先喝几口水清清嗓子，用对话，推心置腹地，将千重浪万堆雪束之于真实与真诚的发端，那也是收拾人心的好办法。

## 70

似乎找到了语言孵化器的魔杖。在一首诗、一篇文章或小说的片段，一眼就能搜索到词语的桥墩，通过意象派生技艺构筑的言词、声响、节奏、画面快速铺展一条铁索桥，让潮水般的诗句队伍蜂涌前进。在这里偶然外借的词语既是灵感策源地，又是火焰发射场，更是宁静满足的殡仪馆，展开肉搏火拼的极限挑战。写作的快乐在其身上发展得淋漓尽致，为什么不挥霍人类天才的大脑。这一笑，充盈了我们的空虚。

## 71

野兽与美女，枪炮与和平，都是绝对对立与和谐的楷模。诗也不例外。勃洛克的《陌生女郎》中，"她永无旅伴，孤身一人"，被马雅可夫斯基改写成了："她置身于放荡者，孤身一人。"前者是同一词语重复，后者则是巨大的对立。由此意境和境界皆出。诗歌中应用好正反兀立对抗的意象，会使诗歌空间的容量成十倍地扩张。"脚步沉重的天使长"，我们爱你。

## 72

如何把握好题材的内在节奏，是个永恒的难题，关乎视角、审美取向、判断力、心灵勇气及剪辑的智慧。打个不恰当的比喻，面对美好的爱情，分寸感至关重要，抱得过紧，爱喘不过气来，甚至窒息，爱成为自由的绊脚石和牺牲品，反之失之疏离，渐渐形同陌路。高飞的风筝显然掌握了真理。在一首诗中，紧身衣式鹤立鸡群的性感尽管吸睛，但也有可能成为流失了丰盛和丰沛的沙漠，同样，大水漫灌式的絮叨，即使不会让阅读者拂袖而去，至少催生厌食症的倦怠。大海是我一生钟爱的意象，在保留恢宏的大波澜中，又让漩涡与船只不息翻腾。

## 73

诗歌中的起义需要大智慧配合，类似于奇袭。以少胜多。它必备于大兵压境的心理气场，并且在显露危机时万分镇定，否则一定以失败告终。美国诗人塞克斯顿在俯瞰小鱼泅渡时，居然写出"像银色的勺子"。生与死命悬一线的浑然不觉，简直是惊涛拍岸的神来之笔。

## 74

凝炼也可以是一种对雄辩的囚禁，挑战伟岸天空浪掷的炮火。请读瑞典诗人特朗斯特罗姆的《写于一九六六年解冻》："淙淙流水；喧腾；古老的催眠。/ 河淹没了汽车公墓，闪烁 / 在那面具后面。/ 我抓紧桥栏杆。/ 桥：一只飞越死亡的巨大铁鸟。"短短五行，却将对破冰之旅的期待写得惊心动魄，历史感力透纸背，尤其尾句拍案叫绝。

## 75

辨别伪诗。分行的不一定是诗，有物象描述的也不一定是诗。识别的一个办法是，把诗句扔到水里去看是否会速溶。诗的钢化般的骨密度，不怕沸水，不怕火刑，只怕时间无声的腐蚀和卷曲。何谓诗之语言？词与词，句子与句子的内在张力，构成了爆破力。"冬天来了，春天还会远吗？"这不是诗句，是散文，仅具象征意义。对季节有序律动的表达，这个常识，农夫都知道。但倘若"春天引爆冬天花岗岩的脑袋"，或者"冬天的斧子被春天的嫩枝挫伤"，就是诗，即具备了诗的基本要素：被心灵熔炉锤炼和改造后获得了主体检阅认领的客体。

## 76

短诗的起句如果做不到奥登那张树皮般的脸的震撼，起码应该像策兰忧郁的神经质眼神锥痛我们的心灵。诗的破坏力不是为了抵抗语言哑默的禁锢、机械性的毁灭，而是从废墟堆中寻找一种可能的唤醒和重建。"秋天从我的手中吃叶子：我们是朋友。"爱的施害与受虐交相辉映。达到了咒语的特异效果。

## 77

诗句中不可多得的意象密集袭击，为了什么？平息内心急迫的愤怒和高烧不退的无力争辩。面对一堵高墙时，沉重的翅膀是飞不起来的，要求学会轻盈和从容只能是岁月意外的馈赠。但作为诗人在写作时可以刻意设置一位交谈者，用真诚的对话，倾力拉住时间不倦的磨盘，延缓蹄子无比坚忍杀伐的节奏。

## 78

集天地之浩然之气，养个人之正大光明。如果人人以此为人生路标，世界大同也。但写诗倘若如此平实，则必败于单调与平庸。我喜欢奇崛智取的诗人。甚爱保罗·策兰。每每重读其作品，必使我沉重的心持续地内伤。他有太多如雷贯耳的惊世骇俗诗作，惊讶得让你嫉妒的诗句。"清晨的黑牛奶我们傍晚喝／我们中午早上喝我们夜晚喝""我们躺在空中掘墓不拥挤／死亡是来自德国的大师"(《死亡赋格》)"你轻盈：睡过我的春天直到结束／我更轻：在陌生人面前我吟唱。"(《夜光曲》)"夜树的皮，天生锈蚀的刀子／在悄悄向你诉说名字、时间和心灵／一个词，睡着了，当我们倾听，／它又钻到树叶下面：这个秋天将意味深长，／那只拾得它的手，更加口齿伶俐，／嘴新鲜如遗忘的罂粟，已在亲吻它。"(《永恒》)太丰沛了，以致让我们的呼吸不得不屏息暂停，去聆听另外诗人的声音。耶胡达·阿米亥，享誉世界的以色列大诗人，也是以视角的奇特、悖论式的矛盾组合语言取胜。"现在，说话，用这疲惫的语言，／这从它在圣经中的沉睡撕扯出来的语言：盲目地，它从一张嘴到另一张嘴徘徊着。／那曾描绘过上帝和神迹的语言／现在说：汽车、炸弹、上帝。"(《民族思想》)不同于策兰语言的精雕细琢，阿米亥大都运用日常通晓的口语，但思想深度的爆炸力丝毫不减。阿米亥尽管置身于宗教信仰的中心地带，但他的宗教终极是爱，超越了种族文化的界限。"每夜上帝都从他的橱柜里／拿出闪闪发亮的商品／神圣战车、十诫法版、念珠、十字架，钟铎／又把他们放回黑暗的箱子里，／从里面拉下百叶窗：仍旧／没有一个先知来买。""寻找一只羔羊或一个孩子永远是／这群山之中一种新宗教的肇始。"(《一位阿拉伯牧人在锡安山上寻找他的羔羊》)尽管两位诗人的文化背景迥异，书写方式不同，但殊途同归，最终无不用诗谱写了人类的壮丽梦想。

## 79

我不推崇也不追求长诗。原因很简单,诗的小提琴承载不了壮阔波澜宏伟的交响曲。所谓的史诗,仅限于象征意义的自我娱乐。综观世界诗歌,远如但丁《神曲》、里尔克《杜伊诺哀歌》,近如艾略特《四个四重奏》、贝里曼《梦歌》,都呈现出结构单调、音色紊乱的不足,尤其是议论如毫无节制蔓延的杂草、荒芜败坏了读者的胃口。我坚信,诗是刹那的光,铁钉般楔入人心肉身。或欢笑、觉悟,或哽咽、忧伤,或痛哭流涕、至暗时刻的绝望。难道还不够吗?

## 80

趣味,不论在诗歌创作还是翻译中,都是最难保留的品质。是思想的芭蕾舞。悲剧中逸出的蓓蕾。

## 81

不同语种的转译,最能验证诗歌的品质。丢失得越小,意味语言的含金量越高。当然风格截然相反的翻译会把原生语言擦得锃亮。但这需要极好的运气。

## 82

在心智抵达不了的深处,"最高的清晰"和"彻底的混沌"是难以分辨的。因此"晦涩"的冰淇淋常会如期而至,讨得人们的欢心。在文学艺术中,这是最容易被贴上的标签,它泼出去的脏水即便是最有学识的头脑都无法阻挡。这不是最坏的情形,不理解并不等同于不存在,时间会慢慢催化消化它们。最恶劣毒害最深的是沉淀到民族集体无意识当中的、貌似明白通晓准确但早已腐败的语言。如"多难兴邦",这种将遗忘彻底美化的"精神胜利法",才是把文化拖到无边深渊的最大浩劫,是最应该警惕和抵抗的。

## 83

民主体制会摧毁诗人异常灵敏的政治触角和嗅觉。持这种观点的如果不被误解为替专制制度鸣锣开道,至少也有为其鸣冤叫屈开脱的嫌疑。这是一个硬币的两面。心灵完全自由的状态下,诗人的内心会松弛安定,转向更多外在陌生的询问,因而其对内在的寻求减少甚至放弃,这样原来那个激越奔腾狂燥的灵魂就慢慢降到了冰点,成为自己的异见。从这个意义上,专制政治也是诗人痛与悲愤独有的保鲜剂,可以维护诗人清道夫的角色。当然,必须有一个存在的前提,那就是诗人的身体在任何时候都是完整不受侵犯的。仿佛一下又回到了原点。这也算是诗歌悖论的一种表现吧。

## 84

如果说小说靠情节推动,那么诗是借助于动词钳制的情绪保持运动感和节奏,以满足丰沛与强健的意志力。在一首诗中,对动词的感情越细微越细腻越体贴和丰富,就越能在恰当的时间与空间找到一个安放动词的最佳席位,从而接近和抵达诗的彼岸。毫不夸张地说,没有一首成功的诗是对动词随心所欲的滥用和羞辱。因此,诗人必须全身心地调动全部滚烫的眼神、听觉、味觉、嗅觉和触觉去搂抱动词,像呼唤召唤挚爱的人。

## 85

　　普遍的错觉是,一首诗的完成是诗人深思熟虑的结果,是经验的花朵压榨生活甘甜之蜜的必然产物,一如巧夺天工的蜂房。这种模型可能适合平凡的诗人,但对天才却是巨大的曲解和伤害。并不是艺术模仿生活,展示了货架上琳琅满目的产品,促进欢喜和赞美,恰恰相反,是艺术填充了生活漫漫长夜的空洞和无聊,发展出生机勃勃温暖有加的斑斓夜空。因此当一个词或一个句子突然跳到诗人缤纷大脑的那一刻起,诗漂泊的命运就已构建了它的设计蓝图。此后诗的意志只是通过诗人这个替身为其实现具体的形式和结构,增添光芒和声响,拨弄趣味和情调。这种有意味的不期而至的天籁声才是诗的瑰宝,需要未来盛满热情的双手去迎接拥抱。

## 86

　　在一段美好的感情中,彼此交融契合的两性一定是找到了一种心灵既完全自由、精神又不受羁绊但身体只为对方刹那开放渴望眷恋的方式。这样的自信在一首诗的处理上,并不是随意可以建立的。它必须像解剖刀准确楔入字与字、字句与字句、段落与段落及上下结构的对峙、反抗、对立与和谐的唯一位置,即寻觅到那个独一无二的他者。否则大面积的伤口塌方是不可避免的。或者由于过度谨小慎微的紧张,致使手术的二次伤害,引发次生灾难。从后果上遍施甘霖的漫灌看起来可以修改修复,但实际操作上它几乎是不可能的,毁灭了一首诗重生的可能。倒是石头般坚硬的诗行和结构,插入对话、魔幻、梦境及戏剧性情节,通过适度调控其力量和柔顺度,仍可能走向成功。当然，无论是对爱情还是语言习惯习俗的磨砺，直至涅槃，都是对人心的煎熬和考验。

## 87

破除陈规酸腐的语言才是诗歌野性情色狂欢活动的基石。

好的语言必定也是性感的，像肉体，或本身就是肉体，可以愉快胁迫精神瞬间就范。

## 88

诗人是靠意象、声音、节奏和呼吸来工作的，他考虑内容的重要性不会比其他需要具象呈现的艺术门类更多。因此，他除满足自我的写作快乐，读者与其心灵共振的邂逅，是其毕生所追求的目标。尤其是期冀与心心相印的知音相遇。尽管这一奢望比登天还难。

## 89

飞机飞行时是自动巡航的，只有起飞和降落时才需要人工操控。有经验的飞行员不会让乘客在起飞时突然产生升天的决绝，如敢死队，更不会在降落时像喝醉的酒鬼踉踉跄跄或踩急刹车坠地。这实质是一个节奏问题。诗也如此，要竭力避免诗开头和结尾的仓促与突兀。古人讲虎头豹尾。这当然是比喻，落实起来并不容易。但至少应时刻提醒戒备着。

## 90

爆发力考验的是诗人的才华，尤其是在短诗中。除非是天才，无师自通。因而学习是必须的。有两种锤炼爆发力的办法:"众矢之的""万箭穿心"。所有聚集的手臂共同指向那个靶心,只等"嗖嗖嗖"的巨响齐鸣,去准备好满弓的眼睛吧。另一个是"进入"飞船升空的状态。我们知道抵达太空预定轨道的,需靠一级又一级的火箭自动剥落推进。这是递进的,互为锁链,不允许任何一环失效。除了储备好全部的燃烧剂,准确的推算力是关键是核心。虽然按下红色按钮的那只手看起来是如此的揪心令人不安。

## 91

诗应该是一具皮肤绷紧的锣鼓。内在必须充盈丰沛的气息。因此,每一段落的呼吸应比上一节更有力量,始终保持递进之气势。一旦递减衰弱就泄了气,再怎么努力,也不可能达至原来的状态。好比动过大手术的人,元气已伤,要想精神大跃动毕竟困难。

## 92

诗歌中有没有紧急通道?有。陈子昂的"前不见古人,后不见来者。念天地之悠悠,独怆然而涕下"即是。像十月怀胎,实在憋不住了,只能先放其出来。如果再穿戴停当,画眉化妆出门去,人就要死了。因此必须立即马上解除危险。好在,并不是每时每刻呼啸着救护车,否则诗之心脏必定猝死。

## 93

人性的弱点是急于求成,前面冲锋陷阵在所不惜,后面则忍耐不足,一心想收拾残局,打扫战场,分享胜利成果。诗歌中草草收尾的心态，也是上述人性之印证，是最不济的结局。犹如青春时勇进但晚节不保晚景凄凉的人生。

## 94

诗的结构，可以在侦探小说和心理小说的悬疑中得到滋养。如何"言说"反而比"陈述的内容"重要得多。

## 95

在一首诗中，题目是点睛之笔，一定要用心，不容浪费。标题写法有若干种。中规中矩的主题论，让你一目了然看出写的是什么；有中心旨意的扩容或缩小，如小河，则扩张为大江大海或缩小为涓涓细流、滴水露珠；再有的是反写，将黑有意误导为白，柔软的手帕魔术为坚硬的石头，这是我比较喜欢的一种写法；还有是完全与主题无关的；最后一种是空白，留下白茫茫一片真干净。俄罗斯诗人常用的无题或以首句为题也算其变异之一种。总之，诗的特质决定了，必须"螺蛳壳中做道场"，全力以赴。

## 96

深度给人的愉悦当然是奇妙的，但倘若将其夷平，变成与别的表面并置的表面，并且两个表面互为占有，互相纠缠，但需要时又可各自独立分开行动。如果真有这样奇观的迷宫，意义所拥有的一切含义，均被消解和游戏。诗歌中这种戏剧性的平衡，让寓意脱颖而出。

## 97

当"碎片"从"整体"中剥离出来,会产生一个意外的例外。颠覆典范、标准、样本的盒子。就诗而言,突然滑出的一句对话、戏剧性场景,或突然拉长(缩短)的句子、分叉的断行、破折号及瞬间爆炸的断裂,都是"碎片"创造完好无损的空间抵制总体化摧毁的努力,由此形成了新的张力。

## 98

在阿什贝利诗中,关联是歧途的联合,没有预先设置的路标,即便有也是伪装的陷阱或方向相背的有意误导。并且随着关联数量的不断增加,让读者越陷越深,迷不知返。因此寻找他诗歌中的终点注定是徒劳无功的。因为去掉时间线性的逻辑结构,让经验无所作为,使意识在互相吞噬中诞生,达到对事物意义的消解,正是其心灵复眼的追求,这是伟大的天空视角,也是最平等不以一己见解凌驾事物本体的慈悲,当然也是难度最大的一种创作。因而关联本质上是彻底的虚构。

## 99

词越大震撼心灵的力量越小。反之一旦掌控了不让洪水泛滥的大词,则会收获出乎意料的彩虹。

## 100

诗人注明写作日期的习惯,并非是年代学喃喃自语的需要,而是对时间沙漏的记忆缝补,更是预防老年痴呆症的疫苗。哦!"你那疯狂的眸子,活着的跳动火焰的手。"

## 101

死亡是件很私人的事情,死因如何并不值得关心。但是一首诗的死亡,却是应该探究的,以免重蹈覆辙。诗的死亡多种多样,或衰竭于段落之肺,或阻塞于节奏的血液,或殁于手脚冰凉的词语,或猝死于思想的心脏。

## 102

一首诗歌的死亡并非是意外事故,而是常态。因为语言的肌体里患了咽喉炎、心脏病、十二指肠溃疡和阑尾炎。腐烂是杀毒剂,会把词语中的不纯物、污垢、锈斑,段落损坏的器官、哮喘的节奏消灭,将魂交还给碳、氢、氧、氮、钠、镁等化学纯元素,实施完美的解体手术。

## 103

以病理学的标尺衡量作品,只能起到一个催眠灰姑娘的作用,甚至连惊醒刀锋的效果都达不到。

## 104

格言式的诗歌与隐喻式的诗歌最大的不同是,前者仅在真谛玫瑰前止步,而后者产生的离心力,让诗向荆棘的粗枝大叶无限扩容。

## 105

刻意追求长度，以史诗、长诗、叙事诗为荣，蔑视抒情诗或短诗的小而美，是一种贵妇人的病态。归根到底，诗是凝视的艺术，复眼的艺术。

## 106

免遭文本毁灭的一个方法是，绕过诗人画外音般饶舌的注释。感觉一旦经过想象词语深思熟虑的加工，都会产生审判词一样的严丝合缝，与存在过的现实相距万里。诗的颤抖某种程度是心灵加速器与自然神性的偶然邂逅和共振。这是记忆面对死亡的刹那才会唤醒的天合之作。补充一句，传记作家东拼西凑的积木颜料，也难逃画皮人生的命运。

## 107

向乌鸦学习什么呢？言不由衷的神秘召唤和恐怖。仿佛与诗歌的悖论如出一辙。

## 108

没有直觉和深度的诗人是不可能驾驭好诗的色彩的。"黑太阳""黑牛奶""黑色的担架"那些世界诗歌中的经典诗句，给后来者设置了无比高的标杆。挑战他们的难度是巨大的。寻常的视觉力已无法震撼别样的眼睛和心灵，这要求我们以更广阔更有深度的内省力，去反复掂量天空昙花一现的光芒，并以闪电的千钧之力迅猛抓住它的眼神，然而对它说：嫁给我吧。

## 109

"榨"是我极喜欢用的一个词。榨取,压榨,榨干。将生命有限体的丰沛果实,置于一个机械的、被控制的、触及命运底部但又无可奈何的世界。它几乎是沉默、不幸、苦难、消灭无法挣扎的一个缩写,而承接它的却是欢愉、满足,滋养另一种通道的活蹦乱跳的生命。这样的动词给予我们的,不仅是看起来雄辩有抱负的基石,更是有序桥梁编织的无序地狱。

## 110

过高估计诗歌的能量是不恰当的,它不过是心灵的副作品。因而认为诗人必须对其产品终身负责或保修的误会,是没有意识到心灵本身的缺陷是无法修复的。尤其是那些自认为不写诗而狂躁而不能活下去的诗人。终究,生活会不断偏移生命的坐标。

## 111

诗歌身体疾病学指的是,有效调动身体器官中伤口、溃疡、病变的负能量,将其转化为太阳能,孕育出化腐朽为神奇的绿色植被。赞美若无批判则无意义。它的挑战在于,能否找到那个举重若轻的支点,以休克疗法的决绝,挽救质疑杠杆的重生。

## 112

我把诗歌中的悖论比喻为"期盼感情稳定但又具罗曼蒂克的小女人"。尽管矛盾的综合体制造了众多挥之不去的晕眩,然而这恰恰又是最令人振奋的清醒。它剔除了一切内容空洞的、形式陈旧的苟延残喘，实现其最高价值的接近梦幻的对天堂的怀念，治愈沉痼积重的贫血的词语世界。

## 113

人最难战胜的是自己的虚荣。要常常告诫自己，与自己对话。一切外在不过是维持肉身躯壳的养料，只要物质有一定储备，就足够了。追求心灵的最大快乐和满足，才是人生的最高目标和境界。在一首诗中，过多华丽词藻的堆积和繁复修辞技巧的使用也是虚荣的表现，显现出内容的干瘪，务求剔除干净。

## 114

每个行业都有行话。诗也不例外。它高出日常用语的肩膀，当它露出笑脸，舒展皱纹，至少表明已置身于自己人的眼神密码中。据说同性恋一眼就能嗅出同类身上的气味。同样是调动了契合到每个细胞的暗语。

## 115

作为个人主义的信徒，诗歌是彻底的。但他试图给大众提供标准美食，并兜售烹饪技艺和食谱，开连锁店，即是对自我最大的嘲讽和反动。

## 116

作者应为自己设置读者群，以防火墙的姿态隔离不合格的心灵。全部通吃没有障碍物的竞赛，只能称作广播和时事新闻。

## 117

诗人总是责怪思想的避孕套限制了他们的种子发芽,其实还是自身的艺术精液不够活跃,抵达不到道德死角的人性电离层。

## 118

诗拥有一种把诗性记忆的血液融入思想大脑的未来的特殊能力。在那里,记忆不仅仅是一把相互认领、拥抱、欢愉的弯钩,更是一道难以突破厚重斑剥围墙的痛楚和恐惧的伤口。最明显的例子发生在如何"用典"上,既不能被记忆的线索捆绑,又要避免让掘开记忆墓地的幽灵跳出来质问。如何突围,刺破历史语言层层包裹的厚茧,化蛹为蝶,已经成为一切后来者发出个人独特的有控制力声音的悬在头顶的尖刀,然而这也是催生无限动力之所在。

## 119

很难测量童年白日梦的海洛因留在诗人身上的毒性有多大,但有一点是可以肯定的,即毒瘾会时常不由自主地发作,且难以控制。因为在通灵的白日梦中,带给诗人的是独特的神话建构细节的体验,它是被自我阐释和发明出来的,是完全独异的领地,它与人类古老的集体神话的轮回记忆迥异,以魔法般的玩乐献祭、仪式和偶像崇拜为唾液,贯通成人世界设置的肠梗阻。因此,我们可以看到,吸食童年白日梦海洛因越多的诗人,他直觉彰显的天真、灵秀和趣味就越丰沛。

## 120

　　词汇的丰富性和操控性，考验和挑战诗人的格局。小诗人词汇量少且狭窄，总在纵向关系或横向关系的词语及惯常的语境挪腾转圈，大诗人则不同，鹏程万里，上达天文，下知地理。报章公文、口语典故、科技宗教、商业文艺、自然历史一统怀中，而且词语任意跳出刺破语境之墙，并用互不相干的词语牢牢钉住门窗、屋顶和天空，让所有语言的碎片汇聚一堂，占有一席之地，共同展示百科全书式的亲密感和对话，创造参与一首诗的全部艰难和有趣的历程。

## 121

　　历史的巨轮常在细节的暗礁处翻船。因此，仅有灯塔粗枝大叶的看守是远远不够的，更需要侦探抓捕一切可能漏洞和疑点的锐利。诗歌中的败笔，是放任放纵不精准词语、句子的随心所欲登场，它往往会改变本该圆满的结局，朝向截然相背的命运。认真慎重面对一切过程，才是应有的珍藏未来的态度。

## 122

　　创造性幻想，对于诗歌的意义非凡，虽然明知虚假的乌有之乡难以侵占现实图像，但它杜绝了现象世界、逻辑世界单边产品的单调和空洞。丰富信念内在欢愉的期许，抬升对客体理想的幸福眼神和普遍尊严。

## 123

无用的诗歌在向世界的告白中,究竟想要寻找怎样的安慰?证明自己和假设的知音存在过?还是在混乱的辩论中制造一个最高的噪音,让人厌恶,从而达到铭刻?

## 124

在我所有的诗歌中,独白永远没有对白那般讨我欢心。在对白中我感觉自己就是万物的源头,与一切存在共生共通共荣衰。

## 125

诗歌有自己的舌头和眼睛,不要奢望她喷着劣质香水裸身拥抱你。她只接近可能的虚空。

## 126

想象越遥远荒诞,越接近艺术可能的真实。因为现实的翻手为云总令我们措手不及无以应对。

## 127

传统诗歌中熟记"宗族图谱"的守夜人,在现代诗里找不到位置。这给未受过诗歌审美训练的读者提供了一个靶子:诗的烟囱冒出的滚滚浓烟其实是可以熄灭的,它不但没有修复心灵的微妙和裂缝,反而扩大了心灵天空的污染,导致云朵和飞鸟的分崩离析。这是巨大的误解,在传统的诗里,读到的都是已知的遣词造句、情感模式的横截面,差异仅是面积的大小不同,而在现代诗中体现出来的则是思想纵深感、包容性及色彩缤纷的音响和速度。

## 128

似乎诗人思想的个人主义可以被无限开发、被激励、不计后果。隐藏其背后的逻辑力量是：无用。这反过来证实了生活的沉重和羁绊。加重了诗歌往更空洞、更虚无、更漫无边际的深空伸出手去，要求驰援。它直接点燃了诗歌青年的豪言壮语、无病呻吟，中年积重难返、体弱多病的哀怨和怒火，老年的沉默、麻木和昏暧。因而当浪漫主义的英雄拜伦凯旋，我们欢呼；当捣毁天堂梯子的尼采呐喊"重估一切价值"，我们更加疯狂。因为这样我们就接近了诗歌真谛的雷区：魔幻超现实主义。这才是我们这个世界的本质及真正面目。

## 129

我爱英雄超过爱伟人。英雄是一柄剑，热情磅礴，遗世独立，满世界捣蛋，充满杀伐之气，不在乎天长地久，只求浩气冲天。英雄都短命，美人是其标配。诗人中的英雄一路数下去，并不多，如珍稀动物，这是因为太多的诗人想不朽成为伟人。因此，英雄的诗人非常可贵。18世纪以降英伦大诗人当推拜伦，我十九岁时第一次读到他的诗欣喜若狂，膜拜得五体投地，随即视为导师。当然，作为美男子的意气风发的拜伦对所有少男少女都没有免疫力。法兰西自称"通灵者"的兰波，也是用自己的血酿造生命令人窒息火焰的飞蛾，他与魏尔伦的同性恋只不过是将太阳焚烧的燃料提前释放而已，不值得大惊小怪。喜欢他的《醉舟》，更喜欢他举世无匹的名字：

兰波，哦，兰波。德国出思想家，诗人英雄只能算半个，尼采，堂吉诃德式人物，但有哈姆雷特之气质，最后疯了，应该是最好的归宿。俄罗斯诗歌群星璀璨，苦难养育了他们的狂放骄傲和天真。代表人物曼德尔斯塔姆，一个活在生活与制度之外，只活在诗中的反骨者和反叛者。他仅仅靠有限肉身的饥饿体力，支撑起硕大无比的思想大脑顶起的壮美人道世界。诗歌的野兽。我常常困惑：震惊于他诗句的巧取豪夺博杀的源泉究竟来自哪里，恐怕永远不会有答案。哈特·克兰承继了美国诗歌的太阳惠特曼以个人颤抖的心跳撞击自然与宇宙鼓点的传统，以和声的平衡力，与柔板的爱、欲望、睡眠、死亡交织的加速中建立对抗关系。"占有这大海"并"把我们捆绑"，这是典型克兰式的呐喊、祈祷、颂歌和叛逆。诗歌天才的英雄都有一个共同点：当世界不宠爱他们时，便自己宠爱自己。永远狂妄，自恋，脆弱。我辈既无天纵之才，又过分溺爱自己的小肉体，那么对英雄只有羡慕仰慕的份了。

## 130

艺术家的上帝，是自己的人心。它不说教不评判不指点江山。它只展开，认识自己。艺术不是非黑即白。它是人类的，世界的。

## 131

大凡真相是有的，但须建立在全息基础上。因而完全的透明开放是关键。一如真理的深宅大院，如果层层设障，不能进入，即同不存在。延伸到文学中，由于心灵隐秘的高山大海，窥探其一角一隅已经足够，千万不要奢望挖掘到根部。

## 132

一切文学，皆植根于现实主义。区别仅在于不同指向所呈现的价值：抄袭临摹现实的，必会随历史阶段的消逝而湮灭，这种没有永恒意义的现实主义是初级或低级的现实主义，不足为道；中级的是有永恒价值但没有现实意义的现实主义，如将主观心灵投射到客体的自然主义；最高级的是那种现实意义与永久意义兼具的超现实主义，才是应该追求的目标。

## 133

只有把官能世界与艺术世界调配成鸡尾酒的神，才能接近至乐。可惜我们做不到。

## 134

疾病榨干了我们的想象，指的是思想的谬误。没有宇宙观就不可能有正确的世界观、人生观及爱情观、艺术观与政治观。现在是庸医和绷带当道。

## 135

价值中立的困难在于，我们都是感觉的孩子。即便"读万卷书，行万里路"，仍会被感官蒙蔽。但我的企图心告诉我，应该建立一个高级文明导航的坐标系。但凡在这个系统内驰骋的，即使标尺有移动的偏离迷失也是小事，不会出现恶劣的质变，反之脱离背离文明坐标系的，小错便是大恶，难以扭转方向根本性的错误。

## 136

如果真有所谓的苦难民族，那么承载其凌辱折磨的心灵必有一个相契合的受虐文化基因存在。文学倘若仅仅反映其容貌，透视其病灶，哀其不争怒其不幸，尚能接受，但一旦赞颂并视作理所当然的催生婆，那就成为了专制奴役侮辱者的代言人和帮凶。这恰恰是文学的大忌。

## 137

太多诗人想图解思想，尤其到晚年，竭力扮演思想家的角色。不要说这严重败坏了文学的特质，连艺术与思想的起码分界都未厘清。文学本质是有意味的艺术，思想表现虽然必需，但一定是深藏不露的。否则要文学干什么，不如直接套用哲学更省力省事。

## 138

人们常常把诗人的哲思和哲人的教诲、启示混淆，以为诗就是哲学的婴儿或有血统的族亲。这是极大的误会，也误导了大众传播。简言之，诗歌是词语，哲学才是思想。

## 139

阿赫玛托娃说过大致如下的话："缺席，是治疗遗忘的最好药丸，而彻底忘记的最佳方式，则是每天看见崭新的事物。"诗歌中的历史伤疤，在当代似乎都不见了，仿佛一劳永逸埋进了坟墓。而事实是，历史的活火山始终屹立在那里，总会在恰当的时间重新爆发。历史感是诗歌的脊椎骨，如果弯曲或折断，诗的深度就不复存在。

当然时刻挺直历史的傲骨，斜眼冷对，比之歌吟风花雪月飞鸟树枝的发型和外套要凶险得多。但倘若诗歌变成了一门生意，只计算利润和产能，那还不如放弃转行更恰当合算。

## 140

曼德尔斯塔姆诗云：道路千条我却总是无人同行。认领这样的大寂寞，才是手足之情，灵魂伴侣。因此，也只有策兰敢说，圣殿犹在。

## 141

策兰说他与曼德尔斯塔姆的相遇，是一种天职与另一种天职的不可剥夺的真理的交替。是肉体和面包共同的命运：受难。衷心替他们祝福。

## 142

诗歌在反抗专制主义的风暴中是走得最快的，他披着偶然的毛毯和真理，与唯一道德决战。

## 143

浪漫主义是超现实主义滑出的一道血痕，未暴露目标，仅是因为提前用颓废隐晦的创口贴将其隐藏起来而已。不要误认为他们是一对水火不容的仇敌，其实他们是气味相投心心相映的隔代伴侣。

## 144

现代诗由波德莱尔拉开序幕，奏响了一曲与自我无涉的替他者卖身的痴迷命运背叛的浩歌。凭借清除了个人偶然性的单相思，一跃迈入逃离了秩序殿堂的虚空。于是，一切肮脏、堕落、邪恶、灰蒙蒙的人间获得了前所未有的享乐的平反。

## 145

如果真存在向世界眺望的挑衅，做诗人是个不错的营生。不仅满足了对现实愤恨的侵略性掠夺，还时刻消遣了精神折磨的过度惊吓。

## 146

白色草地，黄色日子，黑色的天空，血色的河流。这些诗歌中极端反常的色彩运用，让现实物不仅丧失了原形并在本质上被彻底销毁。这不是寻常技术意义上的所谓通感，而是乐此不疲变态扭曲世界必然会发明的幻觉专利。

## 147

抵达诗歌身体的秘密通道众多，最有冲击力的是排异剧烈的词语意象移植，要么新生，要么死去。温柔如舌尖的安抚，只能触及表情的欢愉，无法呈现伤口感染的危险快感。诗歌喜欢极端的事件和事故，只钟情出类拔萃的挑衅和挑战。

## 148

诗歌中的抽象，是指脱离了线条、色彩、形状、具象的，仅揭示水平、上下、左右、螺旋交叉叠加的运动感的节奏，是势能的色情表演。

## 149

天才诗人都是"燃烧的荆棘丛"，仿佛其使命就是为了引领方向的迷失。因此，他们的一生无不灿如烟花。哀叹他们的早逝，即是不恭和羞辱。

## 150

是谁在说话？很多人把日子过成了废纸，僧侣般的诗人却在废纸上写下了密密麻麻的轰鸣的暗语和咒语。有如犁铧驶向春天。

## 151

铁皮遗忘了已抵押的生锈的嘴，当它从小号中醒来，以全新的呼吸到达陌生处，一个作品发现了。看见看不见的，听到听不到的，感知以往无法感知的。因而成为思想者，而非被思想的乐器。

## 152

爱情玫瑰一旦献出自我，即宣告灵魂的下沉式屈服。然而对诗歌恰好是开始，通过放弃意志权力的设限和主宰，将自身忍受的命运置之事外，仿佛观看另一个物在扭曲变形受伤。于是超验的空洞被引爆，一个强行闯入的陌生者接通了天外明亮的唇印。由此，产生了诗歌源源不绝的动力。

## 153

一首诗何以成为独特的诗?"殊异"的品质,一种被自己和他人"无意听见的"经过词语精心装扮的意识。一种高于同代人的对捕捉审美细节的感知力。一种构建个人想象力、非凡意象、行动的场景、象征体系的思想"必然性。"

《教皇的阴茎》(莎朗·奥兹)显然具备上述特征:"它深悬于他的长袍内,仿佛位于吊钟核心的 / 一枚精致的钟锤 / 他动,它则动,一尾幽灵似的鱼 / 游动在一片银白色海藻的光亮中,体毛 / 摇曳在黑暗与灼热里 / 而当夜晚降临,他的双眼闭了 / 它便立起来 / 赞美上帝。"

笔力千钧,胆大包天。颂扬上帝的诗浩如烟海,但"亵渎"或讽喻上帝且色情的,又艺术地"说出"常人所看不见或不敢正视的,此诗独步。写阴茎已经足够污秽,写教皇的阴茎更是大逆不道,这在中世纪是要绑上火刑架的,即便现在仍是巨大的禁忌。然而她居然描写那性器官是"一枚精致的钟锤 / 幽灵的鱼 / 在夜晚灼热 / 眼睛紧闭时,立起来 / 赞美上帝。"简直太惊世骇俗了。上帝的代言人怎么会有性器呢?他应该是无性的,独立于天地之外。之所以惊悚、惊艳、惊喜,是因为心灵被赋予了非凡的勇气,揭示了人性的真相。教皇尽管笼罩了神圣的光环,弃绝了肉体,但他毕竟是一具肉身,有正常的思想、欲望与器官,包括性器官。因此,"当他闭眼,立起来,赞美上帝"时,诗的戏剧性的星辰时刻出现了,悖论将上帝与人、人欲与信仰的矛盾体推向了复杂丰富的尖峰。这是一首伟大的诗。

154

"不说人话。"著名批评家敬文东在论述我的诗歌语言时,有一句很出格的话:"发明诗歌的现实。"此话很讨我欢心,也一语中的,是一把打开我诗歌迷宫的钥匙。诗歌的现实是什么?传统的解释是,把看见的物象通过心灵的窗口——眼睛真实地呈现出来。不对吗?没错。但又觉似是而非。其一,文字的描述真像照相机那样准确、清晰、完整吗?其二,看见的一定是真实的未经歪曲、变形、篡改的真相吗?既然不是一条通天的笔直大道,那么必须另辟小径。打个比方,在人眼中,常态的太阳是温煦金色的,暖洋洋照耀在无比舒心的皮肤上,"柠檬的光芒像旗帜迎风招展"。但倘若是正午,烈日当空,灼热的光芒如针刺戳痛我们,那么大脑感应器捕获的物象无疑是"毒日头",是避之不及的毒太阳。这个"毒"是心灵模拟的产物,已然进入心理层面。再设想另一境况:室外光芒万丈,但你困于牢笼。此时的心境焉能灿烂?一定是坠入深渊的绝望。是恐惧的饥饿,"蒙上绿毛的狼群般的馊粥"。综上可见,诗歌的出路是雕刻精神或心理改造过的意象。这个"意"来自心灵的投射,而"象"产生于似乎客观的物质。意与象的杂交嫁接孕育了一个激荡情愫的全新的生命体。因而"不说人话",即是对反映现实客体的反叛,是一种颠覆常规思维的革命。同时开创了语言陌生的活泼的新世界。经典如"人群中这些面孔幽灵般显现/湿漉漉的黑色枝条上的许多花瓣"(庞德《在地铁车站》)。这还是我们心目中熙熙攘攘嘈杂混乱的地铁站吗?黑暗拼力搏击中生气盎然的花朵的火苗在簇拥跳跃。

## 155

"给语言披上孔雀缤纷的羽毛",摒弃了"不说人话"的障碍物,不等于解除了语言妖魔鬼怪的火药桶扑入你怀中示爱的危险。在蒙昧的情绪中,人类的理智常常是不可解不可靠的,彼时是天使,此刻可能是魔鬼。因此要让别样的高贵、新鲜如朝露占据你的心。必须养成与吃饭就寝做爱一样不可克服的本能习惯,牢牢握住喷水枪,浇灭一切重蹈覆辙的可能复燃的死灰,那些我们熟悉熟稔的生活样本和样品。记住创造是刮毒疗法,必然会在旧天堂的身体留下苦痛的印痕。尤其是在语言脱胎换骨的关头。但是不那样,我们又怎能给语言披上孔雀缤纷的羽毛呢?要让草木嫉妒,必须飞翔,而且要远涉重洋高飞。

## 156

"结出宇宙自由的绚烂之花",诗之材料与技艺如果不匹配同步在思想的熔炉冶炼,是难以在自由的太空绚烂的。前提是要不断积聚发射词语火箭的燃料。而燃料的质量取决于心灵感应力和想象力,也即捕获瞬间诗意的能力。花瓶中一束即将枯萎的花会干什么呢?垂死挣扎?从容不迫地迎接死神?抑或梳理死亡哲学金黄的虎皮?在中国南宁的某个早晨,我从所住的酒店窗口望出去,突然被喷薄而出的朝霞攥住,那万箭穿心的阳光的弓箭手让我窒息昏厥,仿佛万丈光芒不是救赎的天使,而是带着血腥味的黑暗胞衣。刹那,我心灵的电流被接通。黑夜—枯花—死亡无缝拼接,一首诗呼之欲出。"翅膀飞走了／半个身子在挣扎""红玫瑰，黄玫瑰，白玫瑰结成压箱的紫玫瑰／与熟透的骨灰／结盟／护航天空"，这是首被广泛传诵的诗，肉体的生命在诗意的绽放里被超越死亡的灵魂护航重筑永恒的丰碑。

## 157

"今天我们该怎么做诗人？"做一个诗人说简单也简单，说难也难。如果有良善怜悯之心，嫉恶如仇，能自食其力不追求功名，且向往自由民主的理想生活，认识二千个字，并拥有一架多愁善感的灵魂探测器，即具备了做诗人的基本条件。当然困难是，仅仅这些还不够，必须有一副闪电般摧毁现实世界的、鹰一样锐利的眼睛，具备广博的历史、哲学、宗教、美学、科学、人类学等综合素养，尤其是不讲逻辑不讲道理的超拔想象力。通俗地讲，诗人是一个背负沉重盔甲的矛盾体，并随时等待灵感塔台起飞的命令。

读两首诗。《拨河赛》："肉体少壮派在运动场上挥汗如雨／矫健出令对手嫉妒的肌肉／设计一场拨河赛／弥漫激荡的自信／而灵魂元老院正携带拐杖／慢吞吞往云端攀援／似乎要把此刻平定为池塘／'越往后比的是轻盈'／跃动的鱼仿佛胜券在握／肉体与灵魂的界限变幻莫测／松开绳索胳膊的／可能是磨砺天空的黑天鹅／也可能是时间的懈怠和绝望。"

这首以拨河比赛的形式来描述灵魂与肉体博弈争斗的诗，尚符合语言逻辑习惯。但《活成了懦弱兴高采烈的阴影》，读完后却不太容易理解和接受。充满反讽悖论的逆向思维，使疯癫的、不和谐的声音，通过塑造一种荒诞破碎的效果，实现了打破现实，撕裂历史，对时间、历史与文明的讥讽。

"阳光的白油漆唇印早晨的嫩叶／映照出历史黑寡妇的新恋情／多么容易被一笔勾销啊／'它在整个春天的头上拉屎'／反对无效！不！从来没有一块石头／举起手飞向乌鸦／活成了懦弱兴高采烈的化石阴影／并让后来的眼睛／追悼为：文明发祥地。"可见要写好一首诗，功夫在诗外。

## 158

构建卓越诗歌的要素：一、视角的独特性。二、自动结构能力。三、技术。四、审美趣味。五、思想的光辉。六、填充缝隙，雕塑整体的和谐。七、砍伐的勇气。

先说视角。常规的视角取决于眼睛的位置，或平视，或仰望或鸟瞰，更多的是多重角度并用，也是我们常用的全能的上帝视角，这种写法在现代小说中是大忌，但却被广大诗人钟爱。因为正是上天入地、飞檐走壁的快乐，让现实的苦痛降为最低，否则凭什么让既不来钱又不出名且被可能视为疯子的营生乐此不疲。我当然也沉浸在多维自我设置的世界中。但这些并不能让我完全满足。是否有更独特另类的观察世界的方法呢？经过苦闷的几年摸索，机缘上门来了。某日一帧"狗眼看世界"的照片点亮了我。"为什么一定是我们的眼睛观世界，而不能世界的岗哨巡逻我们的心灵呢？"我们与星空只隔了云朵的一层窗户纸，认识到个体主观的局限性与惯性，"西红柿般的光芒"就蜂涌而至。由此开启了我"反客为主"的思维新旅程。举例。暴风骤雨的摧残，常态写作是枯枝败叶，满目疮痍，但倘若"枝头演奏暴风雨的音乐会"，不但词语耳目一新，还揭开生气益然不屈不挠的生命新篇章。又譬如,风暴留下"满地海螺的弹壳""风帆为波浪镶上银色的锁链",完全将不堪的痛楚转化为恣意妄为的诗意的欣喜。生气和新鲜唤醒的多巴胺能量是核弹级别的。又譬如,"感谢命运豹子恰到好处的施肥/筑起更高人头的债台/喊着,亲爱的,我来了。"这就是反写、逆向思维的震撼效果。如此多丰盛奇迹般的意象的珍藏等待我们去挖掘去认领。写诗突然变得简单美好起来了。

自动结构能力。这是诗歌创造的核,裂变—扩展。绝大多数写作者都会在此凶险的悬崖边止步。如果掌握了这个秘笈,若攀登高山的写作畏途,将向你伸出峰巅的橄榄枝。结构,顾名思义是安放部件的一种相互支撑关系。在建筑或身体中必须是固定的,否则会在外力的支配下摇晃或瓦解。诗也不例外,必须检索它特定的轨道。这是因为动态的词语发出的指令在每一首诗中是不一样的。因此要不断补给匹配日趋生长发育的能量,让其长成天空般野蛮的庞然大物。传统的结构方法是,写景状物抒情,以时间或空间为轴腾挪转移,逐渐推进,攻击目标,最后等待高潮的旗帜举起。一旦掌握了对结构能力的自由驾驭,任何时候任何环境都能让灵感飞翔,抵达指定的地方。当然这需要长期的训练。

诗歌既然是心灵的产品,那么必然要有相关的技术支持。关键技术有意象的生成、画面感、色彩、嗅觉触觉味觉的通感辅助。还要配备荒诞魔幻的梦镜、戏剧的冲突、气氛烘托、制造场景、刻画人物、特写及大量的空白。水满则溢,太涓细则干。大多时候是水漫金山,因此挤干水分方能水落石出。其次是字句,段落的转换,跳跃。特别是跳跃性的张力几乎是诗与散文的分野之所。词句的密度黏合力决定了诗的成败。让我们默念以下的诗句。"穿过绿色茎管催动花朵的力／催动我绿色的年华／我无言相告佝偻的玫瑰／一样的寒热压弯我的青春"（狄兰·托马斯）"这是多么美丽的一天／我应该从塔里／给你写封信，来表明我并不疯：／我只是滑到在空气肥皂的蛋糕上／并在世界的澡盆中溺了水"（阿什贝利）"在血管里军舰起航了／船身四周的水面出现了小小的爆炸／海鸥们在盐血的海风里飞翔"（勃莱）"亨利的毛皮挂在了各式各样的墙上／在那儿它们极像亨利／那些人很开心／尤其是他的长长的发亮的尾巴／全都被他们所赞赏，／还有参观者们。"（贝里曼）"大脑死亡了，身体／就不再被精神传染／如今只是机器与机器／在交谈。在帮它返回／它纯粹的旧旅程。"（吉尔伯特）不胜枚举。向这些伟大的先驱致敬。正是这些出类拔萃的意象，铸就了瑰丽的诗歌纪念碑。所有的诗人无不为意象的独特新奇扣人心弦呕心沥血。意象的熔炉，归根到底探究的还是如何把废弃的铁锤炼为不朽的钢。因此高举超拔的想象力成为诗人们前赴后继克服陈词滥调千人一面的伟大旗帜。没有创造，诗歌的写作意义必然陨落。

毫无疑问，思想隐藏的光辉必然也必须占据诗歌的高地。那么何谓思想的光辉呢？但凡主张肯定彰显发扬人性的真善美，轻蔑鞭挞取消人性之恶的，是大光芒。其次是怜悯怜惜人性之软弱、疼痛、恐惧、苦难的。再次是对阴影、角落、裂缝的照耀。追求彼世，但也不放弃此在。人性人道是文学的永恒课题。当然思想的光辉只有渗透在光芒里才是有意味的艺术。否则必然沦为政论文、哲学片断和宣传工具。做一个合格的诗人并非易事，历史、哲学、美学、科学、宗教、人类学应融汇贯通，建立自己的价值观和体系。诗人应该是世界公民、宇宙公民，不分种族、地域、国界、肤色。既是自己的保姆和审判官，更要兼具手术刀与营养师、护士与警卫、轰炸机与消防队员之全天候职责。

填补缝隙。没有一首诗是臻于完美的，修改成为必须。依然是结构为首，是否有明显的晃荡，或头重脚轻，或首尾倒置，或中间肿胀肥大。鼎立稳定是判断标准。其次是语言的校正。意象的准确、自足、奇崛构成了一首诗的基本质地，因此必须全心全意、全力以赴寻找最契合的词，若亲吻至爱的人。语调语感奠定了一首诗的气质气氛，急促还是舒缓，从容不迫还是紧张焦虑，是独白还是对话，第一人称直接出场还是以他者的身份迂回，都需要量身定做，等待第一个跳出来的句子召唤并安排。句法、语法及标点也一定是同步加入设计的阵营当中。如果角色扮演不准确或错位，一首诗就弄砸了。另外的一个常见病是中气不足。这是人性弱点所致，急于求成或草草收场。因此诗人要克服气滞的软肋，必须要补气。只有气韵充沛了，才能推动诗之血肉的运送。再次是运动感。没有动作，翩翩起舞的节奏，诗就成了装饰僵尸的棺椁，而且速度与强度要匹配、恰当、均衡。叙事、对话也可以充当一部分燃料，但动词是引擎是核心。太多的诗糟蹋了动词。可以毫不夸张地说，没有一首成功的诗不是建立在对动词热恋般的爱慕中。

审美趣味意味着风格的建立。没有好坏对错，高低之别。只有轻柔沉重、繁复庞杂与简约节制之区分。它与诗人个体的气质密不可分。大多数人是本色演员，不是性格演员，难以挑战逾越自己的本位。只有大诗人才能驾驭各种题材各种体裁。我个人倾向轻柔简洁优美的作品。举重若轻是最难攀登的。

优秀的诗人，应该是既能欣赏自己的佳作又能无情剔除自己的劣作。因此，砍伐是一种巨大的勇气。具体在一首诗中必须对一切干扰成长成熟的诗歌参天大树开刀。哪怕是异常美丽的枝叶。

## 159

创作的惯性如同嚼蜡，因而稍有伟大向往的诗人，一生都竭力与过去的创作阶段划清界线或分道扬镳，以防坍塌性时刻的到来。严格地说，诗人与时代的思想意识对抗容易，与自己的熟语、陈词滥调或思维方式对抗却异常艰难。

## 160

大诗人力求摆脱派别和主义，而小诗人终生都划着桨叶朝着某个海岸挺进。

## 161

诗人都有活着时为自己撰写巨型传记的奢望，但结果往往事与愿违，在极大痛苦的摸索中，留下一大堆虽闪闪发光但无法串成项链的残片。根本原因是全景式的纪念碑是难以屹立的，一个人只能是以某一侧面照亮阴影。

## 162

作家靠什么活着？文本。只有持续创作的作家，才能算活着的作家。丧失文本的作家，不过是戴着作家帽子的幽灵，属于过去时。

## 163

济慈所谓的"消极感受力",道出了诗人最无现实诗意的实情。因为无我,正需想象的泛滥诗意点燃人间悲欢离合的盛宴。

## 164

如果说历史进程的许多方面有赖于统治者个人的偶然冲动,那样的假设成立,那么对诗歌国度而言这样的现实根本不存在且完全无效。诗人的影响力是未来的,诗人只是诗歌的仆人,是语言的替身,他唯一的任务和职责仅仅是把诗写好。

## 165

能一生贯穿自己思想的,是真思想家,大思想家。否则皆是思想的"寄生虫",与朝三暮四的爱情浪荡子并无差别。

## 166

在自己身上克服时代的局限,是艺术家介入时代的最好方式。反之被时代克服的,则沦为时代人质。

## 167

艺术家的哀荣与他的作品成反比。葬礼越隆重,越万人空巷,作品的生命力消亡得越快。因为一旦作为时代的象征或魂魄,艺术就戏剧性地拉开了政治社会的幕布,成为其道具。

## 168

弗洛伊德抬高了性压抑的堤坝，诗人却在性冲动的沙滩捡到了美丽的贝壳。所谓升华是诗人替潜意识找了一个近亲繁殖的出口。

## 169

戴着镣铐审美，如果不是基于面具的训诫，一定是扼住喉咙，让呼吸中止。沉稳和沉静过滤了所有的激情。

## 170

年轻时与爱情军团建立了罕见关系的诗人，其老年必定还有擦枪走火的热情。并且继续会与生生不息的明天的子弹遥相呼应。于是，他的呼啸声成了预言世界的先知。

## 171

苦难的大舌头是黑色的，它总是包裹神经质的独一无二的声音。然而也总有例外。天真如曼德尔斯塔姆"我生来不是来坐牢的"，打开所有的世界门窗。如果还不够，甚至掀开屋顶，塑造最新鲜最有热情的忧郁症。匹配这样难以置信的苦难使命感，原因只能有一个：他是彻头彻尾的超级象征主义者。

## 172

"诗歌中世纪离我们很近"，抑或根本没有离开过我们。因为"她一入场就像是一个伟大的演员"。

## 173

能够反复被阅读的诗,并且能在不同时间段读出全新意味的诗,一定具备了漂流瓶和匿名信的勇气。这是伟大的心灵才敢赋予的骄傲。

## 174

只有随时准备着陪审团拷问的诗歌,才会赢得时间公正的判决。在诗歌的营地里,充斥着小丑、僧侣、窃贼、女巫、说谎者、好色之徒和粗暴的兵士。

## 175

动物和植物不会感知死亡,无法认识自身的局限性。但这种无限的快乐传染给人类的却是无尽头的虚空的黑暗。这是上帝有意设置的悖论,以雪崩的微笑,矫正工具们的薄弱之处。

## 176

诗歌艺术试图让我们踮起脚尖不断起跳,扑向她挂在树枝上的金闪闪的勋章。然而这是异常艰难的过程,在可供辨别的现实汗涔涔图像的同时,从唾手可得的描红般摹仿中偏离逃脱出来,创造一个虚构的遍布密语迷径的存在。

## 177

每个诗人身上都深藏意识的不治之症,镇定地放走它,是对伦理学的止血和拒绝,以及对时间持续安慰的让步。

## 178

文学对伦理学的贡献要大过心理学。因为在热气腾腾的伦理现场,文学所得到的奖励不仅是即时的,而且是高过所期望的,因此必然会不遗余力地追捧,并冷落在墙角黯然神伤并哭泣的心理学。这是文学的败血症,也是走向死亡之路的开始。

## 179

哪个时代的真相有不被毁灭或沉沦的吗?难道在历经千辛万苦的黑暗挖掘并重见天日后,就一定能对当下的生活发出挑战,阻止噩运缠身的记忆移情别恋到新的废墟中?因此此时此刻为自己的心灵作证,用血与火、泪与飞鸟拥抱文字,等于是向未来宣誓一个不愿弯腰的背影。

## 180

曼德尔斯塔姆的"对世界文化的乡愁"是俄罗斯式的,是边缘文明对中心文明自卑的真诚鞠躬。相较于中华文化,对高级文明的"仰望",大部分来自夜郎自大被击溃后的愤怒的无可奈何,因而其学习的态度是抵抗消极的,一旦有似乎可能的死灰复燃机会,就会迅速蔓延抛弃旧爱或掀翻桌子的野心,以图重返过去。对文明相背的处理方式,导致了今日俄罗斯与中国处置历史遗毒及未来走向的巨大反差,尽管它们在接受威权体制上有惊人的一致。

## 181

应把"在大雪纷飞天杀人"这样的境界沁入诗意的幽远中。

## 182

伟大作家都是独一无二的,不可复制的,不提供可辩解的模仿现实失败的安全承诺。这类作家把生活现场视为已摧毁的战场,仅将 X 光透视的千疮百孔的废墟心灵面孔展示给你看。

## 183

即使是一个三流作家也努力把自己塑造成一个独特的星球,与其它行星擦肩而过。尽管事实上他不过是一个小小星球的卫星而已。

## 184

以意识形态语言伤害意识形态,犹如在太平盛世的万神殿安放了一只金质勋章的蟑螂,是伟大的行为艺术。

## 185

作家的词语越接近无意义,接近禁锢、封闭、停滞或改变词的属性、变换词的位置或者损害词的修饰,那么一定是忠告我们的耳朵和眼睛要更换新的主子了。

## 186

我多次重申,作家的概念只能是在线的。丧失写作能力的作家或停止写作的作家,只能称曾经是作家,属于过去时。这是我持续写作的动力,并且追求成为世界级诗人,而不仅仅是中国的,亚洲的。

### 187

女诗人对爱情诗的不懈追求,不仅没有破解爱情短暂的魔咒,反而印证或捉弄了爱情单相思的命运。

### 188

在语言维系的帝国里,只有天真和羞涩建筑的诗意小雨滴能够伸长金字塔穹顶上的闪电之路,让解体的生活沾一点嫩绿的钟声。

### 189

想象力在构建自己的肖像时,会把伪装的现实面具一脚踹开,另起炉灶。

### 190

诗歌主题越鲜明,指向一个终极的海岸,它的僵硬结构的桅杆,越可能在读者眼睛的龙卷风中演变为一场毫无意义的海难。因为抽离时间随机播放的瞬间模型已经不存在,单独的意义浪花已依附在时间脚步的风暴中,不可能分离,只能合体为一了。

### 191

我过去的写作是静等灵感女神的眷顾。现在我靠词语、词组、句子、段落、结构的自我生长、繁殖和壮硕。因此比过去写得更快更好更加意气风发和喜悦。这是真正意义的写作康庄大道,是一种幸福。

## 192

对语言的操控常常让诗人丧失理智,自以为能打败世界。现世生活中他们不是屈服于夜的高傲,也是纠缠于烦躁的白昼。但心灵与俗世的冲突和对抗形成的张力,反而让艺术熠熠生辉。

## 193

靠灵感的神谕写作已经证明是不可为的,她玩弄意志、嘲讽才华、怒斥卑微,更消耗我们年轻的时光。庆幸的是我已找到隔离她且焚烧她的办法。

## 194

从对立物中取出火药,再用物理的、化学的、心灵的搅拌加工成弥天大谎的灿烂人生。这才是诗应该达成的功效。

## 195

"对于每一个艺术家而言,最重要的是他所从事的事业的领空,而非事业衍生的枝叶般的生活方式。"理解这一点非常重要,对艺术家展开道德审判与谴责时,格外地有用。它会让我们小心谨慎地绕过风暴的中心,局限在一个海岬观察漩涡和浪花。

## 196

偷鸡贼对口腔的伤害,至多是一顿美食。不明白高音喇叭为何对他总是不依不饶,穷追不舍。即使不是出自无知,起码也是别有用心。诗人最多算半个偷鸡贼,在小小的纸面家园因为泄愤和不满偷了一只抽象的雏鸡。

## 197

歪曲的、断章取义的作品被开禁，引入到日常生活的溪流中，这对作家是幸事还是不幸？显然，讨论脱离了具体语境的话题没有多少意义。因为政治动机的不确定性和随意性，会笼罩我们的双目。就像我们判断他人的婚姻生活是对还是错一样的隔靴搔痒。正确的做法是，坐在长期缺席的大海位置上，去感受风暴、沉船和飞鸟。

## 198

谈论诗人的年龄是个有趣的事情，听说现在五十岁以下都被叫作青年诗人。但在我看来，这种纯粹的生理划分并不怎么可取。应以心理的意识的荷尔蒙分泌作为标杆。思想仍热情奔放单纯天真的，依然没有衰老死亡困惑的，是标准的青年诗人，即使其年龄已迈入老年，而思想衰朽陈旧不匹配其青葱岁月的，则已然是老年诗人了。

## 199

古典浪漫主义将心脏与心灵与自我的高度融合的传统，导致了一个错觉，即灵魂是藏身其间的，因而作为传输带的血液一旦出现故障或停滞，我们就会惊慌失措，认为生命败象已至。现代医学已验证，心脏停跳并非是生命终结，而脑意识停止才是真正的死亡。那么问题来了，灵魂到底寄身于何处呢？如果是大脑，那么我们过去有关心灵的一切美好和想象就荡然无存、无处依托安放了。可见科学与艺术是迥然不同的两重天，一如科学和宗教的分野。

## 200

诗人的叛乱经不住宪兵的一声咳嗽，瞬间他众多眼泪的宅邸就收归国有了。

## 201

很难将诗人与独裁者扭结在一起，它们是不同根上结出的藤蔓。但如果必须要进行比较，共通性也是存在的。一个是幻想统治精神，一个寄望控制肉体。民主制度的良性循环似乎进入不到他们理性的血液。当然诗人的想象仅是气质性的挑逗，不会损及器官，而独裁者则完全不同，他期冀的是对肉身彻底的消灭。

## 202

绝大多数诗以脱缰野马的身姿，将来之不易的诗歌人格丢弃得一干二净。没有所谓的一骑绝尘，夹道欢迎，万人空巷的大众情感，仅有专制暴烈的隐秘灵魂和心灵史。

## 203

灵魂充满恶作剧的智慧，让肉体作为羞辱的小丑无地自容。这也是一种反生命，不解的是为何总被诗人们津津乐道。

## 204

每个作家身上都包含着为之窃喜的非法的热情。

## 205

挽歌式的宣言：写难度最高的诗，过最放荡不羁的感官生活。

## 206

语言经过不断的锤打熔炼才能新生。唯有"我爱你"三个字不需要唤醒而永远复活着。

## 207

作品与人品的等同，混淆了一个基本的概念，即要求一具血肉之躯同时扮演圣人与天使的双重角色，这种沉重的枷锁往往让阅读者忽略作品自身的审美价值，而转向道德拷问。如果那些道德指控成立，像兰波、波德莱尔、王尔德、萨德等一连串的作家名单即使下一百次地狱也不为过，即便像庞德、弗罗斯特、里尔克、福柯、米勒等人也难逃审判的厄运。要承认人性的软弱、脆弱、懦弱及恶的存在。文学的力量有限，能够做到充当萤火虫照亮自己已然艰难，更多更高的标杆无疑是命令灰烬重燃。那愉悦你的白色芦苇在风中的摇曳与鸣响已经足够让我们的感官满足了。

## 208

诗人智力上的不道德发疯，会引爆庞德之流的对法西斯主义膜拜如《圣经》的荒唐。因此对抑郁和苦痛浸染的诗人，最好让他们远离政治，发展毫不愧疚的独有思想和情感以巩固内心的不羁与狂躁。

## 209

翻译家田原讲起高桥睦郎惜时如金的情形让我目瞪口呆。他说，高桥从早上醒来就开始不停地思考，直至就寝安睡。哪怕是刷牙洗脸上厕所行旅时都不放过。除了阅读和写作，思考的快感到底给这位著名的同性恋诗人注入了哪些活力，我不得而知。但我想，八十三岁高龄仍被荷尔蒙激荡，除却诗人们普遍拥有的孤独与绝望的技艺，必定还具备与思想恣意妄为做爱的独门秘笈。下次如若再见，当求教于老先生。

## 210

以貌取人可能出错，但从一个诗人的穿着打扮判断其诗歌的地质构造和成色则大抵准确。常识告诉我们，超过三种以上颜色的并置，必然导致眼花缭乱及色彩的不和谐。看看诗会上诗人们五花八门的服饰吧。或姹紫嫣红、乱云飞渡；或琳琅满目、绿肥红瘦；抑或牡丹蜡梅齐放混淆季节，不一而足。这是美育匮乏和失败的结果，我不相信丧失了美学趣味的人能写出优秀的作品来。应该先让诗人们回炉，教他们如何变成一块合格的铁。

## 211

俄罗斯盛产"黄金在天上舞蹈"的诗，也养育文学倔强心灵的遗孀。"在没有手稿，没有笔记本，没有档案"的苦难岁月，凭什么让只有耳语般的轰鸣声通过嘴唇不屈的咀嚼，流经石头和荒野之胃，用下水道呻吟的血滋养往复不死的心灵广场？答案只能有一个：如信仰上帝不会迷失，诗人是人民的领袖一样，她们坚信她们的丈夫会创造一种"想象的俄语","抵达对世界文化的怀旧"。因此"保存写于缝隙的任何东西",变成了遗孀们的责任,如锤子与石头的关系,由原来的工具融化为艺术的本身,共同分享了爱情的美丽果实。她们都是有福的人。

## 212

在风暴卷走一切的年代,茨维塔耶娃只有一个梦,用舔干净的脏手在礁石上奏响宁静书桌的乐器。"关上门,世界打开了。"如果不坚定诞生于一颗彗星的野心,再多剂量的抒情音符也将崩溃,带着脸色苍白的呼吸与生命告别。然而她做到了,用自己及同代活着的灰烬撰写哀歌。但这样的哀歌并非仅仅为了记录,而是确保灵魂尊严的纯洁:"我们站立,只要我们的嘴里还能吐出一声:呸。"她既没有被时间收买,也未把自己买通,因而拥有了全部的天空。

## 213

诗人的性取向,多大程度影响了创作和作品,始终是文献学的一个谜团。除非自己亲历,把披在脸上的面纱揭开。从某种意义上说,性生活和私有财产一样都不是应该公开展览的对象。因此拆除那些编织物的花边既不得要领也毫无益处。唯一价值是有违寻常道德谱系偷吃禁果的犯罪感,是否在未来可以拓展人性淤积的河道,赢得应该有的尊严。无论从王尔德、洛尔迦,还是特拉克尔及奥登身上,似乎都未让我们探测到敏感心灵致命的蛛丝马迹。只是孤独热情溅出的浪花眷顾了更加绝望的怀疑。也许真正露出水面的冰山时刻还要继续耐心等待。毕竟人类社会还未真正做好迎接异类的准备。

## 214

诗的真相与诗人生活现实的真相是拉开距离的，这不是诗人有意设置，而是诗人为语言而活着被语言所牵绊并且在语言的较量中，不得不让出通道，以便语言的黑马尽情驰骋。因此无论是作者与替身的合一、混合，或者分离，仅是对浪漫主义时代挽歌的挽留，容不得认真和刻意悲伤。当然读者非要创造一个幻想的诗人本身，也是他们的自由。由他们去好了。

## 215

我们长期对诗的玄学派认识不清，以为它仅是感觉与思想的玫瑰传奇，克服了病态的沉重翅膀。本质上，玄学的主要材料是语言，是被时间改造过的但未驯服扭曲的形式。因而它作为文艺复兴的发端及现代主义诗歌的急先锋开山筑寨并影响之巨，也就一点都不奇怪了。

## 216

诗人们如果不能抛弃时代在他身上寻找代理人的幻觉，那么他很可能会陷入时代意识形态实现其病毒变异的危险。这个结果在法西斯宣传机器或极端宗教主义的教条集中营中得到了充分的展示。原因是诗人自认为是历史的阶段可以与时间争锋，其实根本不可能，时间从未让我们有机会沾手，试试他刀刃的血腥味。我们只不过是与自己放大的圣人影子独舞。认识到这一点，异常重要。

## 217

很难想象晚年的诗人会全盘否定自己早年的创作和思想。这在大诗人中尤为明显。如果是时间中立的加入影响了诗人的嗓子,让其更客观,倒还可以理解,问题是这种认知已经证明绝大部分是错误的。因为诗的锋芒一旦丧失,平庸与拘谨就会随之而来,放弃曾经苦苦追求的梦想。之所以出现这样的误区,我想不外乎几点:一是其价值观不是恒定的,当潮水退去,满目疮痍的残骸逼其质疑过去的一切;其二依据奥登生物进化论原理,大诗人与小诗人的区别是,前者必然发展,而小诗人在某一阶段停滞,因而得出早年作品不成熟的结论。其三,诗人自我认定的先知角色。考量的是思想深度与广度的优先,艺术成就退而次之。

## 218

在相互纠缠的心灵交流中,留下向前辈诗人致敬的痕迹,同时也为自己与未来的诗人交欢铺设管道。这是我最想达成的爱的诗篇抛物线。

## 219

诗人自己五音不全的朗诵,恰恰是诗朗诵最具特质和陌生感的魅力所在,一种赤裸纯粹的存在,体现诗歌自我辩护的权利和尊严,显示生命不屈从不盲从的巨大意志。整齐划一的标准化朗诵是准军事主义思想表现。

## 220

人类的记忆是极其不可靠的,它会成功地将你改造成自己都不认识的样子。尤其是诗人沦为生活的牺牲品仍浑然不觉,以为诗的电波永不消逝。其实他不过是基站发射塔堆积的一朵乌云的灰,溅起又落下。

## 221

在民族主义向世界主义拓展疆域的过程中,如何让奋进的马头不回首,是一个大难题。因为蹄子早已习惯了被原来那个地理学意义上的文化铁钉束缚和紧锢。然而一种文化对另一种文化的诱惑和仰望又是如此的难以抵御。像草莓总是羡慕苹果的光洁、饱满和坚定。因此最好的状态是站在一个山峰,同时俯瞰两侧的山坡,然后用一条缆绳荡起双桨奔赴任一风景。

## 222

诗人有众多的小妻子,昏迷在窒息的热情中。

## 223

世俗生活的最大理想是善始善终,保持晚节,颐享天年。诗歌的最高目标恰恰相反,追随不知所终的命运去漂泊流浪。在一切皆无定论都不确定的诗之宇宙中,惊魂不定的快感连永恒的上帝都会嫉妒。

## 224

诗歌的无用正是诗存在的前提,获得了物欲顺理成章填海造地的至高奖励。

## 225

大多数作家都"采访过自己",以替代审讯般的在聚光灯下的"对话"。自言自语的交流会产生更内省更振奋人心的触电般的欢愉。

## 226

惺惺相惜的知音让人感动:"我一直尝试着理解你,回应你,去握住你的话语,仿佛人们握住一只手;当然,是用我的手去握你的手,在他那已确信不会错过相逢之处。对于你作品中未曾对我的理解力开启或尚未开启之处,我已用我的敬意与等待作为回答。"保罗·策兰对勒内·夏尔的眷恋和赠予,是飞鸟与云彩、天空与大地的相互拥戴和歌唱。

## 227

一滴静止的水看不见其容颜,呈现无色无味的单调,但其汇聚起来的绚烂生动和意味,却足以让所有事物惭愧。仅从形态的变幻莫测看——平静的水面、波纹的手掌、涟漪皱褶,到壮阔波澜的循环往复,就挑衅了无数诗人的歌咏和喟然长叹。将其象征为时间的精灵真是再确切不过了。而水呢,"从我眼睛的绳索中,竟然窥探到人性的尺度。然后她藐视地说:他们建造的美轮美奂的纪念碑,不过是空中楼阁的木乃伊。"

## 228

诗人是世俗世界和语言王国最大的异见者和反对党。

## 229

马在三岁时力量就达到了顶峰,而人在那时还是个到处寻找奶嘴的幼童。但他们却奇妙地组合在一起成为一个新物种:人头马。这是诗人最喜欢干的勾当。张冠李戴,幻想的天真。

## 230

内心的深海壮阔繁富。它由骰子、蜘蛛、银钩、淤泥的尸体、冰山、九头鸟的梦、抓手组成。诗人挖掘的技艺越精湛,深渊向他召唤靠拢的可能就越大。浮游在浅海无须带氧气和救生圈。

## 231

大艺术家都有一种深入骨髓的质料性的色调,让人颤抖。

## 232

"看起来人人都在生活自己",感觉着感受着生命的潮汐、晨曦、黄昏和死亡的忧伤与恐惧。但并非人人都有能力用思想生活,并通过独特的艺术形式表演内心深处浪沫破碎的裂痕,触碰命运的捉弄和离场。

## 233

可能发生的生活,是文学叙述最重要的使命和最高的真实。

## 234

艺术就其本质和天性是有等级的。音乐和诗歌置于金字塔的顶端,被所有的眼睛审视和拷问。因此"一生都在审判",除了要承受世俗的裁决,更要等待时间无期徒刑的无情折磨。

## 235

和永恒调情,才是最安静、最温暖、最绝望的使命。

          2020.3 深圳梅林关写就